U0090975

古典文獻研究輯刊

九　編

曾永義　主編

第 15 冊

明清易代之際話本小說敘事話語的反思（上）

葰瑞松　著

國家圖書館出版品預行編目資料

明清易代之際話本小說敘事話語的反思（上）／葳瑞松 著 —
初版 — 新北市：花木蘭文化出版社，2014〔民 103〕
序 4+ 目 4+140 面：19×26 公分
（古典文學研究輯刊 九編；第 15 冊）
ISBN：978-986-322-547-8（精裝）
1. 明清小說 2. 文學評論
820.8   103000757

ISBN-978-986-322-547-8

古典文學研究輯刊
九 編 第十五冊
ISBN：978-986-322-547-8

明清易代之際話本小說敘事話語的反思（上）

作　　者	葳瑞松
主　　編	曾永義
總 編 輯	杜潔祥
副總編輯	楊嘉樂
編　　輯	許郁翎
出　　版	花木蘭文化出版社
社　　長	高小娟
聯絡地址	235 新北市中和區中安街七二號十三樓
	電話：02-2923-1455／傳真：02-2923-1452
網　　址	http://www.huamulan.tw 信箱 hml810518@gmail.com
印　　刷	普羅文化出版廣告事業
初　　版	2014 年 3 月
定　　價	九編 27 冊（精裝）新台幣 48,000 元

版權所有・請勿翻印

明清易代之際話本小說敘事話語的反思（上）

薛瑞松　著

作者簡介

　　葛瑞松，祖籍河南汜水，1968 年生於臺灣屏東。畢業於國立臺灣大學中文系、國立中興大學中文所，2013 年獲中興大學中文所博士。

　　學術領域為明清話本小說研究、文學批評理論與文化研究。已發表的論文有〈「慕俠尚氣」的心理結構與兩漢復仇之關係探賾〉，〈荒涼戀歌——論蕭紅《呼蘭河傳》的悖論話語與廣場情境〉，〈縫隙中的騷動——《三言》中三姑六婆的喜劇角色與話語研究〉，〈食／色性也——試論虹影長篇小說《K》中的飢餓雙重奏〉與〈清初豆棚下敘事話語的反思〉等。對於文學創作亦保有高度興趣，作品曾獲中興湖文學獎、中縣文學獎、桃城文學獎、全國藝術教育教學設計獎等。

　　作者曾任教於明道中學，現為國立臺中高工國文科專任教師，國立中正大學中文系兼任講師。

提　　要

　　明清易代之際話本小說的話語生成，乃朝代鼎革、世變之際，群體作家對於自我生活處境的價值思考，其話語實踐（discursive practice）既有歷史文化語境的制約因素存在，亦充滿了政治性的意識形態表現。本文以滿清入關後到清初順治、康熙年間的廿六部話本小說為範疇，旁涉晚明話本以資參照，從敘事話語可視為作家參與現實的一種集體欲望的文化表徵切入，探賾其可能蘊含的意指實踐與文化釋義的表現形式，並對話本小說在文藝創作中的雅／俗、中心／邊緣的融通與遞嬗諸多問題作一全面性的論述。

　　本論文分為五章。首章為緒論，說明研究動機、提出問題意識與文獻資料的回顧與展望，並將貫串本文的後現代方法論略作闡釋，最後以說明「明清易代之際」的研究背景與文本取材的範疇作結。

　　第二章〈末世話語〉。第一節從歷史小說的次文類——「時事話語」，觀察話本小說作家如何因應歷史新變，將許多隱微的新聞時事以小說的曲筆反映其中，裡面不僅有權力話語的弔詭與展演，更有生／死敘事、「遺民死節」的深沉辯證。第二節為「末世話語」，筆者所謂的「末世話語」，即在於「奴變」的末世隱喻與「夷夏」之辨，以及暴力敘事的創傷話語，終以「臣死忠，婦死節」的歷史語境，證成這類的話語實乃父權延異下的婦女貞／淫二元論述。

　　第三章〈諧謔話語〉。第一節從易代世變下的諧謔觀開始，說明晚明意象具有多重指涉的文化意涵，除士風變異外，重情貴真的本色姿態，為晚明文人普遍的創作觀。第二節主要以艾衲居士的《豆棚閒話》為討論文本，論述其對神聖人物的降格書寫，展現其諧謔話語的顛覆性與祛魅性特色。第三節專章討論明清易代之際話本小說喜劇人物的浮世繪與眾生相。

　　第四章〈性別話語〉。第一節旨在討論話本小說中才子佳人的閨閣話語，包括了密室效應與詩性觀照。另外，佳人模式的敘事話語——「顯揚女子、頌其異能」，說穿了，不過是邊緣失意文人於亂世中潛意識對理想範型的一種欲望投射，而小說中的佳人形塑，意味著不完全的出走與父權回歸。第二節的性別話語，藉由女性主義的論述，以貞言／淫語二元對立的形象，概述此時期的家庭小說與豔情小說，在貞女形象與文化語境嬗變上的整體脈絡考察。

　　第五章為結論。綜論全文的研究概要與結果，以美國文化人類學者克利福德‧格爾茨（Clifford Geertz，1926～2006）在《文化的解釋》（The Interpretation of Culture）一書中對文化做出的定義，架構出本論文末世話語、諧謔話語與性別話語三種話語所涵蓋的明清易代的話語現象；另一方面也期望能繼續將話本小說中敘事話語的其他面向加以延伸考察，以補足本文論述的不足。

序

陳器文

「如敲石出火，一閃即滅。不急起收之，則火種滅矣。」明清易代而生死其中的張岱，放下亡國大悲、收拾殉國念頭，加緊撰寫明朝人物傳時，如是說。

對作家來說，一個特定的歷史狀況就是一個心理人性的展示場，張岱在江山易主而驚惶駭怖之際，搶著在感觸未溫涼、景物未褪色、人事頗驚心、火種未熄滅之前，懸命於筆墨。這不只是此時此境，人、事，時、空的感受特別鮮活，更因家國、生存、意義與人性等等人的基本課題，一一浮躍而出。這等一龍一蛇、與時變化的歷史時刻，內中翻攪的狂悲大喜，固然是史家、小說家最最迷狂的素材，也是研究者不得不作的功課。

然而置身廿一世紀的今日，不只有比張岱更長的時間軸線可以小觀大，可以更後設地跳脫單向角度，從「文化總向量」觀看易代之際的話語現象。研究明代話本小說者多矣，研究清代小說者更不乏其人，瑞松選擇明清易代之際此一兼具「扭力」與「張力」的特殊時空，以話本小說作為研究對象，撰寫《明清易代之際話本小說敘事話語的反思》，意在深入觀察話語與權力、話語與意識形態、話語與符號編碼等幾微之漸。職是之故，瑞松的自我文化準備，包括了第一，上溯下尋，為特殊時期與文本準確定位；其次，所謂情隨境遷、勢隨利導，培養話語差異的敏銳感受及詮釋能力；第三，跳脫歷史語境的制約，展現「八爪章魚」般多面向的文化思考。阿基米德，這位西元前三世紀的科學家，撰述《數沙者》一書，研議一種計算地球沙粒的方法與大數符號，從而挑戰了算術符號之有盡與海灘沙數之無窮。瑞松的挑戰一如數沙，撰稿期間，多次抽樑換柱，易稿、廢稿，在話語之海中，透過累累文

本的瑣言碎語，探究興亡巨變的歷史轉折，分就末世、玩世與兩性話語等課題，進一步探究全幅文化中有關政統、道統與傳統的時變。

政統的更替—話語與權力：

在一切人類的文化活動中，都有一個律則，人類社會恆存在著一種傳承/新變之間的緊張，卡西勒稱爲「根本的對蹠性」。所謂「對蹠」，指人的左右腳掌，以左右腳掌的前進後退作比喻，指出一個社會內部傳統和變革二元力量正反拼搏的常態性存在。明亡之後，換了一個國號，時代的主題也隨勢轉移。明代有約一萬三千八百冊的稗官野史、詩文曲本、通俗小說等違礙書目遭禁，清廷欽定的《四庫全書提要》中以「輕佻放誕」、「語極狂悖」、「殊爲謬妄」等語爲明代的文學作否定性的總結。晚明所鼓吹的張揚個體、解放人性的自由思潮，看來如同歷史長河中的浮花浪蕊，被清廷經世濟用的主張一掃而盡。然而從對蹠性的史觀來看，說寫活動本身從來不是單純的行爲，它既是現實政治力量的延伸與文化制約的展現，也是作者對於社會所持的基本態度和立場，可以理解爲某種權力意志的折射。在官方話語批判否決的同時，反映出二元力量激烈攻錯的歷史實況，也預伏了話語權更大轉折的可能。

道統的鬆動—話語與意識形態：

文化場域上話語的相互衝撞、批判，永遠是社會理論和政治理論需要面對的重要課題。中晚明被視爲異端也以異端自居的王學左派諸人，不僅與官方的主流話語相左，亦與儒門正統的意識形態格格不入。在雅正系統所建構的主流敘述中，民眾熟知的是神聖史筆「在齊太史簡、在晉董狐筆」鏗鏘有力的表述。晚明餘子則以頑童塗鴉式的雜音野調，改寫儒學話語的神聖情懷與宏大主題，以詼諧手法及多元破碎的觀點，與經典正史互文化。話語空間的分裂，本質上是一種秩序的衝擊，與儒門道統形成了對立、交錯的多層次交鋒，擾亂了傳統敘事的意識形態，也消弭了文化階級與藩籬，與現代性公共話語的精神最爲接近。

傳統的發展—話語與符號編碼：

文本的創造不只是一個封閉的美學客體，也是一種複雜的心智活動。文學作品的意義結構，除了個人意識或潛意識的投射，同時和社會的集體意識相應，和歷史、傳統、社會變化相關。握有文字表述權力的作家，除了自我表現，詮釋生死運命，實際也參與共同語境的形塑，透過多元話語的交流、

重組乃至於吸收的過程，就是文化符號的編碼過程。所有的意義都歷經符號化而得以傳播，形成一個文藝上的美學系統與民族的意義系統。明清易代之際話本小說中一湧而出的各色臉譜，表現當下的生活意識和現實轉換，使當代的文化語境從封閉、單向朝往全民化與常民化邁進，敘事傳統的流動也在一部分中消失，另一部分得到補充，補充的部分將傳統話語與社會生活融合，與時代文化對接，傳統就在多重詮釋與再表述中得到傳承與發展。

　　瑞松是中興博班的人氣王，看來有點玉樹臨風，卻是遇弱則弱、遇強則強的角色。日常說話像是慢半拍，卻總把話說的有頭有尾力求完整，原是盈科而後進的性子。然而一旦置身學術研討會或論文攻防答辯的場合，卻將不求戰、不畏戰、以戰止戰的精神發揮的淋漓盡致，不卑不亢也不放棄的從容大器，使學弟妹們望風景從，成為校園話語的一則典故。瑞松花了黃金六年參考了四五百本參考書，寫出三十四、五萬字頗有分量的博士論文。就瑞松的個人經歷而言，撰寫論文的過程，仿若榮格所稱焠煉精神之金的過程：「用加熱的方法使物質熔化並趨於純淨或堅韌」，是一位年輕學者自我淬煉、提升與轉化的精神過程；就校園文化而言，在中興大學人文大樓層層隱入黑寂之後，仍有莘莘學子留下埋首書堆的剪影，則是最令人鼓舞與期待的風景啊！

目 次

第一章　緒　論

第一節　研究動機與目的

話本小說作爲一種文體，故事題材廣泛，大多數取材自當代社會，即使有的篇章根據筆記小說、唐宋傳奇和民間傳說加以改編，其內容仍與「現實」有著密切的聯繫，在中國小說發展史上扮演重要的角色，其重要性正如魯迅所指出的那樣，話本的崛起，是中國「小說史上的一大變遷。」〔註1〕

話本小說表現在中國小說史上的「變遷」意義，在於審美觀念的更新。這其中包括了突破傳統觀念的束縛，展現濃厚的庶民氣息，更重要的是，在藝術風格方面，它們以「俗」爲美，貼近廣大老百姓的生活，追求故事性、趣味性、娛樂性以及通俗性的創作原則。是故話本小說以其特殊的形態，帶著些許尙未馴服的野性，夾雜著人們的七情六慾，侵入了高雅的文學殿堂，與中國恆久正統的敘事性話語開始一較高下。〔註2〕當作家選擇以通俗小說的話語藝術形式進行創作時，便顯示出他們的集體認同心理與價值觀。如此看來，通俗小說話語本身所具有的影響力不僅止限於作家個人，而應該擴大到特定時代和文化形態的整體反映，且普遍存在於庶民讀者之中。〔註3〕而且話語是實際的語言運用的領域，在任何限定的文化和歷史的時間裡，任一種語言的說者和寫者都會生發出不同的話語類型，被說的話語也隨社會境況而變化。所以，「話語」才是

〔註1〕　魯迅：《魯迅全集》（上海：人民出版社，1981 年），頁 319。
〔註2〕　參見歐陽代發：《話本小說史》（湖北：武漢出版社，1997 年），王毅〈序言〉，頁 2。
〔註3〕　參見李志宏：《明末清初才子佳人小說敘事研究》（臺北：大安出版社，2008 年），頁 246。

意義的實際生成之地。〔註4〕人們置身其中，該怎麼說？說些什麼？言說之後的影響為何？抑或言說之後的影響又如何制約著原本的發聲者與社會大眾等等。這些話語皆受制於該時代對外在世界的一特定認知模式。

因此有學者便指出，社會上的任何一種文化現象就是一種話語，而影響和控制話語的根本因素就是權力。我們在權力關係錯綜複雜的社會網絡裡，任何言行必須通過話語才能得以展現，並藉此作為獲得權力的有效途徑。在社會歷史和政治關係的互相制衡下，源於權力的文學話語，以它獨具的藝術魅力，成就了歷朝各代的代表性文學。明清易代之際話本小說的出現，可以說是正值明清之際時世變化中，群體作家對於自我生活處境的一種價值思考，因此話語實踐既有歷史文化語境的制約因素存在，亦充滿了政治性的意識形態表現。〔註5〕

誠如上文所論，通俗小說話語作為話語廣泛的類型之一，我們應注意西方文學批評常見的術語——話語（discourse）——這個作為人文社會學科領域的重要概念，它在話本小說裡所代表的深刻意義與辯證關係。話語本身即是一種普遍存在的社會文化現象，換句話說，如果沒有話語，話本小說中的文化意義就不存在，在其他不同種的文類中亦是如此。

廿世紀以來，話語研究成為熱門領域，早期話語研究偏重從結構主義的概念來描述語言現象，屬於較狹隘的語言學研究的範疇。語言學以句子做為最終的研究單位，超越句子的單位被稱之為話語。隨著語言研究的不斷深入，語言學家們開始注意把話語放在語境（context）中來考察，話語分析（discourse analysis）成了現代語言研究的新領域。在進行語言研究時，人們開始把話語看成是語言分析的最大單位。然而，隨著理論不同，分析目的不同，話語的定義也不一樣。或將話語視為社會文化語境中的一種語言使用形式；或將話語定義為具體的某個會話或某篇文章；或將話語視為一種交際事件或一種言語交際活動。如 Harris（1952）把話語看成是連接的言語（speech）；Pike（1954）提出話語是社會文化語境下互動過程的產物；Brown 和 Yule（1983）則把話語看作

〔註4〕 參見史蒂文‧科恩&琳達‧夏爾斯著；張方譯：《講故事——對敘事虛構作品的理論分析》（臺北：駱駝出版社，1997年），頁13～18的論述。

〔註5〕 李志宏指出，明末清初才子佳人小說，乃明清之際時世變化中，群體作家對於自我生活處境的一種價值思考。詳見氏著：《明末清初才子佳人小說敘事研究》（臺北：大安出版社，2008年），頁244。筆者以為，不論是明末清初才子佳人小說或是話本小說，乃至於其他文類，皆為作家對於自我生活處境的反省回饋。

過程（process），語篇是話語的具體表現形式；Van Dijk（1997）卻認為不能簡單地把話語視為一種語言使用形式，而指出話語包括三方面：語言使用、思想傳遞和社會情景中的交際等等說法。Van Dijk 甚至還區分出簡單話語和複合話語。〔註6〕綜上所述，話語分析的定義包羅萬象，不僅要了解話語的表達層，還要深入到意義和動作層（action），考察語言的功能，以及語言使用者（作者／讀者）的編碼和解碼過程，注意社會文化語境和認知的作用。

　　近年話語研究已從上述較為狹隘的語言學研究，逐漸轉向為跨學科領域的研究，尤其隨著符號學、人類學、心理學、社會學與認知科學等學門的蓬勃發展，話語研究有了新的發展空間。它的研究高度甚至可以提升為「文化表徵」與「文化研究」〔註7〕，也就是「話語」在歷史條件與社會環境等因素的影響之下，如何言說／被說的相關問題之探討。本文的研究動機與發想，主要來自於此，尤其是在觀察「明清易代之際」這個歷史世變的轉折點上，思考人們面對朝代的更迭，社會的遽變，如何消解自身處境與因應之道，釐清當時的人們如何言說、說些什麼與言說之後的影響為何？以及種種應運近世話語研究而起的相關論題。本文的研究目的，便是接續上述話語多元紛繁的研究面向，嘗試將明清易代之際話本小說中的話語的社會功能以及當時的文化語境，如何影響制約著作者、文本與讀者三方之間的複雜關係，作一完整的觀照與反思。

　　從小說敘事建構的話語運作形式及其意義產生來看，話本小說中的話語與社會中的其他話語系統共同成為參與現實的一種表達形式。這之中除了受到作家自身的創作觀影響外，也受到歷史文化語境的諸多影響。在某種意義上來說，話本小說分別在不同程度上體現了作家群體欲望的文化表徵（cultural representation），這些龐大的文化符碼，因而也可能隱含了特殊的意指實踐。已有學者指出，話本小說原具有模擬說書人的「說--聽」話本說書模式〔註8〕，是故其「話語」的語言特徵非常明顯，以後現代話語理論加以論述，應能有效詮釋話本小說中各種不同的話語類型問題，以反映明清易代作為接續晚明的新興階段，不論在政治、社會或文化上所呈現的紛繁多元的反思意義。

〔註6〕　參見〔美〕James Paul Gee 著；楊信彰導讀：《話語分析入門：理論與方法》（An Introduction to Discourse Analysis: Theroy and Method）（北京：外語教學與研究出版社，2000 年），頁 F11。
〔註7〕　可參看周憲：《文化表徵與文化研究》（北京：北京大學出版社，2007 年）一書。
〔註8〕　陳平原：《中國小說敘事模式的轉變》（北京：北京大學出版社，2003 年），頁254。

　　明末清初，正值朝代鼎革之際，不論在政治或是社會上，均遭逢「天崩地裂」的遽變〔註9〕，作爲反映現實人生的話本小說，連帶也產生不小的衝擊與變化。身逢亂世的小說家們，群起藉由小說對朝代更迭與現實人生進行多角度、多層面的反思。因此易代之際的話本小說，除了對晚明話本在文本結構與內容上做出傳統的繼承、貢獻與超越外，更大量地承載多元文化衝撞與蛻變的信息。舉例來說，我們可以看到此時期的話本小說不論在藝術形式有所突破、在表現手法呈現多樣面貌外，尤其作家的自我意識主體性更加強烈，個人風格極爲鮮明。如果綜合作品的思想意識、內容等各方面的因素，會發現此時期的作品諸如《醉醒石》、《清夜鐘》、《照世盃》與《閃電窗》、《覺世棒》等，均對明王朝有著同樣複雜的感情。他們在反思明亡歷史時都不約而同地採取了以「道德」視角作爲切入點的論述基調，甚至連小說集的命名都有驚人的類似，頗有「針砭」、「療救」的意味。〔註10〕呈顯出明清易代之際的文人處境，因時局的轉變而出現許多自我角色的調適歷程。

　　根據文獻資料顯示，身處國家將亡、異族入侵的易代之際，有關「家國末世記憶」的書寫，不僅會大量出現，亦成爲文人反映末世之變的集體表徵。如當時已邁入遲暮之年的馮夢龍，遭逢甲申之變，就有「天崩地裂」之憤慨。中原大地充斥怨怒哀思、怙憑嚘殺之音，往往見諸易代史籍與通俗小說之中。「末世話語」可視爲集體的一種「時代語境」。但面對新朝入主，明遺民該如何自處？是歸順還是反抗？抑或陽奉陰違？表面當個順民，實際上暗中挹注復明大業。清帝國一統中國的前夕，省思話本小說家的「末世話語」，當可一窺文字表層與深層意義下的奧義。另外，世衰道微，天下動盪，深陷苦難的老百姓，往往能自我調適、苦中作樂以爲應對，亂世成爲孕育幽默諧謔話語的搖籃，自先秦至魏晉六朝、唐宋與明清之際的亂世莫不如此。明清易代之

〔註9〕　「甲申之變，天崩地裂，悲憤莫喻。」此爲馮夢龍語，參見〔明〕馮夢龍：《甲申紀事‧敘》，收錄於《馮夢龍全集》第17集（上海：上海古籍出版社，1993年），頁1。

〔註10〕　參見朱海燕：《明清易代與話本小說的變遷》（武漢：華中科技大學出版社，2007年），頁41。高桂惠同時指出，「明清之際，文人處境即因時局的轉變而出現許多自我角色的調適歷程，其中哲士型小說家，他們以教化爲主要創作觀，……從《照世盃》、《五色石》、《醉醒石》等小說的命名，可以略窺療救的命意。」參見氏著：〈明清小說遊戲觀的辯證──以《十二樓》、《照世盃》爲起點的討論〉，收錄於林明德、黃文吉總策畫：《臺灣學術新視野：中國文學之部【二】》（臺北：五南書局，2007年），頁1070。

際的話本小說，繼承晚明以來話本小說的餘緒而能有所新變，此新變有一部分主要為奇巧戲謔的喜劇性話語表述。因此探討此時期的「諧謔話語」，成為本論文第二個反思的範疇。至於明末以來最為流行的通俗人情小說，當非「才子佳人小說」莫屬。此種熱潮延續迄清初而未絕，成了最為風行的一個流派。這種專事描寫才子佳人愛情遇合的小說，反映了當時普世價值的兩性觀。除此之外，人情小說尚有專寫男女生活的家庭小說與豔情小說，內容均對兩性議題有深入地觸及，本論文將之放入第三個範疇加以討論。上述三點範疇，架構出本論文主要的研究目的。

　　職是之故，所謂明清易代之際話本小說敘事話語的反思，筆者擬論述的主軸，細究之，大致涵蓋以下五點：第一是探討話本小說文本中人物角色的「話語」；其次，是文本與文本之間對話所具有的互文現象的「話語」；其三，是文人階層與庶民階層話語現象的交涉，易言之，即文人市民化的「話語」現象；其四，釐析遺民意識的「話語」弔詭之意涵；最後，則是賦予陽性崇拜的快感書寫「話語」以一全面性的詮釋。

　　話語作為一種文化研究的範疇，它可以各種形式的研究，廣泛地運用在話本小說中。尤其是清順治以後的話本小說家，與明代的話本小說相比，此時期的作家進入了更加自覺的創作階段。作家的主體意識與作品的個人風格遠比明人突出，且此時期的話本小說整體呈現出顯著的「文人化」傾向。因此，考察明清易代之際話本小說的話語所具有的社會化現象，語言的支配力量如何納入社會權力系統的整合運作，凸顯出話語的權力乃是多重性的，它不僅來自語言內部的組織化力量，還有其社會實踐的制度化力量，從這兩種力量的磨合與拉扯中，共構紛呈多樣的面貌。以上淺論，為本論文研究動機與目的的概要說明。

第二節　前人研究回顧

一、明清話本小說概說與專論

　　在中國小說的發展歷程中，話本小說一直扮演著關鍵性的角色。除了話本小說本身獨具的文學價值與重要的歷史地位外，最重要的是，它開啟了中國白話小說創作的先河。先前如果沒有話本小說的鋪墊與衍化，後來就不會

出現大量膾炙人口的明清白話小說。如此重要的小說文類，自然吸引許多學者的目光，紛紛投入研究話本小說的行列。如早期胡士瑩（1901～1979）的《話本小說概論》〔註11〕，資料詳贍、論述精闢，成為研究話本小說重要的入門參考書籍之一。其後歐陽代發（1942～）的《話本小說史》〔註12〕與蕭欣橋、劉福元的《話本小說史》〔註13〕，他們奠基在胡士瑩的研究基礎上，自話本源起探討至晚清話本小說的衰落為止，篇章架構鉅細靡遺，內容論述亦翔實完備。其他如王昕《話本小說的歷史與敘事》〔註14〕、王慶華《話本小說文體研究》〔註15〕二書，有別於以往小說史的思維觀點與論述方法，另闢蹊徑，可謂命意新奇，別開生面。前者以敘事話語的角度，對話本小說裡的敘事者與角色人物進行全面性的考察與比較，後者則是研究話本小說文體形式的發展與演變，皆各有獨到的見地。

　　近年來，明清文學研究已成為學術界熱衷討論的專門領域，尤其關注在晚明至清初易代世變的階段。中研院文哲所自一九九八年以來，進行為期兩年的「世變中的文學世界」主題研究計畫，選取中國歷史上四個重大世變時期，「明清之際」即為其中之一。明末清初，庶民歷經戰亂殺戮、流離顛沛；文人感慨易代之痛、黍離之悲，更面臨生死仕隱的兩難抉擇，其身心的創傷與掙扎，往往形諸詩文、字字血淚。因此重新審視文學書寫與時代變遷的關係，尤其是在世變之際的文人心境、文學創作、文學詮釋、文化生產與文化傳播等諸多問題的探討，置於現今廿一世紀詭譎多變的時局視之，尤能鑒往知來，凸顯其學術價值，從中亦足見「明清之際」時期所代表的重要意義。有關明清之際的社會文化與女性專題研究著作頗多，不勝枚舉，本論文主要以謝國禎的《明清之際黨社運動考》〔註16〕、《明末清初的學風》〔註17〕；高彥頤《閨塾師：明末清初江南的才女文化》〔註18〕；趙園的《明清之際士大夫研究》〔註19〕、《制度‧

〔註11〕 胡士瑩：《話本小說概論》（臺北：丹青圖書有限公司，1983年）。
〔註12〕 歐陽代發：《話本小說史》（湖北：武漢出版社，1997年）。
〔註13〕 蕭欣橋、劉福元：《話本小說史》（杭州：浙江古籍出版社，2003年）。
〔註14〕 王昕：《話本小說的歷史與敘事》（北京：中華書局，2002年）。
〔註15〕 王慶華：《話本小說文體研究》（上海：華東師範大學出版社，2006年）。
〔註16〕 謝國禎：《明清之際黨社運動考》（上海：上海書店出版社，2006年）。
〔註17〕 謝國禎：《明末清初的學風》（上海：上海書店出版社，2006年）。
〔註18〕 〔美〕高彥頤著；李志生譯：《閨塾師：明末清初江南的才女文化》（南京：江蘇人民出版社，2005年）。
〔註19〕 趙園：《明清之際士大夫研究》（北京：北京大學出版社，1999年）。

言論・心態──《明清之際士大夫研究》續編》〔註20〕、《明清之際的思想與言說》〔註21〕、《聚合與流散：關於明清之際一個士人群體的敘述》〔註22〕、《想像與敘述》〔註23〕等爲參考書目。至於從小說史觀的角度出發，以明清之際作爲一個特殊的歷史研究階段，從早期魯迅的《中國小說史略》〔註24〕開始已漸有發端，卓然有成者，要等到一九八四年開始，春風文藝出版社於每年出版一輯的《明清小說論叢》而有所闡發。此出版社到一九八七年共出版了五輯，其中既有對明末清初小說的總體研究，也有根據個別作品如《後西遊記》、《續金瓶梅》等作品的研究。春風文藝出版社並於一九八八年出版了林辰的《明末清初小說述錄》〔註25〕，這是中國大陸第一部研究明末清初小說的專著。林辰在這部書中探討了明末清初小說在小說史上的地位、概況、才子佳人小說及其作者等問題，奠定了明清之際小說作家研究的基礎。後繼者有朱萍的《明清之際小說作家研究》〔註26〕，則是對明清小說作家進行整體研究，從作家的地域分布、謀生之道、生平交遊與創作心態等面向逐一分析，論述時代、地域、作家、作品諸因素之間的互動關係，筆者的論文從中得到許多的啓發與聯想，獲益匪淺。

　　針對明清之際的話本小說有深入研究者，如宋若雲《逡巡於雅俗之間──明末清初擬話本研究》〔註27〕，此書討論了擬話本體制的演變、敘述主體與敘事特點、角色的文化闡釋等問題，並論及擬話本的價值取向與審美接受等問題。而朱海燕的《明清易代與話本小說的變遷》〔註28〕一書，與本文的研究取向以及時代背景最有相關。朱氏此書同樣在觀照明清易代的歷史文化背景上，考察了清初話本小說《醉醒石》、《照世盃》、《無聲戲》、《十二樓》與《豆棚閒話》等代表作品，論及它們對話本小說傳統的繼承、貢獻與超越。

〔註20〕趙園：《制度・言論・心態──《明清之際士大夫研究》續編》（北京：北京大學出版社，2006年）。

〔註21〕趙園：《明清之際的思想與言說》（上海：復旦大學出版社，2010年）。

〔註22〕趙園：《聚合與流散：關於明清之際一個士人群體的敘述》（北京：中國文聯出版社，2009年）。

〔註23〕趙園：《想像與敘述》（北京：人民文學出版社，2009年）。

〔註24〕魯迅著；郭豫適導讀：《中國小說史略》（上海：上海古籍出版社，2004年）。

〔註25〕林辰：《明末清初小說述錄》（瀋陽：春風文藝出版社，1988年）。

〔註26〕朱萍：《明清之際小說作家研究》（北京：中國傳媒大學出版社，2009年）。

〔註27〕宋若雲：《逡巡於雅俗之間──明末清初擬話本研究》（北京：中國社會科學出版社，2006年）。

〔註28〕朱海燕：《明清易代與話本小說的變遷》（武漢：華中科技大學出版社，2007年）。

傅承洲《明清文人話本研究》〔註 29〕一書，則是重新梳理了話本與擬話本概念的演變過程，並從文人創作與市民閱讀雙重視角來考察明清話本的演變規律與創作特色。文中採用綜論與個案研究並陳的方法，揭示明清話本的美學成就，評價作家在中國小說史上的地位。另外，王增斌《明清世態人情小說史稿》〔註 30〕一書，雖非專爲話本小說立論，然書中多以明清話本小說作爲選文材料進行探討，凸顯話本小說的文學價值。值得一提的是，張俊的《清代小說史》〔註 31〕第一章即題名爲〈明清之際小說〉，這是文史學界第一次將明清之際的小說從中國古代小說史上獨立出來，並作爲一個特殊發展階段加以論述的例子。徐志平《清初前期話本小說之研究》〔註 32〕將清初前期話本小說作一全面性的論述。第一篇爲總論，舉凡小說版本、作者、刊行年代與地域分佈的考證，以及小說形式的襲舊與創新皆有深入嚴謹的析論；第二篇爲意識論，將話本小說緊扣在鼎革之際動亂時局的反映上，對於作家亂世求生哲學及人生理想的幽微變化，以及反思明亡的批判和嘲諷的敘事話語多有精闢的闡釋；第三篇爲主流論，乃針對人情小說的綜論，包含家庭小說、社會小說與豔情小說的分析與介紹；最後爲藝術論，主要著重在話本小說的題材表現與情節結構的論述，文末以話本小說走向衰微作結。全書考據詳實，論述獨到，實爲研究清代話本小說必備之工具書。

　　最後，陳器文《恣臆談譎——明代通俗小說試煉故事探微》〔註 33〕一書，透過晚明通俗小說最基型也最普遍的試煉故事，探討表層話語複雜而矛盾的社會心理與文化意義。藉由此書所傳達出來的訊息，讓我們充分瞭解到，晚明獨特的時代氛圍，是由整體知識分子所共構的集體表徵，絕不僅止於單一事件。而他們疏狂不羈的反動意識與諧謔浪蕩的人生態度，套用陳器文的話來說，是「明季民間敘事隱形作者共有的血肉之軀」，亦是瞭解當代通俗小說庶民文學的通幽曲徑。本論文時間斷限雖在「明清易代之際」，但對於晚明思潮與士風多有涉及。《恣臆談譎》一書，不論是從宏觀的時代性研究視角，抑或微觀處的人格心理作品描摹，往往有獨到的創見。本論文第三章〈諧譎話語〉延續了《恣臆談譎》的部分研究觀點，在歷史文化的時間縱軸上，

〔註 29〕傅承洲：《明清文人話本研究》（北京：人民文學出版社，2009 年）。
〔註 30〕王增斌：《明清世態人情小說史稿》（北京：中國文聯出版社，1998 年）。
〔註 31〕張俊：《清代小說史》（杭州：浙江古籍出版社，1997 年）。
〔註 32〕徐志平：《清初前期話本小說之研究》（臺北：臺灣學生書局，1998 年）。
〔註 33〕陳器文：《恣臆談譎——明代通俗小說試煉故事探微》（即將出版）。

以作爲「末世」之後、繼而「易代」的鋪墊。

　　上述專書多爲針對時代或小說主題做全面性的探討，其他亦有針對作家個人及其著作所作的研究，如徐志平《五色石主人小說研究》〔註34〕，介紹清初小說作家五色石主人，及其話本小說集《八洞天》與英雄傳奇小說《快士傳》等。李漁的戲曲小說歷來備受矚目，以之爲研究對象而出版的專著也不少。如黃麗貞的《李漁研究》〔註35〕、崔子恩的《李漁小說論稿》〔註36〕，胡元翎的《李漁小說戲曲研究》〔註37〕，還有沈新林的《李漁與無聲戲》〔註38〕與《李漁新論》〔註39〕等諸多專書陸續問世。而黃果泉的《雅俗之間：李漁的文化人格與文學思想研究》〔註40〕一書，則是以宏觀的視野，嘗試以融通雅俗的文學主張，來詮解李漁的文化人格與文學思想，見解不僅獨到而且論述極爲精闢扼要，爲明清易代之際話本小說逐漸邁向文人化的走向作了極佳的註解。

二、期刊與學位論文

　　近年來，兩岸三地研究明清之際話本小說的學位論文與單篇期刊，如雨後春筍般蓬勃發展，內容堪謂五花八門、琳瑯滿目，研究成果相當豐碩。爲免淪於文獻資料的堆砌，本論文僅就相關部分擇要摘列綜述。依據論文大綱，分爲末世話語、諧謔話語與性別話語三部分逐項陳述。

　　論及末世話語的部分，參考文獻的研究取向著重在探討話本小說敘事話語關於「家國末世記憶」的集體書寫，是否能反映出社會時事的脈動，與易代之際創作者集體的末世情懷。考察話本小說作家在歷史條件與社會因素的影響之下，作者藉由文本說了些什麼？如何言說？在文本／文本、文本／讀者之間是否產生所謂的互文性現象？首先，針對「時事話語」的部分，王德威（1954～）在《歷史與怪獸》一書中指出，傳統中國白話小說的特徵，往往是透過附會歷史使得虛構敘事產生眞實感。〔註41〕但文人以「史傳」入

〔註34〕 徐志平：《五色石主人小說研究》（臺北：秀威資訊科技出版社，2006年）。
〔註35〕 黃麗貞：《李漁研究》（臺北：國家出版社，1995年）。
〔註36〕 崔子恩：《李漁小說論稿》（北京：中國社會科學出版社，1989年）。
〔註37〕 胡元翎：《李漁小說戲曲研究》（北京：中華書局，2004年）。
〔註38〕 沈新林：《李漁與無聲戲》（瀋陽：遼寧教育出版社，1992年）。
〔註39〕 沈新林：《李漁新論》（蘇州：蘇州大學出版社，1996年）。
〔註40〕 黃果泉：《雅俗之間：李漁的文化人格與文學思想研究》（北京：中國社會科學出版社，2004年）。
〔註41〕 王德威：《歷史與怪獸》（臺北：麥田出版社，2004年），頁118。

小說的創作觀，不僅是創作者自身的歷史意識使然，更重要的是，讀者已將之視爲歷史眞實的一部分。這種「想像與敘事」話語所衍生的有趣對照，建構與重構之間，所謂的歷史已全然瓦解於話語自身所帶來的矛盾。這種觀點，主要借鏡美國新歷史主義學家海登・懷特（Hayden White，1928～）如何看待「敘事性歷史」問題的看法，將此種觀點導入明清易代之際話本小說中的時事話語分析。其中明清易代的「歷史語境」，乃參考自王璦玲〈記憶與敘事：清初劇作家之前朝意識與易代感懷之戲劇轉化〉〔註42〕一文。王璦玲對於易代明遺民的「前朝意識」，如何由「個人」的有限層面，擴展成「集體」的文化現象，有極爲精闢的創見。至於生／死敘事的話語反思，王璦玲在〈亂離與歸屬——清初文人劇作家之意識變遷與跨界想像〉〔註43〕一文中告訴我們，明遺民對於「末世」的當下性與永恆性要如何去呼應？「此岸」／「彼岸」如何去追求的問題。另外，孔定芳的〈明遺民的身分認同及其符號世界〉〔註44〕裡，對於明遺民身分認同的質疑與焦慮，有簡明扼要的闡述。而中國大陸學者井玉貴〈《警世陰陽夢》、《清夜鐘》作者新考〉與胡蓮玉〈陸雲龍生平考述〉〔註45〕二文，與張秋華的學位論文《《醉醒石》、《照世盃》、《警寤鐘》比較研究》〔註46〕，提供了瞭解話本小說作者面臨世變的態度與文本角色人物生平事蹟一個很好的觀察角度。最後在寒儒意識與貞女相關的書寫討論方面，單篇論文以李惠儀〈性別與清初歷史記憶——從揚州女子談起〉〔註47〕；韓婷婷〈寒儒的悲哀——試論清代海烈婦故事〉〔註48〕最爲重要，學位論文則是以安碧蓮《明代婦女貞節觀的強化與實踐》

〔註42〕參見王璦玲：〈記憶與敘事：清初劇作家之前朝意識與易代感懷之戲劇轉化〉，《中國文哲研究集刊》第24期（2004年3月），頁39～103。

〔註43〕參見王璦玲：〈亂離與歸屬——清初文人劇作家之意識變遷與跨界想像〉，《文與哲》第14期（2009年6月），頁164。

〔註44〕參見孔定芳：〈明遺民的身分認同及其符號世界〉，《中國社會科學院研究生院學報》第3期（2005年），頁121。

〔註45〕參見井玉貴：〈《警世陰陽夢》、《清夜鐘》作者新考〉，《中國典籍與文化》第4期（2002年），頁41～48。胡蓮玉：〈陸雲龍生平考述〉，《明清小說研究》第3期（2001年），頁213～222。

〔註46〕參見張秋華：《《醉醒石》、《照世盃》、《警寤鐘》比較研究》（臺北：國立臺灣師範大學國文學系碩士論文，2009年）。

〔註47〕李惠儀：〈性別與清初歷史記憶——從揚州女子談起〉，《臺灣東亞文明研究學刊》第7卷第2期（2010年12月），頁289～344。

〔註48〕參見韓婷婷：〈寒儒的悲哀——試論清代海烈婦故事〉，《文學前沿》（2007年），

〔註49〕；費絲言《由典範到規範：從明代貞節烈女的辨識與流傳看貞節觀念的嚴格化》〔註50〕等篇章，皆對本小節的評論上有許多的啓發。

　　在「末世話語」的專章裡，第一小節則是將明清之際中下階層文人創作的話本小說，置於以布爾迪厄（Pierre Bourdieu，1930～2002）的《文化生產場》一書中所揭示的，中心／邊緣、雅正／通俗的二元對立場域，論析話本小說中所呈現的兩重話語之交鋒。主要考察文本爲艾衲居士的《豆棚閒話》。由於本節關涉到諸多話本小說作者的社會階層與脈動，以及中下層文人的活動場域，因此所選論文大都集中在社會文化研究論的範疇。單篇論文如日人大木康在〈關於明末白話小說的作者和讀者〉〔註51〕一文所揭示的，明清之際白話小說的作者大多是江南的儒生。這裡面便衍生出了一個文化經濟場域的問題；羅時進的〈明清江南文化型社會的構成〉〔註52〕論文中，更確證了此種說法的歷史構成因素。南帆〈敘事話語的顚覆：歷史和文學〉〔註53〕一文，闡釋歷史／文學話語中有其顚覆性的弔詭。中國大陸學者張永葳發表的單篇與學位論文：〈論明末清初擬話本的非文體化現象——以《豆棚閑話》爲個案〉〔註54〕、《《豆棚閒話》：話中有思的個性文本》〔註55〕，則是針對《豆棚閒話》獨特的敘事話語表現手法，提出新見，頗富參考價值。高桂惠在〈世道與末技——《型世言》的演述語境與大眾化文化〉〔註56〕一文中，更指出了話本小說具有「多重對話」模擬書場演述的形式。關於《豆棚閒話》私人

頁171～179。

〔註49〕安碧蓮：《明代婦女貞節觀的強化與實踐》（臺北：中國文化大學史學研究所博士論文，1995年）。

〔註50〕參見費絲言：《由典範到規範：從明代貞節烈女的辨識與流傳看貞節觀念的嚴格化》（臺北：國立臺灣大學歷史學研究所碩士論文，1997年）。

〔註51〕〔日〕大木康、吳悦：〈關於明末白話小說的作者和讀者〉，《明清小說研究》第2期（1988年），頁199～211。

〔註52〕參見羅時進：〈明清江南文化型社會的構成〉，《浙江師範大學學報》第5期（2009年），頁67。

〔註53〕參見南帆：〈敘事話語的顚覆：歷史和文學〉，《當代作家評論》第4期（1994年），頁28～39。

〔註54〕張永葳：〈論明末清初擬話本的非文體化現象——以《豆棚閑話》爲個案〉，《湖南大學學報》第21卷第3期（2007年5月），頁93～97。

〔註55〕張永葳：《《豆棚閒話》：話中有思的個性文本》（長沙：湖南師範大學中國古代文學碩士論文，2005年）。

〔註56〕高桂惠：〈世道與末技——《型世言》的演述語境與大眾化文化〉，《政大中文學報》第6期（2006年12月），頁53～54。

／公共敘事空間的討論，以胡豔玲在《《豆棚閒話》研究》〔註57〕一書中的說法最能契合本論文的研究主旨。

「末世話語」的第二小節，討論到話本小說中的驚世奴變與鼎革亂離敘事話語。這部分的論點主要參考自上節所提及的專書為主，除此之外，極具參考價值的單篇期刊與學位論文則有林佳怡的碩士論文《明末清初女性亂離詩研究》〔註58〕；孫康宜〈末代才女的亂離詩〉〔註59〕；李惠儀〈明末清初流離道路的難女形象〉、〈性別與清初歷史記憶——從揚州女子談起〉〔註60〕二文；桑德里·吉爾伯特（Sandra M. Gilbert）&蘇珊·古巴（Susan Gubar）〈鏡與妖女：對女性主義批評的反思〉〔註61〕等篇章。這些學術論文針對亂世中女子的自處之道與貞女的國族論述，皆有精闢的觀點可供參照。

其次，針對諧謔話語的部分，參考文獻資料的研究取向著重在考察晚明以來，士風與文學「重情貴真」的本色姿態，與諧謔式的袪魅顛覆相關論述。這部分涉及的層面甚廣，本論文蒐羅歸納《三言》、《二拍》有關諧謔話語的文獻資料，包括了敘事者／角色話語的探討，人物的諧謔話語等，這部分可以參看拙文〈縫隙中的騷動——《三言》中三姑六婆的喜劇角色與話語研究〉〔註62〕的相關介紹。除此之外，尚有清初話本小說的研究論文，篇章較為駁雜。為了說明明清諧謔話語的生成脈絡，必須將中國自古以來有關「喜劇」意識的淵源與衍化略作釐清。本論文採用尤雅姿〈中國笑話文學特徵之研究〉〔註63〕一文中對於滑稽話語所衍生之文學笑談作為定義，將之歸類於小說家

〔註57〕 胡豔玲：《《豆棚閒話》研究》（西安：陝西師範大學中國古代文學碩士論文，2003 年），頁 26～30。

〔註58〕 林佳怡：《明末清初女性亂離詩研究》（臺中：國立中興大學中國文學系碩士論文，2008 年），第二章〈敘述：亂離書寫的歷史敘述〉，頁 34～37。

〔註59〕 孫康宜：〈末代才女的亂離詩〉，《文學的聲音》（臺北：三民書局，2001 年），頁 41～71。

〔註60〕 李惠儀：〈明末清初流離道路的難女形象〉，收錄於王瓊玲主編：《空間與文化場域：空間移動之文化詮釋》（臺北：漢學研究中心，2009 年），頁 143～186。李惠儀：〈性別與清初歷史記憶——從揚州女子談起〉，《臺灣東亞文明研究學刊》第 7 卷第 2 期（2010 年 12 月），頁 292～295。

〔註61〕 〔美〕桑德里·吉爾伯特（Sandra M.Gilbert）&蘇珊·古巴（Susan Gubar）著：〈鏡與妖女：對女性主義批評的反思〉，收錄於張京媛主編：《當代女性主義文學批評》（北京：北京大學出版社，1992 年）。

〔註62〕 參看萇瑞松：〈縫隙中的騷動——《三言》中三姑六婆的喜劇角色與話語研究〉，《興大人文學報》第 48 期（2012 年 3 月），頁 27～59。

〔註63〕 尤雅姿：〈中國笑話文學特徵之研究〉，收錄於國立政治大學中國文學系編：《中

之諧謔部，屬於通俗文學中的一支。亂世孕育幽默，人們淡定笑看人生。世變之際，毀滅與重生並起。胡曉眞的單篇論文〈世變之亟——由中研院文哲所「世變中的文學世界」主題計畫談晚明晚清研究〉〔註64〕，由此觀察的角度賦予本論文啓發性的示範作用，重新審視時代變遷如何影響文學書寫。圍繞在此議題的相關論文，林佳燕的博士論文《世變、迂迴、荒唐之言：六朝諧隱研究》〔註65〕緊扣住世變下的時代背景，故有所謂的六朝諧隱荒唐之言，關注文本「發言者」與「權力主體」的對話過程，挖掘出許多精彩話語辯證的研究成果。高桂惠〈明清小說遊戲觀的辯證——以《十二樓》、《照世盃》爲起點的討論〉〔註66〕，則是以小說演述「遊戲化」的律則來剖析《照世盃》，認爲此乃知識分子嘲諷世態的一種策略。

專事討論晚明士人風習的學者，當推中國大陸的趙園。他的單篇文章〈關於「士風」〉〔註67〕，可以幫助我們瞭解明代士風衍化變異的軌跡與文化因素。此外，還有王汎森〈日譜與明末清初思想家——以顏李學派爲主的討論〉〔註68〕、〈明末清初的一種道德嚴格主義〉〔註69〕；高建立〈商業文明的發展與晚明士林風氣的嬗變〉〔註70〕；李桂奎〈論《三言》《二拍》世俗文化家園中的文士角色扮演〉、〈論《三言》《二拍》角色設計的士商互滲特徵〉〔註71〕等

國文學史暨文學批評學術研討會論文集》（臺北：國立政治大學中國文學系，1996 年），頁 105。

〔註64〕 胡曉眞：〈世變之亟——由中研院文哲所「世變中的文學世界」主題計畫談晚明晚清研究〉，《漢學研究通訊》第 20 卷第 2 期（2001 年 5 月），頁 27～34。

〔註65〕 林佳燕：《世變、迂迴、荒唐之言：六朝諧隱研究》（臺南：國立成功大學中文所博士論文，2009 年）。

〔註66〕 高桂惠：〈明清小說遊戲觀的辯證——以《十二樓》、《照世盃》爲起點的討論〉，收錄於林明德、黃文吉總策畫：《臺灣學術新視野：中國文學之部【二】》（臺北：五南書局，2007 年），頁 1077～1078。

〔註67〕 趙園：〈關於「士風」〉，《中國文化研究》夏之卷（2005 年），頁 1～13。

〔註68〕 王汎森：〈日譜與明末清初思想家——以顏李學派爲主的討論〉，《中央研究院歷史語言研究所集刊》第 69 本第 2 分（1998 年 6 月），頁 245～294。

〔註69〕 王汎森：〈明末清初的一種道德嚴格主義〉，收入郝延平、魏秀梅編：《近世中國之傳統與蛻變——劉廣京院士七十五歲祝壽論文集》（臺北：中央研究院近代史研究所，1998 年），頁 69～81。

〔註70〕 高建立：〈商業文明的發展與晚明士林風氣的嬗變〉，《遼寧大學學報》（哲學社會科學版）第 34 卷第 4 期（2006 年 7 月），頁 66～70。

〔註71〕 李桂奎：〈論《三言》《二拍》世俗文化家園中的文士角色扮演〉，《貴州社會科學》第 3 期（2004 年 5 月），頁 81～84。李桂奎：〈論《三言》《二拍》角色設

論文，皆對明代文人的整體塑像有所著墨。晚明士人普遍的戲謔心態，實有銘心刻骨的創痛與誇張絕妙的顛覆性。論及黑色幽默的學理界定，以賀淑瑋的博士論文《黑色幽默在中國：毛話語創傷與當代中國「我」說主體》〔註72〕最具參考價值。劉正忠〈違犯・錯置・污染——臺灣當代詩的屎尿書寫〉〔註73〕與歐麗娟〈《紅樓夢》中的「狂歡詩學」——劉姥姥論〉〔註74〕二文，有「穢物意象」與「溷穢視境」論點的闡釋。在黃慶聲的多篇論文中，諸如〈論《李卓吾評點四書笑》之諧擬性質〉〔註75〕、〈馮夢龍《笑府》研究〉〔註76〕二文中，已明白指出晚明士人的集體表徵，契合當代文化背景因素。討論明清笑話中的身體與情欲觀，則有黃克武〈明清笑話中的身體與情慾：以《笑林廣記》爲中心之分析〉〔註77〕一文的分析。

最後，在性別話語的部分，分別參考了諸多探討明清易代之際話本小說中才子佳人小說、家庭小說與豔情小說的相關論文。其中李志宏〈論明末清初才子佳人小說中「佳人」形象範式的原型及其書寫——以作者論立場爲討論基礎〉〔註78〕；聶春豔〈一次不成功的顛覆—評《玉嬌梨》、《平山冷燕》的「佳人模式」〉〔註79〕、〈男性人格理想的載體：清代小說中「男性化」的女性形象略論〉〔註80〕等文章，皆談到了明末清初才子佳人小說中「佳人模

計的士商互滲特徵〉，《遼寧師範大學學報》第4期（2003年7月），頁71～75。
〔註72〕賀淑瑋：《黑色幽默在中國：毛話語創傷與當代中國「我」說主體》（臺北：輔仁大學外語學院比較文學所博士論文，2002年）。
〔註73〕劉正忠：〈違犯・錯置・污染——臺灣當代詩的屎尿書寫〉，《臺大文史哲學報》第69期（2008年11月），頁151。
〔註74〕歐麗娟：〈《紅樓夢》中的「狂歡詩學」——劉姥姥論〉，《臺大文史哲學報》第63期（2005年11月），頁90～91。
〔註75〕黃慶聲：〈論《李卓吾評點四書笑》之諧擬性質〉，《中華學苑》第51期（1998年2月），頁79～130。
〔註76〕黃慶聲：〈馮夢龍《笑府》研究〉，《中華學苑》第48期（1996年7月），頁79～149。
〔註77〕黃克武：〈明清笑話中的身體與情慾：以《笑林廣記》爲中心之分析〉，《漢學研究》第19卷第2期（2001年12月），頁343～374。
〔註78〕李志宏：〈論明末清初才子佳人小說中「佳人」形象範式的原型及其書寫——以作者論立場爲討論基礎〉，《國立臺北教育大學學報》第18卷第2期（2005年），頁25～62。
〔註79〕聶春豔：〈一次不夠成功的「顛覆」——評《玉嬌梨》《平山冷燕》的「佳人模式」〉，《明清小說研究》第4期（1998年），頁62～73。
〔註80〕聶春豔：〈男性人格理想的載體：清代小說中「男性化」的女性形象略論〉，《明清小說研究》第2期（2004年），頁23～33。

式」的書寫策略。兩人均不約而同地指出，此類小說不過是文人的一種自戀投射罷了，將男性的人格理想暫時「移位」或「置換」到女性身上，充分反映了易代亂世之際，位處文化位置邊緣的中下層文人的認同焦慮。孫康宜的〈明清文人的經典論和女性觀〉、〈何謂「男女雙性？」——試論明清文人與女性詩人的關係〉〔註81〕二文與張淑麗〈逆讀明末清初才子佳人小說：從《玉嬌梨》談起〉〔註82〕的文章，更直接地表明「佳人模式」乃失意文人的情欲投射與文化想像的文本載體，說穿了這是另一種父權論述形式的暴力。學位論文以黃蘊綠《明末清初才子佳人小說中的佳人形象》〔註83〕與陳玉萍《中國古典中短篇小說中的詩文關係與抒情性——以愛情為主題的討論》〔註84〕等兩篇為主，分別在才子佳人愛情婚戀遇合故事中的佳人形象，與才子佳人小說詩文敘事成規的不同，皆有完整的論述。

　　關於明清易代之際話本小說的貞淫二元書寫，本論文從女性生活的「空間」為立論依據，觀察到明清婦女異於前朝傳統女性，有了從「家庭」出走的機會，向外擴展生活空間，據此便會衍生出許多饒有趣味的課題。這部分美籍漢學家高彥頤的〈「空間」與「家」——論明末清初婦女的生活空間〉〔註85〕一文裡的闡述，極富新見。其他單篇論文，例如陶慕寧〈從《影梅庵憶語》看晚明江南文人的婚姻性愛觀〉〔註86〕；黃克武〈暗通款曲：明清豔情小說中的情欲與空間〉〔註87〕；王鴻泰〈明清間文人的女色品賞與

〔註81〕　孫康宜：〈明清文人的經典論和女性觀〉，收於氏著《文學經典的挑戰》（南昌：百花洲文藝版社，2002 年），頁 83～98。孫康宜：〈何謂「男女雙性？」——試論明清文人與女性詩人的關係〉，收於氏著《文學經典的挑戰》，頁 304～306。

〔註82〕　張淑麗：〈逆讀明末清初才子佳人小說：從《玉嬌梨》談起〉，收入鍾慧玲主編：《女性主義與中國文學》（臺北：里仁出版社，1997 年），頁 406。

〔註83〕　黃蘊綠：《明末清初才子佳人小說中的佳人形象》（臺北：淡江大學中國文學系碩士論文，1997 年）。

〔註84〕　陳玉萍：《中國古典中短篇小說中的詩文關係與抒情性——以愛情為主題的討論》（臺北：國立臺灣大學中國文學研究所博士論文，2009 年）。

〔註85〕　〔美〕高彥頤：〈「空間」與「家」——論明末清初婦女的生活空間〉，《近代中國婦女史研究》第 3 期（1995 年），頁 21～22。

〔註86〕　陶慕寧：〈從《影梅庵憶語》看晚明江南文人的婚姻性愛觀〉，《南開學報》第 4 期（2000 年），頁 56～61。

〔註87〕　黃克武：〈暗通款曲：明清豔情小說中的情欲與空間〉，收錄於熊秉真主編；王璦玲、胡曉真合編：《欲掩彌彰：中國歷史文化中的「私」與「情」——私情篇》（臺北：漢學研究中心，2003 年），頁 245～251。

美人意象的塑造〉〔註88〕等文章，讓我們深刻地認識到明清文人看待女性的幽微心理。至於學位論文方面，王鴻泰《流動與互動：由明清間城市生活的特性探測公眾場域的開展》〔註89〕的博士論文，從經濟層面的觀察，認爲江南地區因爲經濟條件的優渥，聲色事業得天獨厚，再加上政治遠離權力核心，所以江南成爲士大夫寄情聲色的溫床。提供「空間」／「經濟」雙重思維的不同面向。以及吳佳眞《晚明清初擬話本之娼妓形象研究》〔註90〕的碩士論文，作出娼妓貞／淫二元形象的分類，亦頗具參考價值。

以上是有關本論文在參考單篇期刊論文與碩、博士論文的簡要概述。

第三節　研究方法

米歇爾‧傅柯（Michel Foucault，1926〜1984）在《知識的考掘》一書中，沿用語言學的詞彙，將每一個社會或文化駕馭其成員思維、行動和組織的規範或條例，所鑄成無形或有形的結構稱之爲「話語」（discourse）。他認爲：

> 一個社會中的各個層面（政、經、文、教、醫、商等）都有他們特定的話語存在，而這些話語組合起來，就成爲一個縝密的網絡，使該社會的所有活動皆受其定義和限制。……這些話語都受制於該時代對外在世界的一特定認知模式：此一認知模式所衍生成的知識範圍，被稱爲「知識領域」。由於語言是傳達知識的主要媒介，我們對操縱某一「知識領域」的那個認知模式的探討，可以從研究話語在該領域內作用的過程著手。〔註91〕

誠如本章第一節研究動機所述，作爲接續晚明的清初話本小説，明清之際的時代語境，必然成爲當時話本小説的作者念茲在茲的文化背景因素。而此文化背景因素，正是傅柯特別強調的認知模式所衍生成的「知識領域」。本

〔註88〕王鴻泰：〈明清間文人的女色品賞與美人意象的塑造〉，收錄於王璦玲主編：《明清文學與思想中之情、理、欲——文學篇》（臺北：中研院文哲所，2009年），頁207〜208。

〔註89〕王鴻泰：《流動與互動：由明清間城市生活的特性探測公眾場域的開展》（臺北：臺灣大學歷史學研究所博士論文，1998年）。

〔註90〕吳佳眞：《晚明清初擬話本之娼妓形象研究》（臺北：中國文化大學中文系碩士論文，2000年）。

〔註91〕〔法〕米歇爾‧傅柯（Michael Foucault）著；王德威譯：《知識的考掘》（臺北：麥田出版社，1993年），〈導讀一：淺論傅柯〉，頁19。

文所謂「明清易代之際」的話本小說，意在凸顯晚明過渡至清初的整體時代性，文中所涉及的文本大部分以易代之際的話本小說爲主，也就是所謂的清初話本小說。理由很簡單，惟有清初作者才能見證改朝換代的那個歷史瞬間。許多學者如崔子恩、歐陽代發等人都認爲，話本小說的創作高峰在晚明《三言》、《二拍》之後至清初雖在持續著，不過基本上清初話本小說已經出現了新的變化。而此變化，不單是話本小說的文體形式產生重大改變，更是話語言說的內容與意旨業已脫離晚明的時代語境，有著極爲深刻的文化喻意。

　　話語理論在後結構主義學家那裡所標舉的深刻意義與思考核心，諸如話語與權力／文化之間的辯證關係，話語的歷史實踐以及話語的多重隱喻性等等課題，提供了研究易代之際清初話本小說一個極好的觀察面向與啓發意識。本文將之納入研究方法中，以期能拓展視域，闡釋此時期話本小說的多重面貌。本文之話語研究，不僅著重在文本之歸納比較，尤重在文學文本與思想文本在當代思想主導下之具體呈現，並配合地域性與文化性的視域觀照，歷時性與共時性的比較稽考，兼具內證與外證法的統合運用。尤其在後現代思潮的觀照之下，傅柯的研究讓我們清楚地看到，話語不僅幽靈性地「反映」或「再現」各類社會實體與社會關係，而且建構或構造它們。因爲話語是「一套在一定的歷史時空規限下相互聯繫的思想，它嵌在文本、言詞和各種實踐中。」〔註92〕藉由對詮釋符號型態的生成與結構、探究符號意義的系統與指涉，最後將符號的應用，不論在對話與解釋上，落實於藝術符號的生成意義，回歸人文本位，證實身爲人的價值，將《明清易代之際話本小說敘事話語的反思》一文導向文學語言的深層反思與辯證。本文既有縱向文學與歷史的觀照，亦有話本小說的美學意義與文化價值，從中建構出文化詩學研究的基本路徑和思維體系，並嘗試爲明清易代之際的若干文化現象提出個人淺見與基本看法。

　　廿世紀之話語論述，在後現代思潮的推展下，從歐美學界開始「反思」東方的美學價值，此種趨勢也符合當今所謂全球化的跨界文化尋根浪潮。〔註93〕作爲一位人文學者，如何在知識經濟主導下的工具理性時代、在社會危機和動

〔註92〕〔美〕麥克洛斯基著；許寶強等譯：《社會科學的措辭》（北京：生活・讀書・新知三聯書店出版，2000 年），頁 81。

〔註93〕此部分可參看葉舒憲：《現代性危機與文化尋根》（濟南：山東教育出版社，2007 年），第八章、第九章，〈20 世紀西方思想的「東方轉向」〉（上）（下），頁 142～180。

盪之際發揮反思和批判的作用，從而激發學界更恰當地面對、運用傳統文化和西方資源，更自覺地思考「文明」與「發展」等問題。這正是呼應學界反思求索精神的積極作為。

本論文《明清易代之際話本小說敘事話語的反思》，朝向話語研究之辯證與反思來努力，在既有的文化事件、社會現實面前，從歷史語境中找尋文學研究的新方向，跳脫既定的思維框架；亦有話本小說文體本論之美學研究，時間跨度可從明末延續迄今。清初與今人針對晚明敘事有極大的反差，說明了威權敘事弔詭的一面。〔註94〕如果小說可視為一種「話語構成」，那麼它也在歷史敘事話語的環節中不斷建構與解構。觀察其中的美學律則、思想寓意和類型特徵，應能掌握明清易代之際話本小說作家集體的創作心態。本文試圖從後現代的話語論述中，凸顯明清易代之際話本小說敘事話語的美學意涵與文化價值，並期望建構個人詮釋當代文化與文學現象的基本理路與概念。

另外，從文化研究的觀點來說，各種不同的小說除可視為一種「話語構成」（discursive formation）外，它亦是「指稱或構造有關一個特定話題的實踐——一組觀念、形象和實踐活動（或其構成體），它們提供談論一個特定的話題，即社會活動或社會中的制度化情境的方法提供與此有關的知識和行為的各種形式——的知識的方式。」〔註95〕因此，從話語實踐的角度分析各種不同類型話本小說的話語構成，可略窺時代與小說之間彼此密切繁複的關係與作用。不僅「著重考察語言和表徵如何生產出意義，更將確定表徵的不同實踐在各種具體的歷史境遇中，於現實的實踐活動中的運作方式。」〔註96〕

準此，明清易代之際話本小說的話語類型與構成是在特定歷史文化語境中被賦予意義和敘事秩序的，此種現象亦出現在許多的評點與序文中，產生與作者相互呼應及辯證的有趣雙聲複調。它們的價值與意義同樣地不容小覷，有其進一步探究的詩學內涵。例如遺民詩人杜濬（1611～1687），他的詩歌成就甚受當時文壇的肯定，而杜濬本人又是李漁小說的評點者，舉凡李漁小說《十二樓》、《無聲戲》的序文與評語，戲曲《十種曲》中《鳳求凰》

〔註94〕此種論點可參見譚佳：《敘事的神話：晚明敘事的現代性話語建構》（北京：中國社會科學出版社，2009年），第一節〈明末清初的晚明敘事〉，頁48～70。

〔註95〕〔英〕斯圖爾特・霍爾（Stuart Hall）編；周憲、許鈞譯：《表徵——文化表象與意指實踐》（北京：商務印書館，2003年），頁6。

〔註96〕〔英〕斯圖爾特・霍爾（Stuart Hall）編，周憲、許鈞譯：《表徵——文化表象與意指實踐》，頁6。

序、《玉搔頭》及《巧團圓》之序與評、《比目魚》評等，皆出自他的手筆。
〔註97〕而杜濬又與《續金瓶梅》作者丁耀亢（1599～1670），爲《照世盃》
寫序之吳山諧野道人彼此友好，他們三人曾在西湖聚會，「縱談古今，各出
其著述，無非憂憫世道，借三寸管爲大千世界說法。」〔註98〕此三人或爲小
說作者，或爲小說寫序、寫評者，所談大致不離通俗小說的教化功能。他們
雖未實際參與通俗小說的創作，但透過其評論之內容，當可一窺他們對小說
之觀點，同時亦能借此觀察遺民與通俗小說之互動關係，與探究評點活動背
後之社會意涵。〔註99〕以杜濬爲例，歷來都說他能讀出李漁的詼諧幽默，這
種看法並非捕風捉影、毫無根據之言。杜濬在小說中的序文與評點，經常附
和詮釋李漁的弦外之音，頗得相得益彰的妙趣。他一方面明白點出李漁小說
的詼諧處，如《十二樓‧三與樓》的眉批直接寫道：「無語不帶詼諧，可謂
今之曼倩。」「有此韻筆，方可詼諧。」《十二樓‧拂雲樓》眉批：「無語不
令人解頤。」另一方面，時與李漁互相唱和，如《無聲戲》卷一爲了表示紅
顏薄命，寫閻王判惡人轉世爲美女，杜濬在批語中道：「這等看來，如今的
惡人，都是將來的美女，該預先下聘才是。」（中國話本大系《無聲戲》頁
26）《十二樓‧鶴歸樓》寫知足常樂之法，杜濬的眉批道：「人人悟此，可使
地獄一空，然又慮擠破天堂，還求作者再生一法。」妙語如珠，詼諧有趣，
堪與李漁的小說相媲美。

　　又或者，我們從話本小說中獨有的「話語虛擬情境」來看，說書人／聽
眾的關係，可視爲小說敘事文體中的敘述者／接聽者的位置。有趣的是，話

〔註97〕根據黃強的考證，《玉搔頭》序原署「黃鶴山農題」，《巧團圓》序原署「樗道
人書」，「黃鶴山農」及「樗道人」皆爲杜濬之化名；又《比目魚》原署「秦
淮醉侯批評」，但由於本篇改篇自李漁小說〈譚楚玉戲裡傳情〉，而杜濬爲該
篇之評者，黃強比較二評，發現乃出自同一人之手，故秦淮醉侯亦爲杜濬之
化名。參見黃強《李漁研究》（杭州，浙江古籍出版社，1996 年），頁 348～
352。

〔註98〕參見吳山諧野道人《照世盃‧序》，上海古籍出版社《古本小說集成》影佐伯
文庫本。

〔註99〕參見徐志平：〈遺民詩人杜濬功能論小說觀探究〉，《臺北大學中文學報》創刊
號（2006 年），頁 121～150。關於杜濬的評點與社交活動，另有徐志平：〈杜
濬與龔鼎孳之交遊及其心靈衝突研究〉，《興大中文學報》第 17 期（2005 年 6
月），頁 241～259。徐志平：〈遺民詩人杜濬生平及其交遊考論〉，《人文研究
期刊》第 2 期（2007 年 1 月），頁 1～32。徐繡惠：〈杜濬的評點與社交活動〉，
《中極學刊》第 7 期（2008 年 6 月），頁 161～178。

本小說中說話的情境，往往賦予故事以一個鮮活的敘事結構，並傳達一種身歷其境的「再現」（representational）軌跡。而這個在中國話本小說中別具關鍵地位的「說話人」，以美學與文化的層面來看，他不僅先驗於作品而存在，經常性地被召喚作爲一種敘事成規，而且經由他說話所引起的模擬式似眞策略，有效地填補了虛構與眞實之間的裂縫，他的聲音具有強烈的說服力。這其中包含了複雜的社會文化話語所形成互爲指涉（intertextual）的關係。這位「說話人」的存在，王德威指出，有其根深蒂固的歷史文化因素支持著，套用羅蘭巴特（Roland Barthes，1915～1980）的話來說，說話人的聲音是在一特定歷史時空中，「一個集體的、匿名的聲音，其源頭正是一般人的知識總和。」〔註100〕

這種發生在敘事者說話人身上虛擬似眞的敘事技巧，其所產生的美學影響，在於將個人事件置於大歷史的敘事之中，遠離敘事細節中的直線時序和模擬的特性，使他們可藉一超然無我的聲音從事實爲私人興趣的描寫。說話人似乎是個老練豁達的旁觀者，對著我們娓娓訴說著他的故事。因此他同時扮演了兩個角色，一爲窺奇獵豔者，他的話語內容，以滿足自己／讀者的欲求爲能事；另一儼然爲道貌岸然的規誡者，其話語情境無非是想告訴讀者，宣淫乃爲戒色，用心良苦。這種經由不同敘事者的話語所產生之兩重悖反性，甚爲荒謬可笑，但自晚明以來的小說屢見不鮮。不僅《金瓶梅》、《肉蒲團》如此，《三言》、《二拍》亦是如此。

以上略舉數例，作爲說明方法論之話語理論，在分析中國古典白話小說時可能遇到的問題意識與初步的研究路徑。基本上本論文研究方法不拘格套，跨越學科藩籬，百無禁忌，秉持後現代新歷史主義的精髓，找尋存在文本中的任何可能「未被言語道出的意義」，尤其是在中國傳統詩學觀念的脈絡下，那些曾經被「抹煞」掉的「蹤跡」，諸如末世、邊緣、諧謔、性別話語一類的隱喻符號。

本論文初步採用「文獻比勘」這一經典研讀方法來實現文本細讀的基本工作，將研究重點先聚焦於作品本體特色與作家創作時代背景的歸納整理上，也就是明清易代這個歷史轉型、朝序更迭的特殊時期裡，話本小說存在的各種話語類型進行初步分類；繼之，針對特定時期（晚明至清初）的文學

〔註100〕王德威：《想像中國的方法：歷史‧小說‧敘事》（北京：三聯書店，1998年），頁81～82。

思潮做一整體性、系統性的考察。眾所周知，任何歷史朝代的文化研究，有其共時與歷時性的不可分割性，本文雖以「明清易代之際」作爲研究話本小說的歷史背景，但不可避免地，不論在歷史進程的延續性與階段性，或是作爲話本小說發展的整體規律上，皆有向前往溯至晚明或向後延續到清朝中葉年間的可能。如此方可完整呈現歷史與小說發展的脈絡與邏輯，反映話本小說發生、衍變的深層理路。在深入分析小說文本的審美本質和藝術特徵方面，期能藉由小說話語類型的本體考察，在美學規律、思想寓意和類型特徵上做進一步的了解與分析。同時希冀能拓展新的研究視角，經由對話語類型的研究分析，而能更深入地掌握明清易代之際話本小說作家的創作心態與主題意涵，從中說明與體現明清易代之際話本小說集體敘事現象的構成因素，不論在小說流派、文學歷史或是文化語境中所具有的實際地位和文化意義。

在遭遇亡朝換代的歷史變動中，面對「神州蕩覆，宗社丘墟」〔註101〕的殘酷現實，明清易代之際的士人開始深刻反思歷史的教訓，在學術思想上顯出強烈的批判性，共同指出晚明世／士風的沉淪敗壞與明亡有直接的關聯，更將晚明王學空疏茫昧的心性學風視爲禍國殃民的首要原因。值得關注的是「清初三傑」——顧炎武、黃宗羲與王夫之這三位博古通今的大儒，以他們爲代表的清初整體學術風氣，秉持「經世致用」崇實黜虛的治學宗旨，痛矯時文之陋，力挽漢唐訓詁注疏之經學傳統，針對以士人儒者爲首的清初學術風氣，展開全面的檢討，這是知識分子對明清易代的徹底反思；其次，以市井庶民爲主要讀者群的話本小說，也敏銳地掌握到歷史的脈動，從明末以來就出現許多在主題、內容、題材與風格上非常貼近「現實性」的作品，如陸人龍的《型世言》還有陸雲龍的《清夜鐘》等，後繼出現明清易代之際的話本小說亦然，基本上皆不離批判貶抑的基調，有學者將之概括稱爲「明末清初的晚明敘事」〔註102〕。本文所論述之明清易代之際的話本小說，即是圍繞在此種「大敘事」（greatnarratives）〔註103〕的氛圍下所建構出來的敘事話語的討論。

〔註101〕〔清〕顧炎武著；黃汝成集釋：《日知錄集釋》（上）（上海：上海古籍出版社，2006年），頁402。

〔註102〕參見譚佳：《敘事的神話：晚明敘事的現代性話語建構》（北京：中國社會科學出版社，2009年），第一節〈明末清初的晚明敘事〉，頁48～70。

〔註103〕本文所謂的「大敘事」乃是指當時歷史氛圍中的所有事件或書寫，都同一地置於一種歷史過程之內，而此種敘事以眞理的名義講話，它以「我們」的名義宣布了普遍的人類歷史和眞理。參見〔法〕利奧塔著；車槿山譯：《後現代狀態：關於知識分子的報告》（北京：三聯書店，1997年），頁16。

　　由於現當代西方文學研究的理論與方法日臻純熟，許多前賢均能加以參照運用而成效卓著，故將西方文學批評理論拿來重新詮釋中國傳統文學的美學價值，更能增益其光輝。作爲對現代性的反思或反動，後現代思潮普遍具有「反歷史主義」與「反文化」原則，對於傳統語言徹底否定。它一方面批判傳統語言的語言中心主義，破壞傳統語言體系的「意義指涉系統」，另一方面用毫無規則、任意發明和不斷重複地進行的符號遊戲去代替文化的創造。〔註104〕職是，本篇論文研究方法是以「話語」（discourse）理論的分析研究爲基礎，觀照話語所具有的社會化符指功能，尤其是話語的命題具有特定的社會環境和歷史背景，它甚至可被視爲一種具有多元文化意義下的社會文化研究論。譬如在抽象意義的指稱上，用詞語表達出具有特定「知識價值」與「歷史實踐」功能的思想客體，就會產生出諸如末世話語、諧謔話語、性別話語等等不同的話語類型。是故，有學者謂「話語恰恰不是一個單純的語言學概念，它更主要的是一個多元綜合的關於意識形態再生產的實踐觀念。」〔註105〕正如傅柯所揭示的那樣，話語是由符號構成的，但它們所做的要比這些符號所指物來得更多；正是這個更多，使它們不可能簡單歸結爲語言（Language）和言語（Parole），而我們正是要揭示和描寫這個「更多」。〔註106〕此外，再藉由參照不同的文學理論，諸如文學社會學方法論、符號學、喜劇理論、女性主義、敘事學等爲輔，擬將明清易代之際話本小說的集體敘事現象、接受和傳播，話語構成的歷史因素與文化生成，以及小說敘事建構過程中所具有的書寫程式和美學效果加以深入探討。

第四節　研究範圍

一、所謂「明清之際」

　　在中國歷史發展分期上，「明清之際」無疑代表著一個特殊的歷史時期，不論是改朝換代的天崩地解，抑或是古代文明發展的流變脈絡，還是學術史以及文學史上的社會文化轉型與新思潮的洶湧變革上，皆出現了明清之際特

〔註104〕高宣揚：《後現代論》（臺北：五南出版社，1999 年），頁 65。
〔註105〕陳曉明：《解構的蹤跡：歷史、話語與主體》（北京：中國社會科學出版社，1994 年），頁 64。
〔註106〕〔法〕米歇爾·傅柯（Michel Foucault）著；謝強、馬月譯：《知識考古學》（北京：生活·讀書·新知三聯書店，2007 年），頁 53。

有的時代氛圍與士大夫獨具的精神特質。〔註107〕

　　歷來「明清之際」也被稱爲「明末清初」、「明清之交」等不同的名稱，大致都在指涉那段社會動盪、政權更迭、易代世變的歲月。大部分的歷史學家，在「明清之際」時間的斷限上，或提前或延後，有的流於寬泛，有的過於狹隘，歸納之，大致始自明代隆慶、萬曆，下迄清初康熙年間爲止。譬如謝國禎的《明清之際黨社運動考》與《明末清初的學風》二書中，便將「明清之際」、「明末清初」，界定在明朝萬曆初年至清朝康熙末年。〔註108〕林保淳認爲應從明萬曆四十三年（1615）開始算起，時間較謝國禎稍晚，但他也坦承在年代的上、下限之間，很難作清晰的釐定，即使勉強釐劃，亦不免多有爭議。〔註109〕李亞寧《明清之際的科學文化與社會：十七、十八世紀中西文化關係引論》，則是從明嘉靖到清嘉慶之間，橫跨近三百年的時間，跨度最長。〔註110〕而趙園在《明清之際士大夫研究》一書中，爲凸顯崇禎十七年（1644）大明帝國的覆亡，對當時文人士子帶來身心的巨大創傷與影響，刻意聚焦在兩個朝代之交的時間點上，所以大概只有清初順治統治的那十八年期間而已。但不論看法如何分歧，對於此時期在文化上具有世變、轉化和傳承的諸多共同特徵，則是秉持相同的觀點。於是乎便有學者以公元十七世紀來規範明末清初的時間斷限，即明萬曆三十年（1602）以後到清康熙四十年（1701）百年的時間，認爲這種時間劃分較符合通俗小說創作及發展的實際情形。〔註111〕研究明清文學採取此種界分的學者亦不少，如林辰的《明

〔註107〕學界討論「明清之際」的論著甚夥，涉及歷史政治、社會經濟、思想文化、文學藝術等諸多層面，關於此部分可參看見〔美〕魏斐德著；陳蘇鎮等譯：《洪業──清朝開國史》（南京：江蘇人民出版社，1995年），頁1。劉夢溪：〈中國現代學術經典總序〉，載於劉夢溪主編：《中國現代學術經典・廖平蒙文通卷》（石家莊：河北教育出版社，1996年），頁62。陳伯海：《中國文學史之宏觀》（北京：中國社會科學出版社，1995年），頁100。趙園：《明清之際士大夫研究》（北京：北京大學出版社，1999年），頁455。

〔註108〕謝國禎《明清之際黨社運動考》與《明末清初的學風》二書中對「明清之際」的研究範圍，上不超越明萬曆皇帝，下不超越清康熙年間，可參見氏著：《明清之際黨社運動考》（上海：上海書店出版社，2006年），《明末清初的學風》（上海：上海書店出版社，2006年）。

〔註109〕參見林保淳：《經世思想與文學經世──明末清初經世文論研究》（臺北：文津出版社，1991年），頁6～7。

〔註110〕李亞寧：《明清之際的科學文化與社會：十七、十八世紀中西文化關係引論》（成都：四川大學出版社，1992年）。

〔註111〕參見李忠明：《17世紀中國通俗小說編年史》（合肥：安徽大學出版社，2003

末清初小說述錄》一書，雖未明說「明末清初」的時間界定，但從他書中所選論「明末清初」的小說作品視之，應是以《金瓶梅》到《紅樓夢》的一百四十餘年間爲標準的，也大致上符合明萬曆到清康熙的時間範圍。

　　另一種意見則認爲，所謂的「明清之際」應當只包括明崇禎年間至清初順治年間。鄔國平、王鎮遠的《清代文學批評史》以及張俊《清代小說史》二書中分別提出，就文學研究的角度與中國古代小說史的自身發展規律來說，「明清之際」的界定不宜過於寬泛，應當指明崇禎年間至清順治年間這三四十年之間爲宜。〔註112〕朱萍的《明清之際小說作家研究》則是秉持上述論點，明確指出「明清之際」的時間上限和下限，爲明朝崇禎元年（1628）到清朝順治十八年（1661）。朱萍以爲明崇禎年間至清順治年間，從小說自身發展的軌跡上看，是一段獨具特色的時期。在這段期間，每當有重大歷史事件發生，就會馬上出現描述這一事件的時事小說。例如崇禎元年描寫魏忠賢倒台的《警世陰陽夢》，其問世出版距離事件發生僅僅相隔七個月。崇禎元年之後，中國古代小說史上開始出現了時事小說的創作高峰。這是以崇禎元年作爲小說史上「明清之際」上限的原因。而順治十八年的歷史獨特意義在於，這一年不僅是清朝入主中原後第一位皇權統治的結束，亦是南明實際政權的終結。南明王朝的結束，等於宣告遺民復明希望的破滅。影響所及，反映易代之痛、故國之思的小說幾近絕跡，因此將順治十八年作爲「明清之際」的下限。〔註113〕

　　本論文所謂的「明清易代之際」，包含兩種意涵。其一是針對文化背景而言，奠基在社會文化的背景上，參考學界普遍的共識，以公元十七世紀，即明萬曆三十年（1602）到清康熙四十年（1701）百年的時間爲準。譬如論及清初社會文化的現象，就不得不溯及晚明心學思潮與士風的變異；在探究明清之交末世話語的話本小說時，公元1644年崇禎皇帝自縊所代表的易代鼎革的時代意義，必須與滿清入關前，晚明王朝的積弊衰頹、社會失序與清廷軍事勢力的崛起一併納入討論。其二，專指「明清易代」的當下，刻意聚焦在兩個朝代之交的時間點上，尤其是話本小說的作品必須在明亡國後，且最遲

年），頁5。
〔註112〕鄔國平、王鎮遠：《清代文學批評史》（上海：上海古籍出版社，1995 年）；
　　　　張俊：《清代小說史》（杭州：浙江古籍出版社，1997 年）。
〔註113〕參見朱萍：《明清之際小說作家研究》（北京：中國傳媒大學出版社，2009 年），
　　　　頁 13～15。

不得超過康熙皇帝收復臺灣、統一全國前刊刻的。但針對特定議題，採取因
時制宜的界分方法，並不囿於時間的限制。社會上任何一個事件，皆有它的
發展與經歷的過程，有時往往難以將年代做出明確的區分；且歷史與小說的
創作，有其內在邏輯存在的縱深背景，時間的斷限應可視實際需求上溯或下
延。我們要知道，文學是一個包含多種因素的文化複合體，文學創作本身即
是一種複雜的文化現象。誠如美國知名文化人類學者克利福德・格爾茨
（Clifford Geertz，1926～2006）在《文化的解釋》（*The Interpretation of Culture*）
一書中曾對文化做出如下的定義：

> （文化）是指從歷史沿襲下來的體現於象徵符號中的意義模式，是
> 由象徵符號體系表達的傳承概念體系，人們以此達到溝通、延存和
> 發展他們對生活的知識和態度。〔註114〕

　　文學既然是反映社會現實的一面鏡子，文化體現在象徵符號的意義模
式，必然存在於文學創作之中。文學與文化兩者之間，彼此相互作用與影響，
關係異常密切。欲探求一種文學類型的產生、發展與衍化，若能從宏觀歷史
文化的角度切入，不僅可以打破文學本體研究的限制，還能從不同的面相多
方面地挖掘出更多的文化意涵出來，對於文學批評的釋義結果來說，提供更
為多元的研究路徑，當為學術研究應該抱持的一種開明態度。是故論文選題
以「明清易代之際」作為時代背景，意在凸顯紛亂時代深烙在人們心中的災
變、脫軌與失序的集體印象。以上是作為討論「明清之際」（「明清易代之際」）
學術時代背景下，對於斷代年限的說明。

　　至於選文取材的部分，本論文取材的話本小說，主要集中在以反映易代
世變的清初年間的二十六本小說為主（詳見下節），以凸顯由明入清之後話本
小說的繼承軌跡與新變意旨。目的是希望藉由觀察此時期的話本小說作家，
在歷經滿清入關、朝代更迭、亂世紛呈下，如何將眼中所見所聞與心理切身
的感受，集體反映在話本小說中的敘事話語意旨實踐上。至於大明帝國崩解
前夕的晚明話本小說集，如《石點頭》、《西湖二集》、《型世言》、《鼓掌絕塵》、
《歡喜冤家》與《天湊巧》等小說，由於作品刊刻面世的時間並未觸及「易
代世變」的時代背景，與論文選題交涉提問的討論主旨有所區隔，因此從略。

〔註114〕參見〔美〕克利福德・格爾茲（Clifford Geertz）著；納日碧力戈等譯：《文
　　　　化的解釋》（The Interpretation of Culture）（上海：上海人民出版社，1999 年），
　　　　頁 103。

但作爲代表晚明通俗文學大家的《三言》、《二拍》，不論是文學題材與美學思想方面，皆無人能出其右，其影響不僅深及當代，並續擴至清初。因此本論文在論及明清易代之際話本小說的諧謔話語時，有必要將晚明以「演述世相」、「書寫大眾」〔註115〕爲創作宗旨的《三言》、《二拍》稍作鋪墊，方知雅／俗融涉的歷程中，其實承載著創作者亂世從權與觀眾本位的求生之道。尤其是明清改朝換代後話本小說的話語構成，可視爲正值鼎革動盪、天崩地裂之際，作家群體對於自我生活處境的一種反思表述。因此話語實踐既有歷史文化語境的制約，也充滿了政治性的意識形態表現。從敘事話語可視爲作家參與現實的一種集體欲望的文化表徵切入，探賾可能蘊含的意指實踐與文化釋義的表現形式，並對此時期的話本小說在文藝創作中的雅／俗、中心／邊緣、貞言／淫語的匯通與遞嬗等諸多問題作一綜合全面性的討論。

二、明清易代之際的話本小說

作爲明清易代後的清初話本小說集，乃接續晚明話本小說盛況之餘緒。然乾隆五十七年（1792）自怡軒主人的《娛目醒心編》面世後，話本小說的創作就開始逐漸走向衰微。〔註116〕蕭欣橋、劉福元在《話本小說史》中指出：「嘉慶（1796～1820）至光緒的一百餘年間，撰、刊的短篇話本小說可數的僅有《鬼神終須報》《俗話傾談》《玉瓶梅》《躋春台》等，數量更少，水平更低，衰落之象愈發明顯了。」〔註117〕由上述可知，清代話本小說的發展可以《娛目醒心編》爲界，分爲清初的繁盛期以及中期之後的衰落期，本論文研究的選材文本，則爲話本小說最爲繁盛的清初時期。

梁啓超（1873 年～1929 年）《清代學術概論》將清代學術分爲四期，其中的「清初」，指的是滿清入關後到乾隆初年之間的一百年左右，視爲一個學術發展的階段。此說後來成爲學術界共同的看法，並謂此時期從政治、社會方面看，是「中國資本主義萌芽在戰火中備受摧折而後又艱難恢復和發展的

〔註115〕此爲高桂惠語。參見氏著：〈世道與末技——《三言》、《二拍》演述世相與書寫大眾初探〉，《漢學研究》第 25 卷第 1 期（2007 年 6 月），頁 283。
〔註116〕歐陽代發指出：「自怡軒主人序中雖云作者『凡目之所見，耳之所聞，心有感觸，皆筆之於書』，似屬自創，但其實卻多襲舊著，這也是擬話本走向衰微的標誌之一。」參見氏著：《話本小說史》（湖北：武漢出版社，1997 年），頁 472。
〔註117〕蕭欣橋、劉福元：《話本小說史》（杭州：浙江古籍出版社，2003 年），頁 421。

階段，是清王朝重建專制主義的政治的文化統治的階段。」〔註118〕

　　根據史料的記載，清初由於滿清政權飄搖未定，清兵南下掃蕩江南之際，對當地的經濟、文化均給予前所未有的重創。揚州十日、嘉定三屠、江陰屠城等慘無人道的劫掠殺戮，史冊斑斑可考。至於史料所未載，而一般文獻不敢載的屠戮，不知凡幾。〔註119〕滿清除了破壞外亦有建設。順治年間推行許多經濟政策，進行開科取士、崇儒興學、推廣教化等拉攏人心的作爲。但幾乎就在此同時，滿清又進行圈地、投充、追捕逃人、嚴懲窩主等弊政，再加上順治十四年的「科場案」、十八年的「通海案」、「哭廟案」與「奏銷案」等，迅速激化滿漢民族的對立，生活在當時的仕紳百姓，鮮有不受影響的。這是清廷在統治中國之初所面臨的問題與挑戰。

　　另外，順治之後的康熙皇帝，朝廷內外亦是紛擾不安。除去心腹大患鰲拜的專權跋扈，康熙雖在八年後親政，但先前發生於康熙二年的「莊廷鑨《明史》案」、五年的「圈換土地事件」，都加深了兩個民族之間的對立與矛盾。

　　一直到康熙二十二年（1683），全國的政局與社會方有明顯的轉變，成爲清初區分爲前後兩個階段的一個重要轉捩點。朝廷先是平定了「三藩之亂」，繼之在康熙二十二年，治理黃河成功，並一舉收復臺灣，清廷至此邁入一個全新的階段，展現一統天下的格局與氣象。徐志平指出，由於康熙在位的前二十二年還未能進入歷史學家所謂的「康乾盛世」，是故無論從政治、經濟、文化或社會等各方面，都應視爲與順治在位的十八年爲同一個時期。〔註120〕最重要的是，以話本小說本身的發展脈絡而言，從滿清入關以降，迄於康熙二十二年爲止的這個階段，除了充分密切反映時代社會的變局外，亦是話本小說承續晚明盛況繼續衍變、發展的一個特殊時期。由於清初話本小說的創作背景，正值朝代變動之際，是故不論在小說內容與形式上，明顯地走出晚明話本的風格，擺脫《三言》、《二拍》的影響。雖有明末話本小說的精髓，卻蘊含了更爲駁雜的時代信息，同中存異，獨具風貌。

〔註118〕　學界對「清初」之定義，可參見梁啓超：《清代學術概論》（臺北：水牛出版社，1981年），頁6～8；蕭一山：《清代通史》（臺北：商務印書館，1985年），頁1074；馬積高：《清代學術思想的變遷與文學》（長沙：湖南出版社，1996年），頁1。

〔註119〕　有關這方面的史實，詳見謝國楨：〈明末資本主義萌芽的出現及其遲緩發展的原因〉、〈清初利用漢族地主集團所施行的統治政策〉二文，載於《明末清初的學風》（上海：上海書店出版社，2006年），頁65～68，頁69～70。

〔註120〕　參見徐志平：《清初前期話本小說之研究》，頁3～7。

　　舉例來說，清初話本小說不再囿於勸懲的目標，異於晚明話本小說作家之虔心說教，原因之一可能是與清人實施高壓政策和大興文字獄有關。文人在充滿肅殺詭譎的氛圍中進行創作，於是遊戲神通、逃避現實，採用曲折隱晦或是荒誕離奇的敘事策略。有些作者或以寓言體式來書寫，或以神／人／獸三界觀建構虛實兩境的世界觀，或化嘻笑怒罵為筆下之文。例如李漁的《無聲戲》、《十二樓》，艾衲居士的《豆棚閒話》，墨憨齋主人的《十二笑》與酌玄亭主人的《照世盃》等等，他們皆在勸世主旨之外，翻出各種新鮮奇特的題材，但往往輕薄笑鬧有餘，思想深度不足，且其意專在求趣，實不及晚明話本來的樸實厚重。〔註121〕小說過度講究形式的技巧，忽略了內容的經營，呈現不出真實感人的藝術力量。

　　誠如上文所述，若以順治元年到康熙二十二年間為分界點，這大約四十年的清初階段，也就是所謂的明清易代之際，依據文獻資料顯示，現存清初話本小說大約有二十六部，成為本篇論文主要的研究範疇，茲羅列於下表1-4-1，以供參照：

表1-4-1　清初話本小說一覽表

	書　名	作　者	版　本
1	《清夜鐘》	陸雲龍	1.《古本小說集成》影印清初刊本 2.《中國話本大系》1991年李漢秋、陸林校點本
2	《醉醒石》	東魯古狂生	1.《古本小說集成》影印瀛經堂覆刻本 2.《明清善本小說叢刊初編》第一輯影印清初刊本 3.《中國話本大系》1994年程有慶校點本
3	《十二樓》	李漁	1.《古本小說集成》影印消閑居精刊本 2.《中國話本大系》1991年崔子恩校點本
4	《連城璧》	李漁	1.《古本小說叢刊》第二十輯影印清康熙年間寫刻本 2.《古本小說集成》影印大連圖書館藏抄本
5	《跨天虹》	斗山學者	《古本小說集成》影印舊刊殘本

〔註121〕由《三言》、《二拍》帶動的擬話本小說創作高峰，經過晚明的繁榮，至清初仍在持續，只是已經出現了新的發展變化，此時期小說奇巧戲謔的喜劇性為其共同表徵。可參考崔子恩：《李漁小說論稿》（北京：中國社會科學出版社，1989年），第8章〈清初話本小說的個性煥發〉，頁118～128。歐陽代發：《話本小說史》（湖北：武漢出版社，1997年），第12章第2節〈清初擬話本小說的新變化〉，頁447～456。

6	《豆棚閒話》	艾衲居士	1.《古本小說集成》影印瀚海樓刊本 2.《明清善本小說叢刊初編》第一輯影印寶寧堂刊本 3.《中國話本大系》1993 年張道勤點校本
7	《照世盃》	酌（玄）元亭主人	1.《古本小說叢刊》第十八輯、《古本小說集成》、《明清善本小說叢刊初編》第一輯影印佐伯文庫本 2.《明清善本小說叢刊初編》第一輯影印和刻本 3.《中國話本大系》1993 年徐中偉、袁世碩點校本
8	《人中畫》	不題撰人	1.《明清善本小說叢刊初編》第一輯、《古本小說叢刊》第三六輯、《古本小說集成》影印清乾隆四十五年尚志堂刊本 2.《中國話本大系》1993 年趙伯陶點校本
9	《鴛鴦鍼》	華陽散人	《古本小說集成》影印清初刊本
10	《五更風》	五一居主人	《古本小說集成》影印清初刊本
11	《錦繡衣》	蕭湘迷津渡者	《古本小說集成》影印中國社會科學院藏本
12	《都是幻》	蕭湘迷津渡者	《古本小說集成》影印北京圖書館藏本
13	《筆梨園》	蕭湘迷津渡者	《古本小說集成》、《明清善本小說叢刊初編》第一輯影印北京圖書館分館藏本
14	《飛英聲》	釣鰲逸客	《古本小說叢刊》第六輯、《古本小說集成》、《明清善本小說叢刊初編》第一輯影印日本東京大學藏清初刊本
15	《一片情》	不題撰人	《古本小說集成》影印好德堂刊本
16	《風流悟》	坐花散人	《古本小說集成》影印吳曉鈴先生藏本
17	《雲仙嘯》	天花主人	1.《古本小說集成》影印大連圖書館藏本 2.《中國話本大系》1993 年李偉實校點本
18	《十二笑》	墨憨齋主人	《古本小說集成》影印清初寫刻本
19	《五色石》	筆鍊閣主人	1.《古本小說集成》影印大連圖書館藏清乾隆刊本 2.《明清善本小說叢刊續編》第一輯影印日本內閣文庫藏本 3.《中國話本大系》1993 年蕭欣橋點校本
20	《八洞天》	五色石主人	1.《明清善本小說叢刊初編》第一輯、《古本小說集成》影印日本內閣文庫藏清初原刊本 2.《中國話本大系》1993 年陳翔華點校本

21	《二刻醒世恆言》	心遠主人	《古本小說集成》影印雍正刊本
22	《警寤鐘》	嗤嗤道人	1.《古本小說叢刊》第十一輯影印草閒堂刊本 2.《古本小說集成》影印萬卷樓覆刻本 3.《中國話本大系》1994 年顧青點校本
23	《西湖佳話》	古吳墨浪子	1.《古本小說集成》影印清康熙金陵王衙精刊本 2.《中國話本大系》1993 年黃強點校本
24	《生綃剪》	谷口生等	《古本小說集成》影印大連圖書館藏花幔樓活字刊本
25	《珍珠舶》	煙水散人	1.《古本小說集成》影印大連圖書館藏日本鈔本 2.《中國話本大系》1993 年丁炳麟點校本
26	《載花船》	西泠狂者	《中國話本大系》1993 年江木點校本

　　從表 1-4-1 歸納得到的版本，主要有 1985 年臺灣天一出版社刊行之《明清善本小說叢刊》初編、續編；1991 年北京中華書局出版之《古本小說叢刊》；同年上海古籍出版社出版的《古本小說集成》。這些影印清刊本的小說集，優點是大致上保留了小說的原始面貌，但有些刊本漫漶缺漏，是其美中不足之處。1993 年江蘇古籍出版社出版之《中國話本大系》，則為方便讀者閱讀的點校本，話本小說大量的整理出版，為研究者提供極大的便利。其中，在清初話本小說部分以上海古籍出版社之《古本小說集成》蒐羅最為完備。本論文研究的二十六部小說文本，除以上海古籍出版社之《古本小說集成》為研究底本外，若有缺損或模糊不清者，再參閱其他版本。為行文論述上的需要與統一，凡論文引文中出現話本小說的原文，則是以江蘇古籍出版社出版之《中國話本大系》為主要版本，各章節僅標註書名與頁碼，不再另外贅註出處。

第二章　明清易代之際話本小說敘事話語的反思（I）——末世話語

前言：易代世變下的末世話語

　　本章從明清易代鼎革之際的時代性，觀察此時期的話本小說，在敘事話語上的整體表現，包括了文學審美趣味的內在肌理與外在形式的文體特徵，還有更多文化研究（culture studies）的考察面向。

　　由於此時期的時代氛圍所衍生的特殊文化語境，令人不由得聯想到古人面臨家國世變，發出「亡國之音哀以思，其民困」〔註1〕這句話所隱含的深沉感慨。趙園（1945～）在《明清之際士大夫研究》書中，以「戾氣」一語總括易代之際士人的普遍姿態，與其構成的「時代氛圍」。〔註2〕明末清初在學界早已被公認為是個特殊的歷史時期。在史學家的眼中，1644 年明朝的滅亡和清朝的勃興，是中國歷史上所有改朝換代事件中「天崩地裂」且「最富戲劇性的一幕」。〔註3〕明遺民對於曾經瀰漫社會之「嘷殺」、「殺氣」與「戾

〔註1〕　《禮記‧樂記》：「治世之音安以樂，其政和；亂世之音怨以怒，其政乖；亡國之音哀以思，其民困。」參見〔唐〕孔穎達：《禮記正義》：（臺北：藝文印書館十三經注疏本，1960 年景清嘉慶二十年江西南昌府學刻本），卷37，頁 663。

〔註2〕　參見趙園：《明清之際士大夫研究》（北京：北京大學出版社，1999 年），有專章討論「戾氣」，頁 3～5，頁 60～61 注釋①②。這樣的時代氛圍，不僅說明末世之變的集體表徵，也間接指出晚明以來社會亂象已病入膏肓，四處皆「死聲」（怨怒哀思，怗懘嘷殺之音），而著見於國運之存亡興廢、兵家之勝敗。

〔註3〕　晚明遺老馮夢龍的筆下提及，「甲申之變，天崩地裂，悲憤莫喻」，參見〔明〕

氣」猶驚怖在心，更遑論要去接受易代的殘酷現實。亡國前夕的晚明王朝，呈現之末世景象，充斥血腥噍殺、骨肉相殘的人倫慘劇；人心躁競褊急，彼此怨毒仇恨。錢謙益（1582～1664）在其詩文中一再提到了這種「戾氣」，像是「劫末之後，怨對相尋。拈草樹為刀兵，指骨肉為仇敵。蟲以二口自嚙，鳥以兩首相殘」〔註4〕等話語。面對頹靡腐敗的國勢與異族侵凌不可知的未來，類似這樣大量而集體的「家國末世記憶」的書寫，史無前例地蜂湧而出；或淚陳兵燹災禍、或極力喚醒人心與批判反省晚明心學，更有甚者如遺民志士，游移於亂離／歸屬之間，惶惶不可終日，凡此皆反映了易代之際人心普遍的焦慮與恐慌。

因此，本章擬從「時事話語」與「末世話語」兩個章節，分別探討明清易代之際的話本小說在敘事話語上所體現的文化意涵。由於「時事話語」深受中國傳統「史傳」敘事散文模式的影響，滲入在審美趣味等內在的傾向上，而不一定是可直接對應的表面的形式特徵；且「末世話語」更是集體的「時代語境」，其表徵往往超越了外在形式文體的範疇。是故本篇的研究，既基於文體又不限於文體，須從文化研究的整體面向來看待，異於傳統古典小說文體論之研究。

第一節　明清易代之際話本小說中的時事話語

一、歷史小說的次文類：時事小說

宋代說話四家本有「講史」一家，專門講說前代書史文傳、興廢爭戰之事。〔註5〕典型的講史演義，如羅貫中的《三國演義》，敘三國時代事。這些

馮夢龍：《甲申紀事·敘》，收錄於魏同賢主編：《馮夢龍全集》第17集（上海：上海古籍出版社，1993年），頁1。明亡清興是中國歷史上「最富戲劇性的一幕」，見〔美〕魏斐德著；陳蘇鎮等譯：《洪業──清朝開國史》（南京：江蘇人民出版社，1995年），頁1。劉夢溪也說明清之際是「天崩地解、社會轉型、傳統價值發生危機、新思潮洶湧竟變的時代」。參見劉夢溪：〈中國現代學術經典總序〉，載於劉夢溪主編：《中國現代學術經典·廖平蒙文通卷》（石家莊：河北教育出版社，1996年），頁62。

〔註4〕 見〔清〕錢謙益著；〔清〕錢曾箋注；錢仲聯標校：《牧齋有學集》下冊（上海：上海古籍出版社，1996年），頁1806。

〔註5〕 說話人分四家，「一者小說，謂之銀字兒，如煙粉靈怪傳奇。說公案，皆是搏刀趕棒及發跡變泰之事。說鐵騎兒，謂士馬金鼓之事。說經，謂演說佛書。

講史小說，包括說話人的話本，多爲後人演古事，就像羅貫中與故事中的三國背景相差千餘年。不論講列國，說三分，演義隋唐五代，都屬此類。自魯迅（1881～1936）《中國小說史略》歸納明清小說類別以來，本無「時事小說」這個門類，它向來都被歸屬於講史演義之中。誠如陳大康（1948～）所言：

> 這是因爲分類者以自己所處的時代爲標準，即凡是在今天看來是演
> 述歷史故事的作品，就全都歸入了講史演義。〔註6〕

從晚明以來出現的這類歷史小說，專門記錄並評論一個世人記憶猶新的話題事件，其創作的目的是讓人們瞭解剛結束或正在發生的國家大事的來龍去脈。這類小說敘述時表現出的觀念、好惡，是當時的「社會輿論」（或可稱爲集體記憶）在文學作品的反映，廣大讀者深受其影響。此種敘事手法堪稱爲創新的作法。它不僅表明作者與讀者急於在當下回顧甫發生的全國性災難，也代表當時人們對小說的觀念已經開始產生轉變。小說業已被認爲是理解「歷史即時事」的一種新方式，因而所謂的「時事小說」文類於焉誕生，成爲歷史小說的一種次文類。〔註7〕

譬如明末魏忠賢（1568～1627）死後，敘述魏閹亂政的作品大量湧現，距離魏忠賢伏誅前後不過數十年的時間。其中以通俗小說體裁出現的，至少就有四部：《魏忠賢小說斥奸書》、《警世陰陽夢》、《皇明中興聖烈傳》與《檮杌閒評》等。此種由同代人書寫同代事的敘事形式，依據當代甫發生的重大事件申衍而成的小說，據說自明萬曆年起已漸爲時尚，到了晚明至清初時期更甚。因時局動盪不安，戰事紛至沓來，百姓深以爲苦但也急於瞭解天下事以爲應對。是故此類作品不論在數量上或是脫稿速度均有極爲驚人的表現，作品不一而足。〔註8〕

說參請，謂賓主參禪悟道等事。講史書，講說前代書史文傳，興廢爭戰之事。」首見於〔宋〕灌圃耐得翁：《都城紀勝·瓦舍眾伎》條，參見氏著：《都城紀勝》（合肥：黃山書社據清武林掌故叢編本影印，2009年），頁6。
〔註6〕　參見陳大康：《明代小說史》（北京：人民文學出版社，2007年），頁581。
〔註7〕　參見王德威：《歷史與怪獸》（臺北：麥田出版社，2004年），頁118。
〔註8〕　參見陳大道：〈明末清初「時事小說」的特色〉，載於國立清華大學人文社會學院中國語文學系主編《小說戲曲研究》第3集（臺北：聯經出版社，1990年），頁181。其中敘述明廷與滿州戰事有：《遼東傳》、《遼海丹忠錄》、《近報叢譚平虜傳》、《樵史通俗演義》等；敘述流寇戰事有《勦闖通俗小說》、《新世弘勳》等，根據陳大康《明代小說史》的統計，總數大約在30部左右，全部都是長篇小說，短篇小說不包括在內，參見氏著：《明代小說史》，頁585～587。

最早發現明人將「時事」作爲小說題材的學者，爲清代的俞樾（1821～1907），他注意到傳統講史演義與時事故事的不同：

> 明萬曆間，播州宣慰使楊應龍叛，郭子章巡撫貴州，與李化龍同討平之。化龍時巡撫四川，進都督四川、湖廣、貴州軍務。事平，化龍有《平播全書》之作，其後一、二武弁，造作平話，以播事全歸化龍一人之功。子章不平，作《平播始末》二卷，以辨其誣。據此知明人於時事亦有平話也。〔註9〕

由於「時事小說」這個名詞並非舊有，且亦有學者將此類小說歸入「講史」類，或稱「今聞小說」〔註10〕，後來欒星（1923～）在〈明清之際的三部講史小說〉中，則將此類作品統稱爲「時事小說」。他說：「這裡所謂時事……只是用它區別於寫舊事演古史，大體局限於同代人寫同代事。即不超過一代人生死的時限內。」〔註11〕與宋代說話以來所謂的「講史」，在作者與敘述故事的時間上有所區隔。陳大康、齊裕焜、陳大道等多位研究明清文學的學者也分別在論述中採用「時事小說」之名。〔註12〕於是，「時事小說」成爲近代學者對於明清之際所出現的一批專演「當代」史事小說的一個總稱。如陳大康《明代小說史》已將「時事小說」劃出「歷史小說」之外，另立專章討論，他說：

> 若將《遼東傳》這類作品與諸如《三國演義》等純粹的講史演義相較，兩者的創作目的、方式以及作品在社會上產生的影響都迥然不同，同時前一類作品也有相當的數量。因此，它們與講史演義混列

〔註9〕 〔清〕俞樾：《九九銷夏錄》（北京：中華書局，1995年），卷12，「平話」條，頁141。

〔註10〕 如孫楷第《中國通俗小說書目》卷2，將此類小說歸入宋代說話以來的「講史」；葉德均《戲曲小說叢考》卷中〈小說瑣談‧平妖全傳〉條，稱之爲「今聞小說」。分別參見孫楷第：《中國通俗小說書目》（臺北：木鐸出版社，1983年），卷2。葉德均：《戲曲小說叢考》（臺北：文史哲出版社，1989年），卷中，〈小說瑣談‧平妖全傳〉條，頁603。

〔註11〕 參見欒星：〈明清之際的三部講史小說〉，載於《明清小說論叢》第3輯（瀋陽：春風文藝出版社，1985年），頁160。

〔註12〕 分別參見陳大康：《通俗小說的歷史軌跡》（長沙：湖南出版社，1993年），頁126；齊裕焜：《中國歷史小說通史》（南京：江蘇教育出版社，2000年），頁202；陳大道：〈明末清初「時事小說」的特色〉，載於國立清華大學人文社會學院中國語文學系主編《小說戲曲研究》第3集（臺北：聯經出版社，1990年），頁181～220。

於同一流派顯然並不妥當，而是應該被看作是獨立的創作流派，所
謂「時事小說」，正是與其內容、性質相應的命名。〔註13〕

　　綜言之，「時事小說」的特色不僅在於成書迅速、多抄史料與結構零散
外〔註14〕，這些作品均是指那些反映與時代相平行的重大事件，也就是作
家對其時代正在發生事件的書寫。由於作品的內容必須與時代同時，易言
之，作品的內容便具有一定的新聞性。是故作品的內容是否具有新聞性，成
為判定時事小說的標準之一。另外，作者創作時事小說的目的，除系統地全
面講述剛剛結束甚至正在發生的國家大事外，更希望作品能廣泛流傳，為眾
人所知。為了達成這個目的，作品通俗化是必然的趨勢，這也成為判斷作品
是否成為時事小說的另一個標準。〔註15〕至於所述時間的起迄問題，或是
作者成書的時間到距離事件的結束，到底是一個世代（三十年），還是十年
為宜？時間斷限的長短是否成為影響時事小說成書的關鍵？還是只要符合
演述當代小說的特色，即應一併納入討論？目前各方說法不一〔註16〕，本
文則傾向採取較為寬泛的時間範圍作為論述的標準。因為任何一個歷史事件
總有它的發展及被認識的過程，往往難以將時間做出明確的區分〔註17〕；
且歷史與小說的創作，有及其內在邏輯存在的縱深背景，時間視需求可上溯
或下延，貿然界分，無益於研究的進行。是故只要是明清之際所出現的一批
專演「當代」史事的小說，即成為本文關注的對象。

─────────────

〔註13〕　參見陳大康：《明代小說史》，頁 581。
〔註14〕　參見陳大道〈明末清初「時事小說」的特色〉，載於國立清華大學人文社會學
　　　　院中國語文學系主編《小說戲曲研究》第 3 集（臺北：聯經出版社，1990 年），
　　　　頁 219。
〔註15〕　參見陳大康：《明代小說史》，頁 582。
〔註16〕　樂星主張時事小說為「同代人寫同代事。即不超過一代人生死的時限內。」
　　　　見氏著：〈明清之際的三部講史小說〉，載於《明清小說論叢》第 3 輯（瀋陽：
　　　　春風文藝出版社，1985 年），頁 160。齊裕焜認為「作者是作品所敘事件的同
　　　　代人即 30 年左右」，見氏著：《中國歷史小說通史》（南京：江蘇教育出版社，
　　　　2000 年），頁 202。陳大道則認為「敘述內容不超過父執輩時代的所見所聞」，
　　　　見氏著：《檮杌閑評研究》（臺中：東海大學中國文學研究所碩士論文，1987
　　　　年），頁 3。顏美娟則說「時事小說，所述事件，起迄時間，不得超過父執輩
　　　　（即兩代人）的聞見。作者成書的時間，距事件之結束，則不超過一個世代
　　　　的時限。」見氏著：《明末清初時事小說研究》（臺北：中國文化大學中國文
　　　　學研究所博士論文，1991 年），頁 111。
〔註17〕　參見樂星：〈明清之際的三部講史小說〉，載於《明清小說論叢》第 3 輯，頁
　　　　160。

　　一般說來，「時事小說」有兩種極端的敘事角度，一種是根據官方與半官方的章奏檔案以及晚明曾出現的邸報〔註18〕與時務書籍等資料爲內容，此部分的書寫內容大致翔實可徵；相對的，另一種則是作者依據傳聞或是果報故事申而衍之，虛構成分較大。然而有趣的是，這兩種敘事手法對當時的人來說，皆具有「眞實」的意義，那是因爲中國小說形式的發展深受「史傳」傳統的影響。自漢代的司馬遷著《史記》以來，確立了歷史散文敘事的藝術手法，史書爲小說家提供了描寫敘事的最佳範式。王德威（1954～）在《歷史與怪獸》一書中提醒我們，「『歷史敘述』──透過附會歷史以使虛構敘事產生眞實感──一向是傳統中國白話小說的特徵之一」。〔註19〕且史書自古即享有崇高的地位，文人以小說比附史書，引「史傳」入小說，皆有助於提高小說地位。是故不論創作小說借鑑「史傳」筆法，或是以「史傳」標準品閱小說，已然成爲歷代文人創作或評論小說時，內化於心的一種歷史意識。其結果是必然導致中國古典小說，不論取材之虛實與否，均慣以一「歷史言談模式」敘述之。長久以來，讀者已養成以讀史眼光的癖習來讀小說，尤其是作者常「自覺地承擔起及時並系統地介紹事件經過與眞相的責任」〔註20〕，而一般關心時事卻苦於無從獲得訊息的庶民百姓，自然視「時事小說」爲唯一消息來源的管道。爲因應龐大的市場需求，也吸引許多作家投入寫作市場，從中獲取可觀的利潤，因此時事小說亦有商業經濟層面的考量。在讀者、作者以及市場機制三重因素地推波助瀾之下，「時事小說」在當時掀起一股前所未見的風潮。

　　然饒有趣味的是，作爲歷史小說次文類的時事小說，既有小說之名，不

〔註18〕明代的邸報爲政府的公報，發布人事命令。參見蘇童炳：〈明代的邸報與其相關諸問題〉，載於《明史偶筆》（臺北：臺灣商務印書館，1995 年），頁 58。

〔註19〕參見王德威：《歷史與怪獸》（臺北：麥田出版社，2004 年），頁 118。

〔註20〕參見陳大康：《明代小說史》，頁 582。學界注意到中國小說形式的發展深受歷史著作的影響，頗不乏其人，諸如普實克、夏志清、韓南、浦安迪與陳平原都有類似的說法。參見夏志清著；胡益民等譯：《中國古典小說導論》（合肥：安徽文藝出版社，1988 年），頁 39～81。浦安迪：〈談中國長篇小說的結構問題〉，收錄於葉維廉等著：《中國古典文學比較研究》（臺北：黎明文化事業股份有限公司，1977 年），頁 281～282。〔美〕伊維德〈寫實主義與中國小說〉對普實克、韓南觀點的介紹，收錄於靜宜文理學院中國古典小說研究中心編：《中國古典小說研究專集》（臺北：聯經出版事業公司，1979 年），頁 17～24；以及陳平原：《中國小說敘事模式的轉變》（北京：北京大學出版社，2003 年），第七章〈「史傳」傳統與「詩騷」傳統〉，頁 208～236。

可避免地羼入想像虛構的內容。對廣大讀者而言，如何「消解」歷史小說與史學寫作，就其敘述策略的運用上所帶來的根本矛盾？由於歷史本可視爲人類對以往活動的記錄或理念闡釋的一種類型，它牽涉到如何將事件依作者的思維組織陳列，以形成敘述串聯的過程。換句話說，「歷史可視爲一種擁有本身話語類型的敘事陳述（discourse）」。王德威指出，一旦「語言」（無可避免地）介入歷史話語，歷史話語必然受制於文化、意識形態及文學等它種話語類型的限定。〔註 21〕中國古典小說歷史話語在「史傳」傳統的影響下，歷史話語究竟如何與語言、政治、文化、敘事模式、意識型態以及人類美感經驗等層面產生聯繫，進而成爲具有時代特色的「文化語境」。本章節擬將對此問題的認識與闡述，作爲明清之際話本小說中時事話語反思的基本概念，並就其話語的建構與意指實踐，深入地討論易代鼎革之際，話本小說中歷史話語文化表徵的繁複意涵。

二、易代遺民的悲涼話語

　　受到時事長篇小說在明清之際大量出現的影響，此時期的話本小說也出現不少時事小說的作品。由於時事小說具有成書迅速、多抄史料的特色，因此小說內容必須以當代「重大事件」爲小說題材，是故出版時間必須迅速即時，方能有效掌握時事小說「新聞性」的特色。主要目的除了傳達當時訊息，作者雜抄許多邸報、尺牘、書信、傳聞，小說中的人、事、時、地、物等，都是作者與讀者所共同熟悉、共同記憶及傳聞的時事以滿足讀者需要；除此之外，也羼雜許多政治目的，表現出「動關政務，事繫章疏」〔註 22〕的特色。其目的還可能是爲了攻擊或褒揚某些特定人物，或是傳達鼎革國變之重大消息，其中甚至隱含不少作者個人的潛在意圖。

　　清初最早刊行的話本小說《清夜鐘》，即包含了三篇標準的時事小說。一

〔註21〕 參見王德威：《想像中國的方法：歷史、小說、敘事》（北京：三聯書店，1998年），頁 299，頁 312。王德威將話語（discourse）與言談、陳述等辭彙互譯，皆指知識有系統的具體傳遞過程而言。更重要的是以下這段話，本章論點深受其啓發。他說「話語觀念的起源來自語言學，但於此須作廣義詮釋。它不只意味著由對話或文字作品所表達的意念，也兼指陳一種知識、機構、意識形態在一歷史時空中形成的法則或樣式。這樣定義下的話語可與巴特的「神話」、惹內（Genette）的「意識形態」，特別是傅柯的「話語」觀念相指涉。」

〔註22〕 見〔明〕吳越草莽臣：《魏忠賢小說斥奸書》（古本小說集成編委會編，上海古籍出版社，1990 年），〈凡例〉，頁 2。

篇寫李自成陷落京師、崇禎自縊、京師臣民或投降或就義的情形；一篇寫弘
光年間假太子一案；第三篇則是寫發生在崇禎八年，總督漕運的戶部尚書楊
一鵬因陵寢失守慘遭棄市事。前二篇小說所描寫的重大事件距離小說出版時
間不超過兩年，後一篇距該書刊行也僅十年左右。〔註23〕另外，《警寤鐘》卷
四寫康熙六年正月發生的海烈婦事，其事收入在《清史稿》卷五百十一。據
說此事曾經轟傳一時，多人為此婦列傳，並曾改編為小說多種。由於《警寤
鐘》約刊行於康熙十年左右，作者並註明所寫為「現在不遠的事」〔註24〕，
故所寫內容雖非朝廷中的大事，本文亦將之歸於時事小說。〔註25〕以下即針
對此四篇分別論述。

（一）《清夜鐘》第一回〈貞臣慷慨殺身　烈婦從容就義〉

1、第一回〈貞臣慷慨殺身　烈婦從容就義〉本事概述

《清夜鐘》全書原收小說十六回，殘存十回，全稱《新鐫繡像小說清夜
鐘》，為明清之際白話短篇小說集。作品每回敍一事，各不相屬，每回之後有
簡略評語，題「薇園主人述」及序。根據歷來學者考據，作者當為陸雲龍（？
～？約西元 1628 年前後在世），字雨侯，號翠娛閣主人，明末浙江錢塘人，
為明朝諸生，但科舉不第。其所編選、出版及作序的書籍很多，與其弟陸人
龍同是明末重要的小說家。〔註26〕

〔註23〕根據徐志平的考證，《清夜鐘》的刊行時間為順治二年的年終到順治三年的前
　　　　半年之間。參見徐志平：《清初前期話本小說之研究》（臺北：臺灣學生書局，
　　　　1998 年），頁 18～19。

〔註24〕見〔清〕雲陽嗤嗤道人編著；顧青校點：《警寤鐘》，收錄在《中國話本大系》
　　　　（南京：江蘇古籍出版社，1994 年），頁 70。

〔註25〕陳大康認為，時事小說必須是描寫當時的重大「政治」事件，雖然海烈婦事
　　　　為轟動一時的社會新聞，但終究不是重大的政治事件，且描寫偏重於世俗人
　　　　情，充其量只能歸於世情小說。參見陳大康：《明代小說史》，頁 584～585。
　　　　本文主要藉由話本小說對明清鼎革之際動亂時局的真實反映，從話語實踐的
　　　　生成脈絡加以觀察，基於擴大研究視角將有助於全面性的省視，故將此篇一
　　　　併納入論述。

〔註26〕本文使用《清夜鐘》的版本，主要依據1990年古本小說集成編委會編，上海
　　　　古籍出版社出版的版本；以及 1991 年由李漢秋、陸林點校，江蘇古籍出版社
　　　　出版之《中國話本大系》所收錄的《清夜鐘》參考之。至於陸雲龍生平事蹟，
　　　　諸多學者均有述及，如路工便認為《清夜鐘》的作者當為明末著名的出版家
　　　　與小說家陸雲龍，參見氏著：《訪書見聞錄》（上海：上海古籍出版社，1985
　　　　年），頁 152～153；另外，路工、譚天合編《古本平話小說集》上冊（北京：
　　　　人民文學出版社，1984 年），頁 153，對於《清夜鐘》的出版亦有所說明。引

陸雲龍的小說創作擅長以當代重大政治、社會事件爲題材，迅速地處理社會時事成爲小說，以滿足讀者的需求。例如《魏忠賢小說斥奸書》〔註27〕刊行於崇禎元年（1628），距魏閹伏法僅一年左右。此書體例按編年紀事之編年體撰寫，內容力求合乎史實，宛如寫史。根據《魏忠賢小說斥奸書》〈凡例〉第一條所言：

> 是書紀自忠賢生長之時，而終于忠賢結案之日，其間紀各有序，事
> 各有倫，宜詳者詳，宜略者略，蓋將以信一代之耳目，非以炫一時
> 之聽聞。〔註28〕

這清楚說明陸雲龍小說創作的觀念，蓋以「信實」爲主，非以「炫示」聽聞爲目的。《清夜鐘》作爲明清易代之後最早的一部話本小說〔註29〕，亡國之際的悲慟與震撼，顯然對作者陸雲龍的影響非常強烈。小說裡常可見作者大聲疾呼的悲憤之詞，誠如其序所言：

> 餘偶有撰著，蓋借詼諧說法。將以鳴忠孝之鐸，喚醒姦回；振賢哲之
> 鈴，驚回頑薄。名之曰《清夜鐘》，著覺人意也。（《清夜鐘》頁139）

他寫小說的目的在於**警醒**、**振奮**世人，宣揚忠孝節義成爲本書的主旨。如同他在評點《型世言》所表露的思想一樣，對晚明社會多所針砭警世。〔註30〕《清夜鐘》第一回〈貞臣慷慨殺身　烈婦從容就義〉，敘事背景即以發生在1644年流寇入京、崇禎殉國而諸臣降賊等重大歷史事件爲其脈絡。故事中並以《明史》有傳的人物汪偉，偕其夫人自縊殉國之事爲敘事主軸。對照「迎賊求用」

文中凡出現《清夜鐘》回目故事，頁碼出處均以《中國話本大系》所收錄之《清夜鐘》頁次爲準，不再另外標註出處。

〔註27〕 此書全稱爲《崢霄館評定出像通俗演義魏忠賢小說斥奸書》，8卷40回崇禎元年鹽官木強人等序刊本，原題「吳越草莽臣撰」，根據考證當爲陸雲龍本人。參見夏咸淳：〈陸雲龍考略〉，《明清小說研究》第4期（1988年），頁76；以及〔明〕吳越草莽臣：《魏忠賢小說斥奸書》（上海：上海古籍出版社，古本小說集成編委會編，1990年），前言，頁1。

〔註28〕 〔明〕吳越草莽臣：《魏忠賢小說斥奸書》，〈凡例〉，頁1。

〔註29〕 根據徐志平的考證，《清夜鐘》的刊行時間「應當是順治三年六月貝勒博洛率師進駐杭州之前，故推斷最可能的刊行時間爲順治二年的年終到順治三年的前半年之間。」參見氏著：《清初前期話本小說之研究》，頁18～19。另，路工、譚天合編之《古本平話小說集》，稱《清夜鐘》有明末隆武年間（約1645年）刻本，見《古本平話小說集》，頁153。

〔註30〕 此部分可參見雷慶銳：《晚明文人思想探析：《型世言》評點與陸雲龍思想研究》（北京：中國社會科學出版社，2006年）。

的昏懦臣民，全篇諷刺感極為強烈。小說主人公汪偉，字叔度，崇禎元年進士，是明末少數有識見、操守的大臣。《明史》曾詳載汪偉上疏禦敵之策，帝嘉納之，史稱「所條奏皆切時務」〔註31〕。汪偉面對賊兵東犯、情況日益危急之際，不斷提醒閣臣分責守城之事，「事急矣，亟遣大僚守畿郡。都中城守，文自內閣，武自公侯伯以下，各率子弟畫地守。庶民統以紳士，家自為守。而京軍分番巡徼，以待勤王之師。」〔註32〕如此苦心告誡，卻遭來大臣哂笑其「早計」，意謂汪偉過於多慮了。不料流賊勢如破竹，進逼京畿，孤臣無力可回天，只能眼睜睜地目睹京師淪陷，終與夫人雙雙從容赴義。

　　本篇小說在描述李自成入京、崇禎殉國與臣民迎賊的歷史事蹟上頗為用心，極具新聞性與聳動性。作者確實掌握了時事小說要求話語必須具備的流動迅捷與新聞傳播等功能，其在表達意圖並促使意圖實踐的策略上亦極為成功（試圖以小說發揮救亡續存、振聾發聵的作用以激勵世人）〔註33〕；對於汪偉，陸氏更是不厭其煩地詳述其一生始末，實寄有深遠的寓意。陸氏藉汪偉之宦海浮沉，真實反映了明末政治環境的險惡與腐敗。文中所寫夫婦就義之事，當為本篇高潮，《明史》亦有所記載。只是其中小說內容與正史略有不同，堪為「想像與敘事」話語的有趣對照；對於作者如何將消逝不久的歷史，透過文字描述的記憶編織，建構（construct）或重構（reconstruct）出一種「記憶性敘事」？在記憶編織過程中，小說家如何超越個人記憶，運用虛實交錯的手法，選擇或創造出連綴這些記憶斷片（fragments）〔註34〕的連接點，進而營造出足以承載這些記憶的特殊情境？在這書寫過程中，對於個人記憶／

〔註31〕 參見〔清〕張廷玉等撰、楊家駱主編：《新校本明史並附編六種》（臺北：鼎文書局，1975年），卷266，〈列傳〉154，頁6860～6861。

〔註32〕 此事見〔清〕張廷玉等撰、楊家駱主編：《新校本明史並附編六種》，卷266，〈列傳〉154，頁6861。

〔註33〕 關於話語流動與傳播方面的相關論述，可參看胡春陽：《話語分析：傳播研究的新途徑》（上海：上海人民出版社，2007年）一書，裡面對於話語分析的傳播研究有翔實精闢的見解。

〔註34〕 〔美〕宇文所安（Stephen Owen，或譯斯蒂芬·歐文，1946～）指出：「在我們同過去相逢時，通常有某些『斷片』（fragments）存在於其間，它們是過去與現在之間的媒介。……這些『斷片』以多種形式出現：片斷的文章、零星的記憶、某些殘存於世的人工製品的碎片。」參見斯蒂芬·歐文著（Stephen Owen）；鄭學勤譯：《追憶：中國古典文學中的往事再現》（Remembrances：The Experience of the Past in Classical Chinese Literature）（上海：上海古籍出版社，1990年），頁79。

集體記憶的爬梳與重整具有何種意義？另就文體創作而言，這也確是此時期的話本小説，開始擺脱時事小説向來爲人所詬病「文、史不分」的缺點所做的改變。同時它亦代表作者在寫史之餘，並没有忽略文學方面的經營。〔註35〕《明史》對汪偉的描述，大致深中肯綮，可知他是個有節操與識見的清廉官吏，對其義行有如下的敘述：

> 賊薄都城，守兵乏餉，不得食，偉市餅餌以饋。已而城陷，偉歸寓，語繼室耿善撫幼子。耿泣曰：「我獨不能從公死乎！」因以幼子屬其弟，衣新衣，上下縫，引刀自剄不殊，復投繯遂絶，時年二十三。偉欣然曰：「是成吾志。」移其屍於堂，貽子觀書，勉以忠孝，乃自經。贈少詹事，謚文烈。本朝賜謚文毅。〔註36〕

相同之事在計六奇（1622～？）《明季北略》中也有記載，但對汪偉夫婦如何投繯自縊，則有較多的描述：

> 乃爲兩繯于梁間，公以便，就右，耿氏就左。既皆縊，耿氏復揮曰：「止，止，我輩雖在顛沛，夫婦之序不可失也。」復解繯，正左右序而死。〔註37〕

計六奇的記載較諸《明史》，增添了汪偉夫婦就義前特別強調的「正左右序而死」一段話，其中編修夫人自縊前，恪守男女尊卑之序的細節，也見於明末時事小説《勦闖小説》第三回〔註38〕，可見此事是當時的時事新聞；而作爲話本小説的《清夜鐘》，作者對於明亡「死節之事」，自然不會輕易放過而大書特書。陸雲龍身處明清易代之際，不會不瞭解明末大量驚心動魄「生殉祈死」的歷史語境（文詳見下節），於是費心鋪墊兩段有別於《明史·汪偉傳》的生動描述，較計六奇的記載更爲詳細。其中之一是，汪偉見滿城臣民迎賊的光景，深知大勢已去，心已木木然。與夫人喝酒後放聲大哭，看見耿夫人也嗚咽起來，卻又不哭了，説道：

> 「夫人，我這哭，不是與你捨不得死，怕死貪生。我是哭謀國無人，把一箇三百年相傳宗社、十七年宵旰的人君，都送在賊手裡，這等

〔註35〕 參見徐志平：《清初前期話本小説之研究》，頁 186。
〔註36〕 參見〔清〕張廷玉等撰、楊家駱主編：《新校本明史並附編六種》，卷 266，〈列傳〉154，頁 6861。
〔註37〕 此事見〔清〕計六奇：《明季北略》（合肥：黃山書社據清活字印本影印，2009年），卷之 21 上，〈汪偉傳〉，頁 288。
〔註38〕 參見〔清〕懶道人口授：《勦闖小説》（北京：中華書局，1991 年）。

哭。若論今日我臣死君，你妻死夫，是人間的正事，人間的快事！什麼哭？被人聞知恥笑。」反哈哈大笑起來。……叫過家人，與他些銀子，令備棺木，分付護喪南邊。家人下跪道：「老爺三思，外邊各位老爺還沒聽得有死的。」檢討笑道：「死要學人樣麼？你不知道，我不要想得。你只依我，去幹事去。」（《清夜鐘》頁 11～12）

家人下跪請老爺三思，是因為「外邊各位老爺還沒聽得有死的」。陸雲龍於文中亦以「食祿人紛紛，殉君何寂寂」（《清夜鐘》頁 6）發出對崇禎自縊、朝臣誤國最大的悲嘆。據說當時很多人的記載，都強調了崇禎皇帝「被遺棄」的慘況，甚至在京師陷落前夕，宮中已無一人上朝。崇禎皇帝面對空蕩蕩的皇城內庭，仰天發出感嘆：「諸臣誤朕也，國君死社稷，二百七十七年之天下，一旦棄之，皆為奸臣所誤，以至於此。」〔註39〕又，根據《明季北略》記載，崇禎上吊前曾嘆息「吾待士亦不薄，今日至此，羣臣何無一人相從？」〔註40〕甚至據聞，崇禎帝在用腰帶自縊前，曾寫下一封歸罪明亡乃「諸臣誤朕」的遺書。〔註41〕雖然當時以及後來的史家皆對此事持保留的態度，而認為明朝滅亡並非完全是大臣的責任，且對於遺詔的真實性產生懷疑。但曾在崇禎朝供職的大多數人，卻有一種無比沉重的共同感受，即他們這些君主的臣子，確實是亡國的罪人。〔註42〕檢視明朝歷史，思宗較之前任的神宗、熹宗，甚

〔註39〕參見〔清〕抱陽生：《甲申朝事小記》（北京：書目文獻，1987 年），第 1 卷，頁 2。

〔註40〕〔清〕計六奇：《明季北略》（合肥：黃山書社據清活字印本影印，2009 年），卷之 20，〈三月十九帝崩煤山〉，頁 244。

〔註41〕此事在蕭一山：《清代通史》（臺北：商務印書館，1967 年），卷上，頁 265；與〔明〕不著撰人：《謏聞續筆》，收錄於《筆記小說大觀》正編第 3 冊（臺北：新興書局，1976 年），卷 1，頁 1550～1551；以及《明史》裡皆有詳盡記載，內容相差無幾。但是魏斐德公開質疑這種說法，魏氏所引用的資料為趙士錦的《甲申紀實》，據說趙士錦「正是從這位發現屍體的內侍那裡聽到這些情況的」，參見氏著：《洪業——清朝開國史》，頁 236。以下摘錄《明史》的記載：「乙巳，賊犯京師，京營兵潰。丙午，日晡，外城陷。是夕，皇后周氏崩。丁未，昧爽，內城陷。帝崩於萬歲山，王承恩從死。御書衣襟曰：『朕涼德藐躬，上干天咎，然皆諸臣誤朕。朕死無面目見祖宗，自去冠冕，以髮覆面。任賊分裂，無傷百姓一人。』自大學士范景文而下死者數十人。丙辰，賊遷帝、后梓宮於昌平。昌平人啓田貴妃墓以葬。明亡。」，參見〔清〕張廷玉等撰、楊家駱主編：《新校本明史並附編六種》，卷 24，〈本紀〉24，〈莊烈帝·朱由檢〉2，頁 335。

〔註42〕參見〔美〕魏斐德著；陳蘇鎮等譯：《洪業——清朝開國史》（南京：江蘇人民出版社，1995 年），頁 236～237。

至明朝中後期的多數皇帝，治國救國的責任感與企圖心顯然強上許多。故史家對於思宗普遍抱有同情意識，以爲崇禎帝的一生實是「不是亡國之君的亡國悲劇」〔註43〕。面對無法挽回的頹勢，崇禎潸然淚下，諸臣「亦相向泣，束手無計」〔註44〕、「文臣個個可殺」〔註45〕。主辱臣必死？還是可以有其他的選擇與作爲？臣應死社稷、死封疆與城池共存亡等等話語，散佈在當時與後世的諸多文獻史冊之中，成爲明清之際異常普遍卻又顯得弔詭的一種歷史話語。崇禎帝遠在京師孤憤抑鬱的感嘆，與全國臣民死亡相藉的歷史敘事，兩者之中竟然存在著天差地遠的結果。甲申年三月十九日，西元1644年4月25日那一個「歷史瞬間」〔註46〕，成了史學家、小說家筆下亟欲渲染著墨、話語異變的敘事載體。正因如此，陸雲龍的時事小說提供一個很好的觀察線索，讓我們可從他敘事的話語裡面，反思時事小說歷史書寫的寫實性與諷喻性，以及從中衍生的諸多有關歷史／記憶的問題。

其次，在第一回〈貞臣慷慨殺身　烈婦從容就義〉後段的敘述裡，只見汪偉拿了一條繩，提了凳，逕向右首樑下擺定：

〔註43〕語出〔清〕張廷玉等撰、楊家駱主編：《明史・流賊傳》：「嗚呼！莊烈非亡國之君，而當亡國之運，又乏救亡之術，徒見其焦勞瞀亂，子立於上十有七年。而帷幄不聞良、平之謀，行間未覯李、郭之將，卒致宗社顛覆，徒以身殉，悲夫！」參見〔清〕張廷玉等撰、楊家駱主編：《新校本明史並附編六種》，卷309，〈列傳〉197，〈流賊〉，頁7948。

〔註44〕參見〔清〕談遷：《國榷》（合肥：黃山書社據清鈔本影印，2009年），卷100，崇禎十七年三月壬辰條，「上歎曰：『朕非亡國之君，諸臣盡爲亡國之臣，遂拂袖而起。』」頁4432。〔明〕文秉：《烈皇小識》（合肥：黃山書社據清鈔明季野史彙編前編本影印，2009年），卷8，頁135。

〔註45〕「上書御案，有『文臣個個可殺』語，密示近侍，隨即抹去。」語出〔清〕文秉：《烈皇小識》卷8，頁135。

〔註46〕本文借用趙園在《想像與敘述》一書中運用「歷史瞬間」的概念，來凸顯「短時段」事件史的重要性。根據她的解釋，大陸學界採用類似的敘事策略，蓋因受到黃仁宇《萬曆十五年》的影響。黃氏該書在方法論方面的啓示，在於一個選定的時間點可供開掘的可能性，對於一個年頭的敘述，有可能達到的歷史縱深。趙園認爲，《萬曆十五年》的意義是在被發現、論述中生成的，這種敘事策略有利有弊，缺點即在於過度濃縮而產生的戲劇性。筆者認爲，歷史話語生成的建構性，即在不斷地創造與論述中達成的，在新歷史主義學家眼中，「歷史」是以敘事散文話語爲形式的語言結構，易言之，它是一種寫作，一種修辭的靈活運用，一種語言結構的敘事構型。本文參照此種後現代歷史敘事觀念，探討敘事話語背後作者内心深處的想像性建構，與一個時代特有的深層結構。參見趙園：《想像與敘述》（北京：人民文學出版社，2009年），頁1～53。

> 正待立身上去，只見耿夫人笑道：「老爺差了。」簡討呆了一呆，説：
> 「難道不該死麼？」耿夫人道：「不是。」向左一拱道：「老爺，還
> 該從左。」簡討點頭道：「是，是。」簡討卻向左邊拋上繩子，兩人
> 各各扣緊喉下，一腳踢倒凳子，身往下墜。檢討身子胖，墜得勢重，
> 就一時氣絕。夫人身子苗條，稍輕些，死略遲，卻也似地府相隨，
> 夫前妻後。兩人之死，猶笑容宛然。（《清夜鐘》頁 12）

歷來學者論此段，皆將汪偉夫婦視死如歸的精神氣度，讚譽有加，惟僅以「忠義」、「貞節」如題所示的褒譽傳頌於世人，但對於其中可能隱含的深刻寓意，或其他易爲人們所忽略的細節，卻闕而弗錄，殊爲可惜。作者在此段將明朝特重「夫婦之序」的人倫之禮，融入於兩人輕描淡寫的話語中，曲盡其妙，活靈活現，令人印象深刻。對於明清之際士人如何看待生／死的嚴肅課題，故事主人公的態度竟能如此從容不迫，折射出當時士人節操的時代氛圍。且看「兩人之死，猶笑容宛然」，赴死如完成一件令人雀躍高興之事。這不禁令我們驚嘆，到底是什麼原因，讓這些以汪偉夫婦爲代表的忠貞之士，群起自殺而不悔？這與明清之際的歷史情境（前朝意識與遺民情結）又有何關聯？從當時的小説所建構的話語意涵，我們可以看出其所指涉的意義又究竟爲何？

2、《清夜鐘》第一回〈貞臣慷慨殺身　烈婦從容就義〉敘事話語的反思

（1）敘事深層結構的話語反思

前已述及，明清之際在學界早已被公認爲是中國歷史發展分期中的一個特殊時期。在史學家的眼中，1644 年明朝的滅亡和清朝的勃興，是中國歷史上所有改朝換代事件中「天崩地裂」且「最富戲劇性的一幕」。此時期不僅在歷史上呈顯詭譎多變的時代氛圍，「明清之際」在文化上亦具有世變、轉化和傳承的多元特徵。結社、唱和之風遍行文人階層，庶民、商賈、閨秀乃至僧道之作，皆史無前例地被廣泛討論。綜合上述所言，此時期的「文化語境」〔註47〕最爲特殊。它代表著不同話語系統或話語類型的出現，共同

〔註47〕文化當其成爲圍繞話語、影響話語又受話語影響的語言性環境時，它就是「文化語境」了。因此對話語——歷史關係的追問，直接地就是對話語——文化語境關係的闡釋了。參見王一川：《修辭論美學：文化語境中的二十世紀中國文藝》（長春：東北師範大學出版社，1997 年），頁 82～84。

反映了此時期歷史文化轉型的面貌。各種文化層次的力量相互爭鳴，打破傳統威權話語的獨霸局面，因而形成歷史文化轉型時期的多元話語型態。

根據《明史》、蕭一山（1902～1978）《清代通史》與清人張怡（1607～1694）《搜聞續筆》等人的記載，崇禎死前曾留下「諸臣誤朕」等怨語；且史學家普遍同情思宗的處境，認爲崇禎亡國非其罪也；美籍漢學家魏斐德（1937～2006, Frederic Wakeman, Jr）《洪業——清朝開國史》更指出在崇禎朝供職的臣子，普遍有一種共同的沉重感受，認爲自己確是亡國的罪人。可是在國家風雨飄搖危殆之際，人心惶惶乃屬自然，面對歷史劇變，任誰不驚恐？於是群臣耳語、互相猜疑者有之。錢䍧（？～？）《甲申傳信錄》就曾記載當時京城官員「知國已危，則爭求御命以遠行避禍爲賢」〔註 48〕。彼時曾有北人上言，曰：「各官不可使出，出即潛遁，無爲朝廷用者。」〔註 49〕明亡前夕的朝廷，壟罩著一股焦鬱不安的氛圍。面對日益逼近的李自成大軍，朝臣並不是無所作爲。他們終日苦思對策，遂有「遷都」、「南幸」以至「太子監國」等提議，但囿於朝臣緊綳的氛圍與龐大的道德壓力之下，這些論述幾乎是無法展開的。從現今留存的《明史》以及記述明亡的私家史著中，發現大量有關當時朝堂辯論的敘述，卻受限於詭譎的時代語境，它們往往只能淪爲密疏或竊竊私議。〔註 50〕任何討論或偶發的意念，只要涉及延續國祚之策，即成了不可言說的禁忌。證明自己忠君愛國的唯一方法，最終似乎都單指向一途——「重義輕生，亡軀殉節」。趙園指出，明代由於長期地政治暴虐，無形之中培養了士人的堅忍，塑造了他們對殘酷的欣賞態度，助長了他們極端的道德主義，鼓勵了他們以「酷」（包括自虐）爲道德的自我完成。因此，誠如趙園所指出的那樣，明亡之際士人大量的赴死殉難，竟像只是導致了對於某些道

〔註 48〕〔明〕錢䍧：《甲申傳信錄》（合肥：黃山書社據清鈔本影印，2009 年），卷 3，頁 13。

〔註 49〕〔明〕錢䍧：《甲申傳信錄》（合肥：黃山書社據清鈔本影印，2009 年），卷 1，頁 3。

〔註 50〕參見趙園：《明清之際士大夫研究》（北京：北京大學出版社，1999 年），頁 21～23。根據趙園所提供的文獻資料顯示，群臣爲了能夠延續社稷之國祚，多次與崇禎帝發生激烈的爭辯，「鬥爭沸騰」。惟崇禎往往以「不許」、「不聽」、「不答」、「上怒」、「帝取視默然」等，直接否決了諸臣的建言。趙園指出，「遷都」、「南幸」以至「太子監國」等提議，此時此刻，均化爲道德問題，且更簡化爲生死問題，亦即當時的語境中所不可討論的問題。因爲任何敏感的提議，任何討論的企圖，都有「漢奸」之嫌。

德命題的質疑，使人們習焉不察的似是而非之論得以澄清似的。而這一切的源頭，皆從「崇禎之死」揭開了序幕。〔註51〕

盱衡清初《清夜鐘》這類以道德救亡命題，宣揚忠君死節的話本小說集，在當時並不少見，從明末以來便伴隨著衰頹棼亂的政治局勢大量出現。道德話語的出現，亦被認為是亂世的反撥，這不禁讓人聯想到《春秋》問世的時機與作用，也具有相同的時代背景。早在《公羊傳・哀公十四年》便有「撥亂世，反諸正，莫近諸春秋」〔註52〕的話語流傳於後世。《型世言》〔註53〕堪為明末道德救亡一類小說的代表作，集中體現了這類作品普遍的話語模式。文中特別強調「道德訓誡」，為所有故事主人公所奉行不二之圭臬，塑造出一批臻於美善、卻「不近人情」之道德英雄。不難想見此時期的作者所欲建構之話語意指實踐，乃意圖力挽道德崩壞的世風，與重建社會新秩序的努力。

明末清初，正值朝代鼎革之際，不論在政治或是社會上，均遭逢「天崩地裂」的遽變，作為反映現實人生的話本小說，連帶也產生不小的衝擊與變化。身逢亂世的小說家們，群起藉由小說對朝代更迭與對現實人生進行多角度、多層面的反思。清初話本小說，除了對晚明話本在結構與內容上做出傳統的繼承、貢獻與超越外，更大量地承載多元文化衝撞與蛻變的信息。我們可以看到清初話本小說不論在藝術形式有所突破外，在表現手法呈現多樣面貌，尤其作家自我意識的主體性更加強烈，個人風格益趨鮮明等等，此是後話。如果綜合作品的思想意識、內容等各方面的因素，會發現此時期的作品諸如《醉醒石》、《清夜鐘》、《照世盃》、《閃電窗》與《覺世棒》等，均對明王朝有著同樣複雜的感情。他們在反思明亡歷史時，都採取了「道德勸世」作為切入點，並以「道德話語」為其敘事的話語基本範式。我們甚至發現，他們連在小說集的「命名」上都有著驚人的類似。〔註54〕誠如歐陽代發（1942～）在《話本小說史》所說：

〔註51〕趙園：《明清之際士大夫研究》（北京：北京大學出版社，1999 年），頁 9～12，頁 23。

〔註52〕語出《公羊傳・哀公十四年》，參見〔唐〕徐彥《春秋公羊傳注疏》（臺北：藝文印書館十三經注疏本景清嘉慶二十年江西南昌府學刻本，1960 年），卷 28，頁 358～2。

〔註53〕此書全名為《崢霄館評定通俗演義型世言》，10 卷 40 回陸雲龍序刊本。作者陸人龍，為陸雲龍之弟，目前有臺灣臺北中研院文哲所，於 1992 年出版的版本。

〔註54〕參見朱海燕：《明清易代與話本小說的變遷》（武漢：華中科技大學出版社，2007 年），頁 41。

明末擬話本作家身當末世，目睹社會現實的黑暗腐敗，世風人情的
澆薄，能直面人生進行揭露，目的是爲了讓「頑石點頭」（《石點頭
序》），要「喚醒奸回」、「驚回頑薄」（《清夜鐘序》）以救世「醫國」
（《鴛鴦針序》），爲此不惜諄諄說教。〔註55〕

　　徐君慧則是從整個中國小說史的角度分析，認爲每個時代有每個時代自
己的文學，因此她說：「明末清初的社會，是個大動盪，大變革的社會，……
國仇家恨，個人的興衰際遇，都不能不影響到作者，因而，這些作品中，也
有不少道出了人民的呼聲。」〔註56〕

　　根據王璦玲的觀察，明清之際的文人，他們因世變所引生的情感焦慮與
紛雜，主要來自兩項根源：一爲「前朝意識」，另一則爲「遺民情結」。因爲
情感的多重性，甚或人格上的「危機」，皆可能影響創作。尤其這種現象的
發生，正值歷史文化轉型的多元時期，且又承受社會亂象的鉅大衝擊，這種
狀態便會由屬於「個人」的有限層面，擴展成爲一種「集體」的文化現象。
〔註57〕此種時代表徵，凸顯出時代重大的文化意義，就其敘事的話語而言，
堪稱爲一集體性構成的敘事結構，進而影響集體的潛在意識，成爲一種隱蔽
的精神結構。〔法〕呂西安・戈德曼（Lucien Goldmann，1913～1970）曾經
指出：

當一個群體的成員都爲同一處境所激發，並且都具有相同的傾向
性，他們就在其歷史環境之內，作爲一個群體，爲他們自己精心締
造其功能性的精神結構。這些精神結構不僅在其歷史演進過程之中
扮演著積極的角色，並且還不斷地表述在其主要的哲學、藝術和文
學的創作之中。〔註58〕

〔註55〕參見歐陽代發：《話本小說史》（湖北：武漢出版社，1997年），頁451。
〔註56〕徐君慧：《中國小說史》（南寧：廣西教育出版社，1991年），頁361。
〔註57〕參見王璦玲：〈記憶與敘事：清初劇作家之前朝意識與易代感懷之戲劇轉化〉，
　　　　《中國文哲研究集刊》第24期（2004年3月），頁39～103。根據王璦玲的
　　　　說法，所謂「前朝意識」，指的是一種基於前代歷史記憶所引生的一種與現實
　　　　經驗不協調的生活意識。這種意識，具有剝奪現實經驗「眞實感」的作用；
　　　　它可使當事之人，始終生活在價值的矛盾與衝突中。至於「遺民情結」，則是
　　　　企圖對自己是否屬於「遺民」，作出一種符合其歷史感的價值認定，並要求他
　　　　人以同樣的眼光加以看待，甚至對於其情感上的徘徊、依違給予同情。
〔註58〕參見〔法〕呂西安・戈德曼（Lucien Goldmann）著；段毅、牛宏寶譯：《文學
　　　　社會學方法論》（Method in Sociology of Literature）（北京：工人出版社，1989
　　　　年），頁46。

陸雲龍強烈的救世之心、亟欲喚醒世人的企圖，一如上述的文體風格與糾葛的情感，字字句句躍然紙上、力透紙背。崇禎已死，並不意謂著大明已亡；國勢衰頹，但並非無藥可救。易代之際，在「道德」命題之大纛下，唯有痛下針砭方能見效。陸氏在小說中揭露臣民誤君喪節、不知羞恥之行徑，竟與崇禎帝死前的感慨完全雷同：

> 這輩誤君、背君、喪心、喪節的，全不曉一毫羞恥，有穿了吉服去迎賊的，入朝朝賊求用的。自己貪富貴要做官，卻云「賊人逼迫」、「某人相邀」；自己戀妻子不肯死的，卻云「某人苦留」、「妻子求活」。煤山下從死的止一內官。……在朝食祿的豈下千百，見危授命，不過二十餘人。……（《清夜鐘》頁 5）

《明史》確載「文臣死國者，東閣大學士范景文而下，凡二十有一人。」〔註59〕此為實錄。然陸氏先言及「在朝食祿的豈下千百，見危授命，不過二十餘人」，文末又云「一時死義，單只汪、劉、周、馬四人」。不避贅述卻有不同的計數方式，可以想見作者憤慨至極已瀕語無倫次。作為時事小說，陸氏深知崇禎死訊將會帶給全國臣民多大的震撼；繼之以「食祿人紛紛，殉君何寂寂」，與入話詳細鋪墊崇禎賢德勤政的一面，如「勞心焦思，謹身節用，沒一日安樂，只為運盡天亡，有君無臣，天再生不出一個好人扶佐他」（《清夜鐘》頁 2）云云。兩相映襯之下，作者的用心昭然若揭，即欲以帝之死警醒世人，並藉言「諸臣誤君」，指摘朝政腐敗，皆大臣之責。明亡非但與皇帝無直接關係，反與眾臣陷帝於絕境，也就是明清之際普遍流行的話語──「有君無臣」說──有絕對的相關。且明遺民面對衰弊的朝廷與身殉社稷的君主，常陷於苛責／同情的兩難局面，「有君無臣」之說適時的出現，剛好給了明遺民一個緩衝的模糊地帶，訓誡反思外，亦堪以告慰先帝。王夫之（1619～1692）就曾感慨地說過：

> 嗚呼！國有將亡之機，君有失德之慚，忠臣諍士爭之若讎，有呼天籲鬼以將之者。一旦廟社傾，山陵無主，惻側煢煢，如喪考妣，為吾君者即吾堯舜也，而奚知其他哉？欲更與求前日之議非，而固不可得矣，弗忍故也。〔註60〕

〔註59〕〔清〕張廷玉等撰、楊家駱主編：《新校本明史並附編六種》，卷265，〈列傳〉153，頁6833。

〔註60〕〔明〕王夫之：《詩廣傳》卷1，收錄於《船山全書》（長沙：嶽麓書社，1988

　　故周作人（1885～1967）說：「明末之腐敗極矣，眞正非亡不可了，不幸亡於滿清；明雖該罵，而罵明有似乎親清，明之遺民皆不願爲，此我對於他們所最覺得可憐者也。」〔註61〕關於「有君無臣」說（即「諸臣誤朕」），《明史》所載崇禎臨終之言前已述及，而明末崇禎進士李清（1602～1683）《南渡錄》記甲申五月，福王以監國發大行皇帝喪諭天下，其內容亦曾提及，其諭曰：

　　……不期以禮使臣，而臣以不忠報；以仁養民，而民以不義報，彝倫攸斁，報施反常，自有生民以來，未有甚於今日者也。……〔註62〕

　　明清之際「有君無臣」說作爲一種時代語境普遍存在，當時許多的文人均持相同的看法。如弘光朝時，吏科右給事中熊汝霖（？～1648）說：

　　先帝隆重武臣，而叛降跋扈，肩背相踵；先帝委任勳臣，而京營銳卒徒爲寇籍；先帝倚任內臣，而開門延敵，衆口譁傳；先帝不次擢用文臣，而邊才督撫，誰爲捍禦？〔註63〕

　　文官怯懦，用武將，臨事也只一般，而內臣更是推諉卸責。不論文官、武將、內臣，都同樣只會誤國，沒有一人是可以倚靠的。值得注意的是，清初統治者與明史館中人對此事的「一致」態度。《明史》的贊語寫到：

　　帝承神（宗）、熹（宗）之後，慨然有爲。即位之初，沈機獨斷，刈除奸逆，天下想望治平。惜乎大勢已傾，積習難挽。在廷則門戶糾紛，疆場則將驕卒惰。兵荒四告，流寇蔓延。遂至潰爛而莫可救，可謂不幸也已。〔註64〕

　　從上述引文「在廷則門戶糾紛，疆場則將驕卒惰」可知，「諸臣誤朕」便是後朝官方給予崇禎殉國的歷史定調。康熙初年協助谷應泰（1620～1690，時任提督浙江學政）撰修《明史紀事本末》的張岱（1597～1679），以崇禎一朝的邸報爲基礎寫成之崇禎朝紀傳體史書《石匱書後集》，他在書中亦對思宗給予極大的同情，其文曰：

　　年），第 3 冊，頁 321。

〔註61〕 周作人：〈關於王謔庵〉，收入《周作人先生文集》《風雨談》（臺北：里仁書局，1982 年），頁 106。

〔註62〕 〔清〕李清：《南渡錄》（合肥：黃山書社據清鈔本影印，2009 年），卷 1，頁 2。

〔註63〕 參見〔清〕張廷玉等撰、楊家駱主編：《新校本明史並附編六種》，卷 276，〈列傳〉164，〈熊汝霖傳〉，頁 7079。

〔註64〕 參見〔清〕張廷玉等撰、楊家駱主編：《新校本明史並附編六種》，卷 24，〈本紀〉24，〈莊烈帝・朱由檢 2・崇禎十七年〉，頁 335。

古來亡國之君不一，有以酒亡者，以色亡者，以暴虐亡者，以奢侈亡者，以窮兵黷武亡者。嗟我先帝，焦心求治，旰食宵衣，恭儉辛勤，萬幾無曠，即古之中興令主無以過之。乃竟以萑苻（按：原意指沼澤，後引申為盜匪藏聚之處）劇賊，遂至殞身。凡我士民思及甲申三月之事，未有不痛心嘔血，思與我先帝同日死之之為愈也。
〔註65〕

　　乾隆年間的全祖望（1705～1755）〈明莊烈帝論〉一文，亦以「莊烈之明察濟以憂勤，其不可以謂之亡國之君固也」〔註66〕，呼應《明史》對崇禎的惋惜。李清《三垣筆記‧卷中‧補遺》曾記順治「嘗登上（按：崇禎）陵，失聲而泣，呼曰：『大哥大哥，我與若皆有君無臣。』」〔註67〕這「有君無臣」之說，後竟為清帝所援據，話語的生成與挪移襲用的脈絡昭然若揭，其背後隱含的龐大國家符號資本以及話語主導權的巧奪，實不能等閒視之。

　　然崇禎之死是否真為「諸臣所誤」？這一歷史公案，頗多商榷之處。根據文獻記載，值此明清之際多元語境交互作用之下，各種言說雜然紛呈，且都言之成理。反對「有君無臣」之說的也大有人在，像是劉宗周（1578～1645）、黃道周（1585～1646）、王夫之、王源以及唐甄（1630～1704）等人，皆傾向「治亂在君，於臣何有！」〔註68〕的說法。張岱《石匱書後集》便語重心長地指出，崇禎皇帝治國的兩大缺失，首先是將宮中內帑視為「千年必不可拔之基」，分毫不可取用。結果導致「日事居機，日事節省，日事加派，日事借貸」，終致疆邊軍士數年無餉體無完膚，如此何以羈縻天下；其次是「焦於求治，刻於理財，渴於用人，驟於行法，以致十七年之天下，三翻四覆夕改朝更，耳目之前覺有一番變革，向後思之訖無一用」。〔註69〕崇禎在位十七年，

〔註65〕此語見〔清〕張岱：《石匱書後集》（合肥：黃山書社據清鈔本影印，2009年），卷1，〈烈帝本紀〉，頁34。

〔註66〕見〔清〕全祖望：《鮚埼亭集》（合肥：黃山書社據四部叢刊景清刻姚江借樹山房本，2009年），卷29，〈明莊烈帝論〉，頁269。

〔註67〕〔明〕李清：《三垣筆記》（合肥：黃山書社據民國嘉業堂叢書本影印，2009年），卷中〈補遺〉，頁47。

〔註68〕此語為〔清〕唐甄語，出自氏著：《潛書》（臺北：河洛圖書出版社，1974年），下篇上〈遠諫〉，頁127。唐甄認為「世之腐儒，拘於君臣之分，溺於忠孝之論，厚責其臣而薄責其君。彼烏知天下之治，非臣能治之也；天下之亂，非臣能亂之也。」

〔註69〕此語見〔清〕張岱：《石匱書後集》（合肥：黃山書社據清鈔本影印，2009年），卷1，〈烈帝本紀〉，頁35。

始終無法擺脫其個性之矛盾與反覆，一方面「不邇聲色，憂勤惕厲，殫心治理」，另一方面卻「用非其人，益以僨事，乃復信任宦官，布列要地，舉措失當，制置乖方」〔註70〕，無怪乎最終「枉卻此十七年之精勵」〔註71〕。

　　關於崇禎之死與其衍生出來代嬗更迭中的一切過程，並不是沒有歷史的記憶流傳下來，但載諸正史的只是這種記憶中的一種版本，它經過官方的首肯和傳播，成為普遍流行的歷史話語，或為人所熟知的歷史記憶。眾所周知，「歷史」衍生出來的歧義性與含混性，早被新歷史主義（The New-Historicism）〔註72〕者所質疑，謂之「具有語言、語法和修辭特色的話語」，是一種「敘事性歷史」。尤其我們所慣用依賴的敘事成規，是歷史／非歷史文化所共有的話語模式，而它在神話和虛構話語（如小說）中的主導作用，早使人們懷疑它作為講述「真實」事件話語方式的可靠性。〔註73〕崇禎在歷史上，似乎已被「塑造」成一個讓人同情的君主。根據《多爾袞攝政日記》中記載：「崇禎皇帝也是好的，只是武官虛功冒賞，文官貪贓壞法，所以把天下失了。」

〔註70〕 參見〔清〕張廷玉等撰、楊家駱主編：《新校本明史並附編六種》，卷24，〈本紀〉24，〈莊烈帝・朱由檢2・崇禎十七年〉，頁335。

〔註71〕 此語出自〔清〕張岱：《石匱書後集》（合肥：黃山書社據清鈔本影印，2009年），卷1，〈烈帝本紀〉，頁35。

〔註72〕 「新歷史主義」一詞，為美國加州大學柏克萊分校斯蒂芬・葛林伯雷（Stephen Greenblatt, 1943~）於1982年率先提出的，實際上葛林伯雷所使用的另一個詞彙——「文化詩學」（the poetics of culture），則更適合形容這一學派的作為與主張。所謂「文化詩學」，它指向人類學，是新歷史主義的許多論斷的依附之處。新歷史主義者以文化人類學的方式，把整個文化當作研究的對象。因其大膽跨越史學、人類學、藝術學、政治學、文學與經濟學等各學科的界線，因此也有人泛稱其為「跨學科研究」。參見張京媛主編：《新歷史主義與文學批評》（北京：北京大學出版社，1997年），頁1。

〔註73〕 新歷史主義學者海登・懷特認為「敘事是一種話語模式，一種說話的方式，而且是採用這種話語模式的產物。當用這種話語模式再現『真實』事件時，如在『歷史敘事』中一樣，結果必然是一種具有語言、語法和修辭特色的話語，即是說，是『敘事性歷史』。」有人認為這種話語模式可以充分再現特定「歷史」事件。而另一派學者則認為，所有敘事性話語均難免於「意識型態」的滲入，在此意義上說，所謂的「歷史」，根本無法如實地「再現」。更弔詭的是，人們可以就真實事件生產想像的話語，而這種真實事件卻可能比不上「想像的」事件那樣真實。是故海登・懷特指出，之所以如此的原因，完全取決於如何看待人類想像力的問題，這與「真偽」無關，而是「真實」與「想像」之間的區別。參見〔美〕海登・懷特（Hayden White）著・陳永國、張萬娟譯：《後現代歷史敘事學》（北京：中國社會科學出版社，2003年），頁167～168。

〔註74〕這不僅與前段所謂的崇禎遺詔、諸家文獻的說法相同，而且幾乎成爲後世統治者對崇禎的一貫解讀。尤其 1657 年順治皇帝向工部頒令：「朕念明崇禎帝，尚爲孜孜求治之主，只以任用非人，率致禍亂，身殉社稷，再則日若不急爲宣揚，恐千載之下，竟於失德亡國者同類齊觀。嗚乎。」〔註75〕康熙皇帝也將崇禎與一般的末代君主區分開來，將其列祀於歷代帝王廟中；而乾隆帝則稱此舉「實天下大公定論」〔註76〕。甚至爲了統治的需要，大力表彰明末清初死難的忠臣義士，貶低降清的「貳臣」。趙園直指其「尤可怪者」也，說此事倒真的像是在代亡明復仇，並以清廷將金堡（1614～1680）、屈大均（1630～1696）、錢謙益等人並置，視「遁跡緇流」與「身事兩朝」爲同例，均斥之爲「不能死節靦顏苟活」之事，趙園認爲此舉苛刻到「莫名所以」。〔註77〕

清初主政者的官方歷史話語，將崇禎帝定調爲「非亡國之君」，乃爲統治所需，強調自己擁有承繼的正統性。陸雲龍以身處易代之際的遺民，竟與清初官方所定調之歷史話語不謀而合，恐非他所願，卻與明遺民一般的看法有些悖離。詳究箇中原因，即在於時事小說的特色，除成書迅速、多抄史料外，必須以當代深具新聞性的「重大事件」爲小說題材。前已述及，歷史事件距離小說出版一般不超過十年。陸雲龍身值 1644 年那個歷史瞬間，悲慟明亡、大聲疾呼極欲力挽傾頹之勢，自然而然在筆尖宣洩，實屬人之常情；再者，明遺民反思明亡經驗教訓，大多已進入清初階段後期，時間更迭代序，歷史時空背景不同，詩文之敘事話語自然也有所不同，此爲明證。

（2）生／死敘事的話語反思

《清夜鐘》第一回〈貞臣慷慨殺身　烈婦從容就義〉描寫汪偉夫婦自縊的故事，置於明清易代之際的文化語境下檢視，可知此事件的發生並非偶

〔註74〕參見〔清〕有嬀血胤等撰：《多爾袞攝政日記》（臺北：廣文書局，1976 年），頁 5。

〔註75〕參見《大清世祖章（順治）皇帝實錄》（臺北：華聯出版社，1964 年），卷 124。另〔清〕李清：《三垣筆記》（合肥：黃山書社據民國嘉業堂叢書本影印，2009 年），卷中〈補遺〉，頁 47，也曾經提到相同的事情。

〔註76〕見《大清世祖章（順治）皇帝實錄》（臺北：華聯出版社，1964 年），卷 124。

〔註77〕參見趙園：《明清之際士大夫研究》，頁 31。趙氏說，褒揚前朝忠義，亦歷來「興朝」故事；羞辱降臣，亦不鮮見，明初亦然。但「國史」設〈貳臣傳〉且以甲乙等差之，則是「創史家未有之例」。

然。史載大量怵目驚心的殉死，是士人集體精神節操的一種折射反映，深具時代意義。然或生或死，衍生出的「死之難」與「生之不易」，「死之義」與「不死之義」等各種不同的命題思維，在動盪不安的社會裡，時時刻刻考驗著文人與儒生的智慧。尤其當他們面臨人生重大抉擇之際，關於「死」的思維辯證，在許多文人的論述中，竟成為終身之憾。王璦玲指出，這種屬於「主體價值」層次的反省，與屬於「當下意識」層次的自我調節，在在顯示了易代世變對於當時身歷其境的士人來說，其震撼是多麼地強烈。〔註78〕明清易代之際「生殉祈死」的歷史語境，非但是鮮活慘烈的記憶，更成為明遺民終生揮之不去的魅影，成了此時期非常特殊的歷史氛圍與時代表徵。類似這樣集體而深刻地表述生／死辯證的敘事話語，在中國歷史上可說是絕無僅有。〔註79〕

　　相較於故事中的汪偉夫婦坦然赴義，尚有為數眾多的明遺民在亡國之際選擇了生，而未能以死明志。易代之際，在遺民看來，「苟死」若無法遂行其意志，「苟生」所衍生的問題更大，這是當初面臨那歷史的「瞬間」始料未及的後果。由於「前朝意識」的影響，讓明清之際的士大夫常徘徊於仕／隱之間，無所適從。面對異族統治，他們既無法掩飾內心的傷痛與憤懣，又深懼於清廷的威權，不敢公然表露。這種「身分認同」與「個體存在自覺」的危機意識，讓他們在公／私兩種不同的領域中掙扎，是故其身分認同的焦慮便成為遺民集體之隱衷。〔註80〕此種認同焦慮，首先表現為對未死而生的愧疚，以及伴隨而來的身分歸屬的焦慮。值得注意的是，陸雲龍在小說裡出現一些「曖昧不明」的語氣，是否與遺民的焦慮情結有關？頗費人思量。

　　我們發現《清夜鐘》在第三、七、十三、十四等回稱明朝為「我朝」、「我

〔註78〕參見王璦玲：〈亂離與歸屬──清初文人劇作家之意識變遷與跨界想像〉，《文與哲》第 14 期（2009 年 6 月），頁 164。

〔註79〕根據何冠彪的研究指出，雖無法詳盡統計明末殉國的實際人數，及其所佔整體士人的比例，但數量必定多於前代；且明末士人殉國的行為，在其時與後人不斷地論述中，顯現出他們對於殉國者的評價，並不單從忠義的角度著眼，更缺乏一個價值觀的連續性。尤其明遺民本身未能殉國，所以一方面對死節者懷有羞愧之意，另一方面又強調自己的生存有其價值與意義，進而貶低殉國的行為，「忠君愛國」的說法並不能完全解釋其內在動機的複雜性。參見氏著：《生與死：明季士大夫的抉擇》（臺北：聯經出版社，1997 年），頁 17～28，頁 161～203。

〔註80〕參見王璦玲：〈亂離與歸屬──清初文人劇作家之意識變遷與跨界想像〉，《文與哲》第 14 期（2009 年 6 月），頁 161。

明」，分明還是明朝人語氣，卻在第一回稱崇禎爲「明朝毅宗烈皇帝」（《清夜鐘》頁 2），第四回亦提到「到明朝也有太子」（《清夜鐘》頁 42），明顯爲清人語氣；其次，第四回提及「靖南侯死節，弘光帝見獲」事，此事發生於弘光元年（1645 年，順治二年）五月廿二日〔註81〕，書中直稱「順治二年」爲「弘光元年」，卻又明顯違犯清人忌諱；其三，陸氏在自序後落印「江南不易客」之章，顯然對江南的恢復尚存有一絲希望；且陸雲龍刊印書本的「崢霄館」位處在杭州，根據資料研判，此書之刊行當在順治三年貝勒博洛率師進駐杭州之前。〔註 82〕由於陸氏所在的江南，對於帝都淪陷、崇禎自縊與滿清入關等重大歷史事件，存在著空間與時間上消息傳遞的困難；再加上謠言喧囂與傳聞四起，《清夜鐘》文本內部便出現了此種語氣前後無法連貫的現象。樊樹志（1937～）《晚明史（1573～1644 年）》曾提到北京淪陷後，南京政府反應遲鈍的原因：

> 原因之一是消息傳遞的困難。南北阻隔千里，原先的情報傳遞系統
> 在戰爭動亂中已運轉不靈，北京事變——李自成攻陷北京與思宗殉
> 國的消息沿著運河交通線以最爲原始的方式向南傳遞，頗費時日。
> 〔註83〕

當各方馬路消息甚囂塵上、人心惶惶之際，即便位居政府要職的史可法（1601～1645，時史可法任南京兵部尚書）、姜曰廣（1584～1649，時姜曰廣任禮部尚書兼東閣大學士），對局勢竟也懵然無知，錯失制敵機先的關鍵。趙園指出：

> 也正是落後的交通與郵傳條件，使情感的表達受到了壓抑，才激出
> 了某些更強烈的反應。比如劉宗周的不計成敗，力促杭州地方當局
> 組織義師，在今人看來更像是在表達悲憤，是沉痛至極後的宣洩，
> 出於深刻的無力感，而非基於冷靜的軍事估量。在江南，由士夫發
> 動的抵抗，往往帶有此種色彩。〔註84〕

〔註81〕參見中國人民大學清史研究所編：《清史編年》（北京：中國人民大學出版社，1986 年），卷 1，頁 74。

〔註82〕參見徐志平：《清初前期話本小說之研究》，頁 18。

〔註83〕參見樊樹志：《晚明史（1573～1644 年）》（上海：復旦大學出版社，2003 年），頁 1152。〔美〕司徒琳（Lynn A.Struve）也談到南京政權的行動遲緩，與「局勢不明朗」有關，參見氏著；李榮慶等譯：《南明史：1644～1662》（上海：上海古籍出版社，1992 年），頁 24。

〔註84〕參見趙園：《想像與敘述》（北京：人民文學出版社，2009 年），頁 19。

　　趙園的說法，在於明確指出了由於消息傳遞時間的延誤遲緩，衍生出許多人心的想像空間與模糊地帶，尤其資訊阻隔造成的空隙，通常由謠傳、訛言所填補，亂世從來多荒誕不經的傳聞。準此，若《清夜鐘》之刊行確在順治三年杭州淪陷之前，其時人正在江南的陸雲龍面對上述重大歷史事件雖未「在場」，但在輾轉得知崇禎自縊的消息當下，其內心糾結複雜的情緒，自然是百感交集、難以言喻。雖沒有像文臣死國者如范景文、倪元璐般殉節，仍在話本裡傳達出他的憤懣與哀慟。由《清夜鐘》現存的十回故事關涉的歷史事蹟來看，陸雲龍前後創作時間背景最長可達十年之久。〔註85〕忽而明人忽而清人語氣，除可知陸氏創作的時間有先後順序外，面對家國鉅變其內心湧現之情感焦慮與紛雜，正如廣大集體遺民起伏不定混亂的思緒。

　　又如遺民屈大均（1630～1696），明亡之際其師陳邦彥（1603～1647）英勇抗清殉國〔註86〕，而自己卻因養孤「隱忍偷生」。後來他內心便常常因此而深感不安和愧疚，屈氏曾云：

> 予十六從公（即陳邦彥）受《周易》、《毛詩》，公數賞予文，謂為可教。今不肖隱忍偷生於此，不但無以見公，且無以見馬、楊、霍四子；又四子之罪人也已。（按：馬、楊、霍等四人為陳邦彥弟子，與陳同時殉國）〔註87〕

　　之後並作「廣東死事三將軍傳」，稱揚其師忠貞崇高之人格。陳邦彥抗清氣節實對屈大均有至深影響，其〈死事先業師贈兵部尚書陳巖野先生哀辭〉

〔註85〕《清夜鐘》第十四回〈神師三致提撕　總漕一死不免〉講總督漕運尚書楊一鵬因陵寢失守無辜遭棄市事，陸氏於入話五言詩後明言「這首單道乙亥孟春鳳陽之變」（《清夜鐘》頁124），「鳳陽之變」見諸《明史》，即崇禎八年（1635）李自成攻陷鳳陽一事，陸氏創作時間最早當不超過此限；至於最晚的時間為第四回〈少卿癡腸惹禍　相國借題害人〉的南明假太子案，太子案發生的時間在弘光元年（1645，即順治二年）三月。是故陸雲龍前後創作時間背景幾達十年之久。

〔註86〕陳邦彥英勇抗清，事敗被執，不屈而死，與陳子壯、張家玉並稱「粵東三烈」、「廣東三忠」。事蹟見《明史》，卷278。死前曾作〈題壁〉詩：「平生報國懷深，望斷西方好音。已共萇弘化碧，還同屈子俱沉。」表明了深懷報國之志，早已將生死置之度外，願奔赴國難捐軀就義，一片碧血丹心，悲壯的情懷深刻感人。陳邦彥抗清事蹟，參見〔清〕梅村野史：《鹿樵紀聞》（南投：臺灣省文獻委員會，1995年），下卷，「粵東三烈」，頁106。

〔註87〕參見〔清〕屈大均：〈順德給事嚴野陳公傳〉，《翁山佚文》，收錄於歐初、王貴忱主編：《屈大均全集》第3冊（北京：人民文學出版社，1996），頁447。

一文云：

> 尺寸膚兮不愛，隨白刃兮紛飛。兩子烹兮一妾醢，雜馬乳兮臣脂。
> 分種落兮羼飯，舉桐酒兮消之。餘精爽兮尚在，日涕泗兮嗟咨。……
> 雖再鼓兮潰敗，能牽制兮雕旗。保三宮兮臨桂，使驍騎兮毋西。事
> 不成兮功已大，延國命兮如絲……臨西市兮長嘯，色不變兮怡怡。
> 肝跳躍兮擊賊，血噴薄兮射之……有弟子兮後死，曾沙場兮輿尸。
> 抱遺弓兮哽咽，拾齒髮兮囊之。〔註88〕

屈大均一生誓死不臣服於清朝，除病逝前幾年，移情於著述講學，對
廣東文獻、方物與掌故用力頗深外，餘皆積極聯繫遺民，留意山川險阻，
暗圖恢復大業。屈氏無時無刻不懷抱復仇之志，有詩為證，其《臥蓼軒記》
中云：

> 苦其心以膽，辛其身以蓼，昔之人凡以為雪恥復仇計爾。……余本
> 辛人，以蓼為藥石，匪惟臥之，又飲食之。即使無恥可雪，無仇可
> 復，猶必與斯蓼相朝夕，況乎有所甚不能忘者於衷也哉！〔註89〕

此番表述實源於他的「罪己」情節。由前段引文可知，屈氏深感自己本
該同其他師門隨師赴義，其潛意識裡早已將自己視為殉國者的同類，日後的
隱忍偷生，形諸「罪己」的情緒映現出內心的愧疚；易言之，這在本質上就
是對自己身分歸屬的一種質疑與焦慮。〔註90〕這種集體焦慮，成為明遺民普
遍的心理寫照，他們在進退維谷之際，尋求「自我調適」（self-adjustment）與
轉化的方法。王璦玲藉由趙園的〈遺民〉論述開展，更進而指出遺民終其一
生，皆處於生／死意義的辯證之中：

> 他們在「自我想像」的層次中，常憑藉著意識的流動，進行著一種
> 「時」「空」界域的重構。無論是隱於市井，還是隱於山林，始終處
> 於「生」或「死」之意義辯證的遺民，就其為前朝之所「遺」的身
> 分而言，實際上選擇的，是另一種形式的「死」；而就其為新朝「逸」

〔註88〕參見〔清〕屈大均：〈死事先業師贈兵部尚書陳巖野先生哀辭〉，《翁山文外》，
　　　　收錄於歐初、王貴忱等編，《屈大均全集》（北京：人民文學出版社，1996年），
　　　　頁229。
〔註89〕參見〔清〕屈大均：《翁山文外》，收錄於歐初、王貴忱主編：《屈大均全集》
　　　　第3冊（北京：人民文學出版社，1996），頁36。
〔註90〕參見孔定芳：〈明遺民的身分認同及其符號世界〉，《中國社會科學院研究生院
　　　　學報》第3期（2005年），頁121。

的邊緣身分論，其實也可以說是另一種形式之生。〔註91〕

　　貪生畏死，乃人之常情，故臨事難免張惶恐懼，它深植於人的潛意識中，本身即是構成普遍人性中的一部分。所以時人多以死節爲難事，誠如計六奇（1622～？）所言：「每一王興，有附而至榮者，即有拒而死烈者，生易而死實難。」〔註92〕尤其面臨生死之際，心中常有諸多罣礙，如御史陳良謨（1589～1644）殉國之際，死前仍不放心地立下遺囑，交代立嗣、分產、養母等後事〔註93〕。足見殉國者常憂心身後親老無以爲繼，家累的羈絆更增加殉國的難度。有學者研究指出，大部分殉國者多須在「一股作氣」的狀態下，闖過生死關，才能完成死節。因此明清之際士大夫在選擇生或死的關頭上，有些時候確實是難於取捨的。〔註94〕

　　明清之際出現許多的殉國事蹟，實與明末王學盛行，忠君思想深入人心，脫離不了關係。顏元（習齋，1673～1704）曾提及此時期的儒者「無事袖手談心性，臨危一死報君王，即爲上品也」〔註95〕。於是「君亡與亡」、「主辱臣死」者史不絕書，慷慨義舉令人動容。然「節義」問題簡化爲死的問題，死成爲最終解決一途，趙園稱此「實在痛快之至，也荒謬之至」〔註96〕。錢澄之（原名秉鐙，1612～1693）〈閩粵死事偶紀〉就曾記載嚴起恒（？～1651）在永曆朝一事，可略窺所謂「荒謬之至」的梗概：

─────────────

〔註91〕參見王璦玲：〈亂離與歸屬──清初文人劇作家之意識變遷與跨界想像〉，《文與哲》第14期（2009年6月），頁161。

〔註92〕見〔清〕計六奇：《明季南略》（合肥：黃山書社據清初述古堂鈔本影印，2009年），卷9，頁157。

〔註93〕參見〔明〕陳良謨：〈遺囑〉，收錄氏著：《陳忠貞公遺集》（臺北：新文豐出版公司叢書集成續編，1985年），卷3，頁35～36。其文曰：「殉難之官，不應口言家事，但我年五十六，尚無子承。繼事以家庭之理論，自屬嫡姪久樞。但久樞係長兄長子，別無餘弟，不能專爲我後。……我一生清白無宦囊，薄田不多，凡在納糧簿內者，除賣造父母墳塋並留祀田外，餘俱三分均分。……老母年高，惟靠兄姪奉侍，他非所及。……」

〔註94〕參見何冠彪：《生與死：明季士大夫的抉擇》，頁137～140。書中對於明亡之際士大夫如何在生與死的抉擇上，面臨「天人交戰」的煎熬與長考，有翔實精闢的例證與分析。

〔註95〕此爲顏元批評明末王學語，原文爲「宋元來儒者，卻習成婦女態，甚可羞。無事袖手談心性，臨危一死報君王，即爲上品也。」參見〔清〕顏元著；王星賢、張芥塵、郭徵點校：《顏元集》上冊（北京：中華書局，1987年），《存學編》卷1，〈學辨一〉，頁51。

〔註96〕參見趙園：《明清之際士大夫研究》，頁26。

……（起恒）終日與故人、門生詼諧小飲。予嘗問公何恃而暇？公
笑曰：「更何恃哉！直辦一死耳；焉得不暇！」〔註97〕

基於上述「死節」衍生的諸多問題，素負有氣節的明遺民，自不願混淆
其中大義，有識者遂將死節畫分等級，認為其中有「必死」與「不必死」的
界分，如陳確（1604～1677）〈死節論〉有云：

甲申以來，死者尤眾，豈曰不義，然非義不義，大人勿為。且人之
賢不肖，生平俱在。……今士動稱末後一著，遂使姦盜優倡同登節
義，濁亂無紀未有若死節一案者，真可痛也！〔註98〕

陳確認為，易代之際動輒言「死節」，恐「虧禮傷化」，因為「死節」中
尚有「非義之義」，大人君子勿輕易為之，否則必然使「死節」之事「濁亂
無紀」，令人痛心。他還進一步將死節區分為「死事」、「死義」、「死名」、「死
憤」、「不得不死」與「不必死而死」等六類〔註99〕。充分說明陳確本人反
對單以「死節」論人，死或不死不是品評人物的唯一標準，主張必須把賢與
不肖分辨出來。顧炎武（1613～1682）也曾經說：「天下之事，有殺身以成
仁者，有可以死，而死之不足以成我仁者。」〔註100〕真正令人感動而可稱
為「殉節」者，或許只有如陳子龍（1608～1647）所言之「素所蓄積，捨命
不渝，如履常蹈和」者，其文曰：

事當橫流，以身殉難者多矣，或迫於勢地，計無復之；又或激發，
乘一時之氣，豈若足下素所蓄積，捨命不渝，如履常蹈和者哉！
〔註101〕

陳子龍刻意將「迫於勢地，計無復之」、「因激發而乘一時之氣」這兩類
的「殉難」方式與後者「素所蓄積，捨命不渝，如履常蹈和」區分開來，就
是避免混淆「死節」真正的意涵，凸顯殉國者實質的價值，是否「合義」而

〔註97〕見〔清〕錢澄之：《藏山閣集》（合肥：黃山書社據清光緒三十四年鉛印本影
　　　　印，2009 年），〈文存卷六雜文〉，〈閩粵死事偶紀〉，頁 168。
〔註98〕參見〔清〕陳確：〈死節論〉，收錄於《陳確集》（臺北：漢京文化事業有限公
　　　　司出版，1984 年），頁 154。
〔註99〕參見〔清〕陳確：〈死節論〉，收錄於《陳確集》，頁 154。
〔註100〕見〔清〕顧炎武：〈與李中孚書〉，收錄於《顧亭林詩文集》（北京：中華書局，
　　　　1959 年），頁 82。
〔註101〕〔明〕陳子龍：〈抱夏考功書〉，見陳子龍撰、談蓓芳整理：《陳子龍集》，收
　　　　錄於《傳世藏書》（海口：海南國際新聞出版中心，1996 年），《集部‧別集》
　　　　第 9 冊，頁 404。

死，否則便是「罔死」。其實明清之際評價殉國者的文獻不勝枚舉，以上所述，僅爲其中一二。作爲一特殊的時代語境，其影響的層面廣大而深遠。綜言之，明清之際士大夫對殉國者的評價，對此深有研究的何冠彪認爲，大致分有以下三類：

> 有些人認爲殉國是臣道的極致，因而對殉國者不分賢愚，一律加以表揚。有些人則對死節有所保留，以爲殉國者必須合義而死，才值得讚美，否則便是罔死，不值得表彰。有些人以復國爲重，本不同意殉死，但鑑於變節降敵的官員甚多，所以對死者亦予稱頌。〔註102〕

由此可知，明遺民對士大夫應否殉國的意見是眾說紛紜的。他們一方面強調殉國爲人臣的責任，且應對死節者予以褒揚，可自己卻是選擇了生；另一方面，他們評議「死之義」與「不死之義」，間接爲自己未死之因找到了轉圜的餘地，反云死爲「矯激」，抨擊「罔死」之人。〔註103〕從遺民對死節的各種辯證視之，不難發現，這也是他們對自己心境寫照的一種深刻反思。其中所涉及的層面相當複雜，包括生理、心理與社會文化等各種不同的範疇。生／死話語所觸及的，不僅是倫理規範的探討，尚有人性普遍之「貪生畏死」的潛在本能，以及個人與群體生命的關懷向度。如此一來，具有矛盾情結的遺民之生，似乎有了迴旋的餘地，亦使得「生」成爲另一種可能的選項，不全然只有負面的意義。

其於上述所言，讓我們對明清之際「生殉祈死」的時代語境有了粗淺的認識。再回過來審視汪偉夫婦「兩人之死，猶笑容宛然」（《清夜鐘》頁12）的敘事話語，即可明白其中意義。其實深究之，陸氏便是以「慷慨」、「從容」、「夫妻同盡」（《清夜鐘》頁5）等話語，營造了一個殉國者完美無暇的道德典型。眾所周知，雖同爲殉國，但死的方式卻有難易之分。明清之際士大夫大致上將殉國者的行徑劃分爲「慷慨」／「從容」兩個模式，因而「慷慨」、「從容」二詞，在當時的論述中屢見不鮮。一般認爲，「慷慨赴死易，從容就義難」，其著眼點即在於「慷慨赴死」乃因人在意氣激昂或情緒悲慟之際，無暇兼顧其他，所以能勇往直前，較容易完成死節；「從容就義」之所以難，

〔註102〕參見何冠彪：《生與死：明季士大夫的抉擇》，第七章〈明清之際士大夫對明季殉國者的評價〉，頁161，「前言」的部分。
〔註103〕參見何冠彪：《生與死：明季士大夫的抉擇》，第五章〈明清之際士大夫對須否殉國的爭論〉，頁124。

是因為人處於舒緩不迫的狀態下，又或在激憤過後心情歸復平靜，思慮漸密，繫戀日多，最終難以割捨捐棄生命。即便如此，倘若不從事蹟的難易著眼，只推原二者心意，「慷慨、從容，同歸一死」〔註104〕，二者並無實質上的不同。〔註105〕陸雲龍筆下的汪偉夫婦，「亦慷慨、亦從容」（《清夜鐘》頁5），乃係指汪偉原本穿上箭衣快鞋，帶了刀，欲尋幾箇懷忠抱義不怕死的人物，襲殺闖賊；縱不成，砍他幾箇賊奴，尚是烈烈而死。未料到街坊一望，「穿紅的是辨迎賊官，帶黃紙的是迎賊的百姓。雖不到簞食壺漿，卻也似心悅誠服。」（《清夜鐘》頁11）汪偉痛感人心已去，大廈將頹，遂回家將刀一丟，與夫人從容赴死，節義成雙，「兩人之死，猶笑容宛然」的死節形象深植人心，塑造出亂世鼎革「慷慨從容」的典型範式。再者，考察汪偉生平，其個性爽朗高潔，乃崇禎元年進士，《明史》卷二六六有傳。為官公明廉勤，甚得崇禎皇帝的賞識，擢為檢討，史稱其：「所條奏皆切時務」，是個有識見操守的好官。尤其逆賊當前，尚思攘臂殲敵，力挽狂瀾，並非「以死卸責」、所謂「罔死」輩之流，符合陳子龍所言「素所蓄積，捨命不渝，如履常蹈和」合義而死的最高規範。

綜言之，《清夜鐘》第一回〈貞臣慷慨殺身　烈婦從容就義〉裡的汪偉事蹟，在在說明了陸雲龍處理時事小說的敘事手法。其話語的意指實踐也非常明顯，除極力宣揚救亡圖存的思想與彰顯道德化理想的人格典範外，在明清之際，它還透露出許多的時代信息與文化表徵，成為文化研究領域中一個非常重要的歷史參照。

（二）《清夜鐘》第四回〈少卿癡腸惹禍　相國借題害人〉

1、《清夜鐘》第四回〈少卿癡腸惹禍　相國借題害人〉本事概述

《清夜鐘》第四回〈少卿癡腸惹禍　相國借題害人〉寫的是南明偽太子事。此為明清之際重大的歷史疑案「南渡三案」〔註106〕之一，全文交代案情

〔註104〕語出自〔明〕陳良謨：〈題絕命詞後〉，收錄氏著：《陳忠貞公遺集》（臺北：新文豐出版公司叢書集成續編，1985年），卷3，頁36。其文曰：「為臣為子不能兩全，慷慨、從容，同歸一死。」

〔註105〕這部分可參看何冠彪：《生與死：明季士大夫的抉擇》，第六章〈明清之際士大夫對生死難易的比較〉，頁140～145。文中列舉焦源溥、王徵、瞿式耜、張同敞、高岱與張煌言等人之事，簡明扼要，可供參考。

〔註106〕明清之際喧鬧一時的歷史疑案「南渡三案」，見諸各家史籍。此三案分別為「狂僧大悲」、「偽太子」與「童妃」案，這三個案件表面上是孤立的，互

堪稱詳盡仔細，是一篇標準的「時事小說」。〔註107〕《明史》卷120〈慈烺傳〉記載：

> 由崧（弘光帝）時，有自北來稱太子者，驗之，以爲駙馬都尉王昺
> 孫王之明者僞爲之，繫獄中，南京士民譁然不平。袁繼鹹及劉良佐、
> 黃得功輩皆上疏爭。左良玉起兵亦以救太子爲名。一時眞僞莫能知
> 也。〔註108〕

此事起因於明崇禎十七年（1644），李自成攻入北京城，崇禎自縊，年方十六歲的皇太子慈烺及定、永二王皆落入李自成軍之手，並在山海關之役中被帶前往。李自成兵敗山海關後，他們三人皆下落不明、行蹤成謎。〔註109〕親眼目睹甲申之變始末的明遺民錢䴊在《甲申傳信錄》中也說：「大行皇帝太子遭闖亂，不知所之。」〔註110〕正因如此，處於明清易代之際的「僞太子案」本身即充滿許多變數，各種傳說紛繁複雜，言人人殊，喧騰騷動一時，動輒牽動朝綱與時局，時人稱之爲「朱三太子案」。根據史料記載，發生南明僞太子案前三個月，北方也出現一人自稱爲崇禎皇太子，錢䴊《甲申傳信錄》一書

不相涉，卻都貫串著對朱由崧繼統不滿的政治背景。當時與近代撰寫晚明
史的作者皆不約而同地指出一個重要的現象，即這些疑案遲遲未解決，使
黨爭各方得以據此來打擊對方，且誰能給當權政治集團製造麻煩，誰就愈
能受到公眾的擁戴。以「僞太子」案爲例，南京城內流傳民謠：「若辨太子
詐，射人先射馬。若要太子強，擒賊須擒王。」此種普遍的逆反心理——
「士英以太子爲假，輿論益以爲眞」，出於老百姓對馬士英之流把持的弘光
小朝廷腐敗政治的不滿。以上參見顧誠：《南明史》（北京：中國青年出版
社，2003年），頁155～168。樊樹志：《晚明史：1573～1644》下卷（上海：
復旦大學出版社，2003年），頁1163～1178。〔美〕司徒琳（Struve, Lynn A.,
1944～）著；李榮慶等譯；嚴壽澂校訂：《南明史：1644～1662》（上海：上
海書店出版社，2007年），頁21～23。南炳文：《南明史》（天津：南開大
學出版社，1992年），頁20～25。孟森：《明代史》（臺北：國立編譯館，
1979年），頁383～384。

〔註107〕見徐志平：《清初前期話本小說之研究》，頁189。徐志平指出，全文交代案
情可稱詳盡，是一篇標準的「時事小說」，但在人物形象的刻劃上則較爲遜色，
也就是說，它的「文學價值」確是不如「史學價值」的。

〔註108〕參見〔清〕張廷玉等撰、楊家駱主編：《新校本明史並附編六種》，卷120，〈列
傳〉8，〈太子慈烺傳〉，頁3658。

〔註109〕參見〔清〕張廷玉等撰、楊家駱主編：《新校本明史並附編六種》，卷120，〈列
傳〉8，〈太子慈烺傳〉，頁3658；卷309，〈列傳〉197，〈李自成傳〉，頁7967。

〔註110〕〔清〕錢䴊：《甲申傳信錄》（合肥：黃山書社據清鈔本影印，2009年），卷9，
〈戾園疑迹〉，頁75。

中對此事有翔實的記述，內容頗為曲折離奇，清廷最終以其為偽太子處死獄中。然當時清朝地界的民眾普遍認為這個「北太子」為真，遂導致民心動盪不安。〔註 111〕研究南明史學者，咸認此事件與南明偽太子案一樣微妙莫測，充滿政治玄機（文詳後）。話語的變異與權力交鋒的爾虞我詐，在此表露無遺。後清人戴名世（1653～1713）〈弘光朝偽東宮偽後及黨禍紀略〉文中曾言及此疑案，說「王之明一事，至今猶流傳以為真」〔註 112〕。由此可見，在清初康熙年間仍有許多人相信此事為真，也反映了人心對前朝仍存有某種程度的眷戀與想像。

皇帝殉國，太子失蹤，於是崇禎的堂兄、福王朱由崧（1607～1646，在位期間 1644～1645）在南京被擁立為帝，建立了南明政權，年號「弘光」。《清夜鐘》第四回〈少卿癡腸惹禍　相國借題害人〉的故事便是由此而展開，陸雲龍以「當時人」的身分，對於整個南明偽太子事有詳細而深入的報導，堪謂據實可信的第一手資料。文本說在弘光元年二月終，南明朝廷忽然傳旨閣下九卿科道，到東華門外辨認太子：

> 卻是鴻臚寺少卿高夢箕家人穆虎自北邊來，仝有一箇小哥，稟高少卿道：「是太子，宮殿裏邊事，各官位下人無有不知，氣度語言都是不凡。」（《清夜鐘》頁 44）

作者說這高夢箕是箇「有肝膽、少細膩」（《清夜鐘》頁 44）之人，因為對崇禎皇帝的同情，不忍見其後嗣流離，一時不去細察，便將「王之明」送去南都。依文本前後的敘事話語來看，陸雲龍本人傾向這個北來的南明太子為假。於是在故事中對於整個案情的鋪敘筆調甚為明快，調查很快地便水落石出（但刻意忽略許多其他疑點）。因為「王之明」對於太子求學時的事根本回答不出來，只好將責任推在穆虎身上，說是穆虎教他裝認的：

> 首先一箇閣老上去道：「請問殿下是幾年上出閣講學？出閣時先講書先

〔註 111〕此事見諸《清世祖實錄》，卷 12，頁 14 甲～15 乙。《明清實錄》，甲，卷 1，頁 96 甲。〔清〕錢𫌨：《甲申傳信錄》（合肥：黃山書社據清鈔本影印，2009年），卷 9，〈戾園疑迹〉，頁 75～82。孟森：《明烈主殉國後記》，頁 29～43。〔清〕談遷：《國榷》（合肥：黃山書社據清鈔本影印，2009年），卷 104，弘光元年四月癸丑條，頁 4575。如孟森便主張在北都被殺的才是真太子，在南都出現者為偽太子。他也提到，由於南中士民痛恨弘光，「益盼太子為真而堅信之耳」。見氏著：《明代史》（臺北：國立編譯館，1979 年），頁 384。
〔註 112〕見〔清〕戴名世：〈弘光朝偽東宮偽後及黨禍紀略〉，載於〔明〕吳應箕等著：《東林始末》（臺北：廣文書局，1977 年），頁 274。

寫傲？」這人支吾不來，道：「亂離中也都忘了。」閣老又問：「殿下
記得書講到那裡？」這人越答應不出來。閣老便屬聲道：「這是假的，
該拿下了。」這人便向閣老跪下，閣老道：「你年紀還小，是人家教誘
你做的。你實是甚樣人？」這人道：「小人叫做王之明，駙馬王昺嫡孫，
不是太子。高家家人穆虎教我裝認的。」（《清夜鐘》頁 45）

但有司審穆虎時，穆虎卻說「他自說是太子，小人不合與他全行」（《清
夜鐘》頁 46），兩人說詞互有矛盾，讓審案的官員不知所以。作者對南明君臣
處理此事的謹慎小心，頗多著墨。小說記載弘光帝不止一次地舉行會審，可
見其慎重的態度：

三法司於午門外將高夢箕、王之明等研審。在京文武官吏、舉監生
員、軍民人等俱許入朝看審，不得阻擋。（《清夜鐘》頁 47）

初審再審，怕四鎮疑心，令四鎮的提塘官同審；怕軍民心疑，令軍
民看朝審。審可有十餘次，聖旨駁求主使也不止十餘。（《清夜鐘》
頁 48）

小說中提到，外邊民間傳言紛紛，說太子是真的，因當時官差嚇唬他，
叫認做假的；還有的說北來太子是真，但在途中遇害，另換了這人云云，所
以弘光帝大費周章地舉行會審使眾人皆知。作者還以非常「紀實」的筆法，
將「朝審」的一段呈現如下：

朝審，高少卿見了王之明，道：「你當日到我家說是太子，留你不住，
說怕朝中不能安你。誰知你是假的。」（《清夜鐘》頁 48）

作者評論說：「看這言語，太子不曾換，外邊說換的言語也都屬揣摩了。」
（《清夜鐘》頁 48）另外，作者在小說裡對於相國馬士英等人，欲借機誣陷
高夢箕和史可法勾結閩楚為亂的部分也略有述及，但行文稍顯含蓄，僅點到
為止。觀其全文，但覺此處實寓有深意，側寫出弘光政權慘刻陰險的一面。
由於高夢箕曾替史閣部收買硝黃，馬士英欲借此案誣蔑高、史「通全扶立」，
以便動搖閣部並打擊東林黨人。於是栽贓高夢箕，指控他勾結湖廣、福建為
亂，扶立太子，嚴刑逼供，誅求異己。只見高夢箕和家人穆虎寧死不肯屈招。
最後，當清兵渡江，弘光和眾臣逃離，百姓蜂擁入朝，請假太子即位，活脫
上演一齣宮廷鬧劇，頗富諷刺意味，其文云：

眾人大開正陽門，擁入文華殿，宮中尋出弘光遺下的袞龍袍、平天
冠，與太子改裝。東邊撞鐘，西邊打鼓，捉得兩鴻臚官來喝禮。太

子帶了衰冕，拜謝天地，陞殿而坐。也不像箇大朝常朝，也不分箇文東武西，也不見箇朝冠襆頭，也不見甚朝服吉福綵服，一班帽獸扒起採倒拜舞，你進我出求封討賞。王之明在上暗想：誰知竟有今日，假太子倒做了真皇帝！（《清夜鐘》頁50）

作者最後竟借王之明之口，一語道破自己為假太子的實情。陸氏挪移了話本小說原本旁觀側寫的敘事視角，成為無所不知、鳥瞰式的全知敘事視角，進入王之明的內心世界，洞悉其想法，雖無損文章的情節發展，卻在無形中透露出作者內心的想法。清兵入城時，只見「連當日高興來擁戴的百姓也都在家洗刷門神門對，粘帖順民，剃頭做新朝百姓，沒人來親近了。」（《清夜鐘》頁51）作者最後對於南都臣民的愚儒行徑，以鄙薄嘲諷的態度作結束，不改《清夜鐘》一貫敘事犀利的話語風格。

2、《清夜鐘》第四回〈少卿癡腸惹禍　相國借題害人〉敘事話語的反思

（1）「王之明」／「明之王」敘事話語的弔詭性

《清夜鐘》第四回〈少卿癡腸惹禍　相國借題害人〉寫南明偽太子案，作者寫作時間距事件發生的時間極短，是《清夜鐘》所有故事裡最具新聞性的一篇。以致「不十日，靖南候死節，弘光帝見獲，三日皇帝也一全赴京，不知生死如何」（《清夜鐘》頁51）。由於事件剛剛發生，沒有確切消息傳出，作者自然也就無從續寫後事，情節至此戛然而止。

小說在一開始，「入話」即直言自古多太子流落民間事，他們後來皆能「中興王室」。惟明朝太子，無人輔佐便罷，竟還一次出現兩個太子，「假的固假，真的不真，況且做不得一王郎子」（《清夜鐘》頁42）。此句話語可視為作者撰寫本篇小說的敘事基調。「王之明」或可視為「明之王／亡」之反說，而王／亡二字諧音雙關，容易讓讀者有其他的聯想，但所指卻天差地遠。由「明之王／亡」視之，話語有其弔詭歧義性。這句話語到底是暗示「王之明」這個人實際上是「真太子」（「明之君王」）呢？還是只是「明亡」的一種隱喻性符號而已？在分判太子是真是假之前，早已先被符號所謂的多義性解構了；且符號亦是外界約定俗成給予的一種象徵意義，它經由「解釋既定的秩序，往往因人而異」〔註113〕，也可能昨是今非，因此何須認定真假？

〔註113〕此部分關於「意義的開放性」，可參閱俞建章、葉舒憲：《符號：語言與藝術》

例如李清《南渡錄》曾記載一事，早在甲申七月間，南明王朝就僅僅依據一個卑職小官〔未到任之陽春縣典史顧元齡〕的傳言，宣告太子與永、定二王已經遇害。〔註114〕因此在弘光元年（1645）二月正式下詔「諡皇太子慈烺曰獻湣，永王慈煥曰悼，定王慈燦曰哀」〔註115〕，藉以掩人耳目，混淆視聽以杜絕民望。大家熟知的《紅樓夢》中有句極富禪機的話語──「假作真時真亦假，無為有處有還無」〔註116〕，可視為吾人面對真假時的自處之道。但明清鼎革易代之際，非日常生活瑣事可等閒視之；此時的民心懷戀舊朝乃自然之理。在前朝意識的影響下，面對真偽難辨的太子，普通百姓實真有難為者，無怪乎作者最後以「生死自有定數」（《清夜鐘》頁 51）作為本文結語。並以「權謀空自累心」（《清夜鐘》頁 51）留下意有所指、政權傾軋的省思。另外，作者藉由此事，讓讀者清楚認識到南明政權建立後，也只是淪為政客內訌構陷、借事生非的工具，以圖「殺盡異己」，辜負了百姓對弘光政權僅存的一絲期望。雖作為時事小說，本篇實可視為對南明朝臣嚴厲批判的代表作。

顧誠（1934～2003）在《南明史》一書中指出，由於朱由崧登上帝位，挫敗了東林──復社人士擁立潞王朱常淓的計畫。包括太子案在內的「南渡三案」，看似獨立，互不相涉，卻都隱含著對朱由崧繼統不滿的政治背景。且細究之，「南渡三案」性質相近，模式幾乎如出一轍，皆有某人出現對外謊稱身分的情節，包含親王、太子、繼妃等不同身分。事件雖不同，但都與朱由崧帝位的合法性有密切的關連。這些對朱由崧繼統不滿的人，趁機興風作浪，散佈流言蜚語，充分發揮話語的運作機制、策略及其向現實利益轉化的功能。於是圍繞著「太子真偽」之辯，在不明就裡的百姓和外地文官武將中掀起了一片譁然，也預示南明政權岌岌可危的未來。〔註117〕

（上海：上海人民出版社，1988 年），頁 218。

〔註114〕參見〔清〕李清：《南渡錄》（合肥：黃山書社據清鈔本影印，2009 年），卷 2，頁 40～41。

〔註115〕參見〔清〕李清：《南渡錄》（合肥：黃山書社據清鈔本影印，2009 年），卷 4，頁 124。

〔註116〕語出自《紅樓夢・第一回》：「與道人竟過一大石牌坊，上書四個大字乃是『太虛幻境』，兩邊又有一副對聯，道是：『假作真時真亦假，無為有處有還無』。」這是一句極富禪意的句子，表示似真似假、真假難分。當把假的當成真的時候，可能真的也變成假的了，表達世事真假難辨，似有若無，不必太認真。

〔註117〕參見顧誠：《南明史》（北京：中國青年出版社，2003 年），頁 155～168。

雖說作者傾向「王之明」為假，但面對甚囂塵上、沸沸揚揚的輿論猜疑，其敘事話語也不免出現「疑惑」，觀其文曰：

> 王之明閑禁在獄中，……恐左家（左良玉）借他做兵端，朝中自然
> 要殺他，逃不過一刀，不如自盡，捱到夜深，將襪帶接長自縊。（《清
> 夜鐘》頁 49）

怪就怪在負責看守的校尉，在夜晚竟夢見獄中供奉的關聖君身旁站立的周倉，趨前「一把揪住頭髮，將來撩下舖前」（《清夜鐘》頁 49）。校尉大叫，身子已跌坐地上，驚醒後發現「王之明」正在上吊。遂在慌忙中抱起，鬆繩救人，打氣按摩，「王之明」這才甦醒過來。校尉道：「爺啊，唬死人！你死了叫我那裡去尋箇活的還官？你不要短見，你還終有處，實實是關聖爺爺趕我起來救你還魂。」（《清夜鐘》頁 49）作者評論此事，說道：「以此獄中盡道真是太子，故此百靈扶助。」（《清夜鐘》頁 50）作者或許在此以神明顯靈暗喻民間看待此案的態度，作為對官方說法的一種反襯；但小說隨即又再以「王之明」口吻，自忖「假太子倒做了真皇帝」（《清夜鐘》頁 49），無疑再次認定太子為假，與「入話」首尾呼應。綜觀第四回〈少卿癡腸惹禍　相國借題害人〉全文寓旨，作者應無意繼續在太子真偽這個歷史公案上糾纏。作為一篇稱職的時事小說，「報導」時事新聞遠比「追索」真相來得重要。除偽太子案外，恐怕作者主要還是著力在評述「相國借題害人」這個議題上。所佔篇幅雖不多，但卻意有所指，足以窺探全貌。偽太子案或成為揭露弘光政權昏聵無能、黨同伐異的重要線索，其文略曰：

> 但只是他（王之明）這一來幾乎惹出幾人喪身，幾家滅族，空教這
> 一班高賢大良，磨牙屬齒，捲臂揎拳，要做劊子手，殺盡異己之人。
> （《清夜鐘》頁 51）

本文下節擬以偽太子案始末為論述依據，將第四回〈少卿癡腸惹禍　相國借題害人〉一文所揭露之時事，在弘光政權中展現的權力話語傾軋強奪的現象，稍作評析。嘗試挖掘作者隱寓其中、含而未露的深意。

（2）遺民意識的弔詭話語

本小節所涉及的話語與權力之間的論述，部分概念取材自〔法〕米歇・傅柯（Michel Foucault，1926～1984）的話語理論。〔註118〕「話語」（discourse）

〔註118〕關於「話語」與「權力」之間的關係，可參閱《規訓與懲罰：監獄的誕生》
一書，見〔法〕米歇・傅柯（Michel Foucault）著；劉北城、楊遠嬰譯：《規

是一個概念豐富、旁涉諸多人文學科的一個詞語，在文化研究的跨領域學門中，廣爲學者所運用。早先是一個語言學概念，後應用到文學批評之中。〔註119〕身爲歐美學界最受矚目的文化、思想史學者之一，傅柯關注的重點不在「語言」，而在作爲表徵體系的「話語」。傅柯認爲，話語是一種實踐活動，在書寫、閱讀和交流中展開。任何社會的話語生產都按一定的程式，在一定的控制下進行選擇、組織和傳播。話語暗含著紛繁複雜的權力關係，也是權力關係運作的產物。話語亦是語言在特定歷史條件下的群體表現形式。準此，話語不單是純粹個人的，它隱匿在人們的潛意識裡，暗中支配各個群體不同的思想、言語、行爲方式的潛在邏輯。簡言之，話語就是人們在特定的歷史條件和社會環境下，決定自己「該說什麼」、「怎樣說」的一種潛在制約機制。〔註120〕

　　崇禎自縊於煤山後，如何延續國祚成爲明遺民關注的焦點。第四回〈少卿癡腸惹禍　相國借題害人〉裡也說：「闖賊犯京，毅宗皇帝殉宗社，毅宗欲殺公主，不殺太子二王，豈無深意？」（《清夜鐘》頁42）不料後來太子、二王行蹤成謎，下落不明，南北兩件僞太子案又乘勢而起。弘光朝野喧囂鼎沸，如在廣袤的原野上投下一顆震撼彈，頓時煙硝四起，大地陷入一團迷霧之中。藉由傅柯的話語／權力論述，審視僞太子案在南明政權所產生的影響，將可幫助我們釐清許多現象。我們發現，關於僞太子案在南明所衍生出各家諸多的「假設」說法，內情並不單純。這些文章的「話語」論述，其存在運行，不是一個平靜的過程；「話語」間的消長起落，「話語」內部的傾軋

　　訓與懲罰：監獄的誕生》（臺北：桂冠出版社，1998年）。《規訓與懲罰：監獄的誕生》一書標誌著傅柯話語理論從話語／話語的層面進入了話語／權力層面。在這個新的意義上，話語的功能不再體現爲對世界秩序的整理、話語網路形成中的作用或話語控制，而是體現爲與權力纏繞在一起、作爲權力的可能性條件而起的作用。

〔註119〕參見（瑞士）索緒爾（Saussure, Ferdinand de, 1857～1913）著；高名凱譯：《普通語言學教程》（北京：商務印書館，1980年）。根據語言學家索緒爾的觀點，廣義的語言有語言（langue）、言語（parole）和話語三個層面。語言是語言系統，是作爲一種形式系統的語言，而言語是實際的說話（或寫作），是說話的行爲，它是由語言賦予其可能性的。「話語」則可看作「言語」的同義詞或近義詞。

〔註120〕參見〔法〕米歇·傅柯（Michel Foucault）著；王德威譯：《知識的考掘》（臺北：麥田出版社，2007年），〈導讀2：「考掘學」與「宗譜學」──再論傅柯的歷史文化觀〉，頁45。

鬥爭，在在顯示了「權力」關係的介入。〔註121〕經由傅柯〈話語的秩序〉（The order of discourse）〔註122〕一文的啓發，讓我們得以重新詮釋話語的定義。他告訴我們，話語不僅可以「反映」或「再現」各類社會實體與社會關係，而且「建構」或「構造」它們。

　　弘光政權與東林黨人之間的黨爭，其實早就其來有自。在弘光登殿前幾十年，東林黨人不欲讓萬曆皇帝（明神宗朱翊鈞，1563〜1620）廢長立幼的朝爭，鬧得沸沸揚揚。他們遵循「立長不立幼」的傳統，擁護王皇后（1564〜1620）所生之皇長子（明光宗朱常洛，1582〜1620），阻止萬曆皇帝寵愛的鄭貴妃所生之子（福忠王朱常洵，1586〜1641）立爲太子，這位鄭貴妃之子正是南明弘光帝朱由崧之父。由此案醞釀而成的黨爭，歷經三朝（萬曆、泰昌、天啓）。〔註123〕他們各自有其死忠的支持者與操作話語的文人集團，雙方用盡權謀與話語傳播的策略〔註124〕攻訐打擊敵人。兩方人馬展開了一場史無前例、空前激烈的話語爭權戰。司徒琳指出，不同成分的官僚，仍然或指望或畏懼這些事件在福王治下會重新評價。〔註125〕基於不同利益的考量與期望，眾臣各自選擇利己的一方，並藉由話語敘事與傳播的特性，不斷醞釀形構有利於自己的態勢，以達到奪取政治權力的目的。此紛爭直至清軍佔領南京，弘光朝廷覆亡，方告平息。

　　依照常理判斷，不論太子真偽如何，南明的福王及其擁立者馬士英之流，出於自身利害的考量，或是推估此事所帶來的許多無法掌控的「輿論效應」，應對此案表現出謹慎與忌諱的態度。事實後來證明，弘光政權的顧慮是正確

〔註121〕參見〔法〕米歇‧傅柯（Michel Foucault）著；王德威譯：《知識的考掘》，〈導讀2：「考掘學」與「宗譜學」──再論傅柯的歷史文化觀〉，頁45。

〔註122〕參見〔法〕米歇‧傅柯（Michel Foucault）著；蕭濤譯：〈話語的秩序〉，載於許寶強、袁偉選編：《語言與翻譯的政治》（The politics of languages and translation）（香港：牛津大學出版社，2000年），頁2〜3。傅柯認爲，話語不僅僅是翻譯各種支配的鬥爭或系統的東西，它本身就是這樣的東西；鬥爭因爲它並且借助於它而存在；話語就是要被奪取的權力。

〔註123〕關於萬曆皇帝針對立儲問題與朝臣衍生的抗爭，參見黃仁宇：《萬曆十五年》（臺北：臺灣食貨出版社，1994年），第一章，第三章。謝國禎：《明清之際黨社運動考》（上海：上海書店出版社，2006年），頁13〜21。

〔註124〕話語傳播不僅是傳遞資訊，更是表達意圖並促使意圖的實現，參見胡春陽：《話語分析：傳播研究的新路徑》（上海：上海人民出版社，2007年），頁102。

〔註125〕參見〔美〕司徒琳著；李榮慶等譯：《南明史：1644〜1662》（上海：上海古籍出版社，1992年），頁5。

的。短短不到兩年的王朝命運，始終無法擺脫輿論的撻伐與民心的悖離。即便他們針對太子疑案召開多次「朝審」，甚至公佈朝臣奏章，也無法改變既定的民心。這是一種非常弔詭的心理逆反作用，成為弘光政權沉重的包袱，卻恰好予東林──復社黨人以口實之便，趁機興風作浪，成為歷史一懸而未決的疑案。

　　史學家計六奇《明季南略》卷六〈太子一案〉條，即站在太子為真的立場，認為弘光帝有意扭曲事實。如寫往迎的太監，「一見太子，即抱足大慟，見天寒衣薄，各解衣以進」，竟因此而被弘光帝掠擊俱死。又寫弘光帝對舊臣說：「太子若真，將何容朕？卿等舊講官，宜細認的。」〔註126〕這即是暗示他們不能「認真」的意思。某些史家認為太子為真，因弘光帝怕被奪走皇位，故意弄真為假，故馬士英等人「迎上旨主偽」〔註127〕。

　　明清之際三大儒之一的黃宗羲（1610～1695），在《弘光實錄鈔》一書中對迎立弘光帝的原委作了如下的描寫：

　　　北都之變，諸王皆南徙避亂。時晉都諸臣議所立者。兵部尚書史可法謂：「太子、永、定二王既陷賊中，以序則在神宗之後，而瑞、桂、惠地遠，福王則七不可（原注：謂貪、淫、酗酒、不孝、虐下、不讀書、干預有司也）。唯潞王（諱常淓）素有賢名，雖穆宗之後，然昭、穆亦不遠也。」是其議者，兵部侍郎呂大器、武德道雷縯祚。未定，而逆案阮大鋮久住南都，線索在手，遂走之誠意伯劉孔昭、鳳陽總督馬士英幕中密議之，必欲使事出於己而後可以為功。乃使其私人楊文驄持空頭箋，命其不問何王，遇先至者，即填寫迎之。文驄至淮上，有破舟河下，中有一人，或曰：「福王也。」文驄入見，啟以士英援立之意，方出私錢買酒食共飲。而風色正盛，遂開船。兩晝夜而達儀真。可法猶集文武會議，已

〔註126〕此事見〔清〕計六奇：《明季南略》（合肥：黃山書社據清初述古堂鈔本影印，2009 年），卷 6，〈太子一案〉條，頁 86～87。〔清〕談遷：《國榷》（合肥：黃山書社據清鈔本影印，2009 年），卷 104，弘光元年三月甲申，頁 4564～4565。

〔註127〕〔清〕談遷：《國榷》（合肥：黃山書社據清鈔本影印，2009 年），卷 104，弘光元年三月甲申，頁 4565。〔清〕錢澄之〈南渡三疑案〉：「時馬士英亦未敢決以為偽，但設疑三端，以迎合上意，而首斥其偽者，王鐸也。」該文見於氏著：《藏山閣集》（合肥：黃山書社據清光緒三十四年鉛印本影印，2009 年），〈文存卷六雜文〉，頁 170。

傳各鎮奉駕至矣。士英以七不可之書用鳳督印之成案，於是可法事事受制於士英矣。〔註128〕

在東林——復社黨人看來，福王朱由崧繼承帝位，等於萬曆朝以來自己在黨爭中最大的挫敗。因此一旦有任何機會，不管真相如何，抓住「把柄」大做文章，必欲推倒福王另立新君方肯罷休，甚至為獨攬朝政不擇手段製造輿論也未可知。由上段引文黃宗羲「或曰：福王也」視之，意謂著弘光帝有可能是別人「假冒頂替」的。甚至於弘光太后，黃宗羲也指出其為假的可能：

> 甲申七月「壬辰，皇太后至自民間。太后張氏，非恭皇（指老福王朱常洵）之元配也。年與帝相等，遭賊失散，流轉郭家寨常守文家，馬士英遣人迎之至。其後士英挾之至浙，不知所終。或言：帝之不蚤立中宮，而選擇民間不已者，太后之故也。」〔註129〕

黃宗羲的弟子萬斯同（1638～1702），針對「童妃」案諸多疑點也直指：

> 河南府（即洛陽）破時，福王為賊所噉，諸子未有存者。府中數宦侍逃至懷慶，無所得食。其中有福府伴讀李某者貌頗似福王次子通城王。乃相與謀曰：「諸王子不接外臣，誰能諦知？事在吾輩耳，何憂無食。」乃以通城避難聞于縣，遂達上（指崇禎帝）前。上淚念叔父荼毒，世子已死，即以李襲福王爵。馬士英因立以為帝。其後太后至，弘光趨迎，屏人密語者久之，遂為母子。弘光在位且一年，不立后，與太后寢處如夫婦，初非蒸繼母也。童妃固通城王之元配，弘光固不令入宮，恐敗事也。〔註130〕

當時輿論認定此事為真的人並不少，見諸各家史籍。據說該婦曾在獄中寫下與弘光帝遇合相失的情形，甚為詳細，並罵弘光帝是「負心短命之人」。所寫文字呈弘光帝御覽之後，只見他面發赤擲於地，連說：「吾不認得此妖婦，速速嚴訊。」不久，該婦即被瘐斃於獄中。〔註131〕徐鼒（1810～1862）《小腆

〔註128〕〔清〕黃宗羲：《弘光實錄鈔》（合肥：黃山書社據清光緒三年鈔本影印，2009年），卷1，頁1。

〔註129〕〔清〕黃宗羲：《弘光實錄鈔》（合肥：黃山書社據清光緒三年鈔本影印，2009年），卷1，頁13～14。

〔註130〕參見〔清〕戴笠撰、吳殳刪訂：《懷陵流寇始終錄》（合肥：黃山書社據清初述古堂鈔本影印，2009年），卷18，頁254～255。

〔註131〕此事見諸〔清〕計六奇：《明季南略》（合肥：黃山書社據清初述古堂鈔本影印，2009年），卷6，「童妃一案」條，頁94～97。〔清〕徐鼒：《小腆紀年附考》（合肥：黃山書社據清咸豐十一年刻本影印，2009年），卷9，頁254。

紀年附考》則認爲：「童氏之事可疑乎？無可疑也。天下至頑劣之婦，未聞有冒爲人妻者，況以天子之尊、宮禁之嚴乎？」〔註132〕此說法大致合於情理。弘光帝對這位童氏的冷漠無情、堅拒不見面，引起南京士民極大反感；再加上童氏最後死於獄中，這種結局不得不讓人相信東林——復社上述的諸多猜測合乎情理。黃宗羲的好友林時對（？～？）撰文〈南都三大疑案〉也說：

> 洛陽既陷，福王常洵被闖賊所醢，宮眷逃竄。世子由崧得一護衛軍牽率過河，寓太康伯張皇親第，人無識者。甲申四月，巡按中州御史陳潛夫送至鳳督馬士英處，遂同四鎮擁立爲弘光帝。登極後，太后亦自河北至。帝不出迎，群臣奉鳳輿至内殿下輿，帝掖後至殿隅，密語移時，群臣拱立以俟，秘弗聞。半晌始下拜慟哭，人皆疑揣。喬大理聖任先生在班行目擊者，曾面語余：「或云帝實非眞世子，福藩有一審理貌類，因冒認。語時戒勿洩，同享富貴。」又云：「入宮後，與帝同臥起。」事眞僞不可知，帝來時既不迎，逾頃始拜哭，而出奔時又不同行，自往蕪湖就靖國。太后偕馬士英至浙，則事屬可駭。一疑案也。〔註133〕

萬斯同與林時對皆指出太后與弘光帝相認時，「屏人密語者久之」，此舉甚怪，不得不讓拱立以俟的群臣起疑。消息經傳出後，更讓世人確信此事有蹊蹺。再看另一復社人士錢澄之（1612～1693）的說法：

> 初，福世子歿，德昌郡王以序當立。士英撫鳳時，有以居民藏王印首者，取視，則福王印也。詢其人，云有負博進者，持以質錢。士英因物色之。上與士英初不相識，但據王印所在以爲世子。甲申國變後，遂擁戴正位，以邀爰立之功。……童氏但知德昌即位，以故妃詣闕求見，而不知今日之德昌，非昔者之德昌。

錢氏的結論是：「童氏出身不可考，而決爲德昌王之故妃也。」〔註134〕既然童氏爲德昌王之故妃的身分沒問題，問題便出自福王身上。且根據童氏自述，不敢奢求皇帝相認，但求一睹天顏，訴述情事，即以死相報。可是弘

〔註132〕參見〔清〕徐鼒《小腆紀年附考》（合肥：黃山書社據清咸豐十一年刻本影印，2009年），卷9，頁254。

〔註133〕〔清〕林時對：《荷牐叢談》（臺北：臺灣銀行經濟研究室編，1962年），卷4，頁126～128。

〔註134〕參見〔清〕錢澄之：《藏山閣集》（合肥：黃山書社據清光緒三十四年鉛印本影印，2009年），〈文存卷六雜文〉，〈南渡三疑案〉，頁170～171。

光帝始終不肯見她一面，在理實有違常情，不禁令人起疑。錢澄之的好友金堡也記載道：

> 予聞弘光僞福邸也。福邸已被難，其妃有弟與一內侍偕走，詐稱福邸。既登極，內侍懼福不敢言。童妃至，僞福邸恐事露，遂致之死。馬士英特欲立福邸翻東林之局，遂使東南半壁拱手以奉之清耳。〔註135〕

綜觀黃宗羲、萬斯同、林時對、錢澄之與金堡等人對南明僞太子疑案的說法可知，他們設法製造輿論讓世人皆以爲「童妃案」與僞太子案有關。若能使世人相信童妃爲眞，則太子必爲假。他們這麼做的目的只有一個，就是藉由輿論影響民心，來徹底否定弘光帝就是朱由崧，瓦解政權的正當性。易言之，馬士英、阮大鋮等人只爲貪圖權貴，竟以眞亂假，把持朝政，遂導致民怨沸騰，引起老百姓普遍對弘光朝廷腐敗政治的不滿。結果造成一個極爲奇特的「逆反」心理作用——「士英以太子爲假，輿論益以爲眞」。〔註136〕當時，南京城內到處流傳這樣的耳語「職方賤如狗，都督滿街走」〔註137〕、「相公只愛錢，皇帝但吃酒」〔註138〕。傳神地描繪出以馬士英爲首的朝臣集團貪得無魘，賄賂公行的嘴臉；另一方面，身爲皇帝的福王，同樣懦愚荒佚無道，《明通鑑》附篇卷一有云：

> 時工費無度，荒酒漁色，奄人田成等擅寵，士英輩亦因之竊權固位，政以賄成，論者皆知其不可旦夕。而阮大鋮以烏絲闌寫己所作《燕子箋》雜劇進之。歲將暮，兵報迭至，王一日在宮中愀然不樂，中官韓贊周請其故，王曰：「梨園殊少佳者。」贊周泣曰：「奴以陛下或思皇考先帝，乃作此想耶！」時宮中楹句有「萬事不如杯在手，一年幾見月當頭」，旁注「東閣大學士王鐸奉敕書」云。〔註139〕

〔註135〕〔清〕金堡：《徧行堂集續集》（合肥：黃山書社據清乾隆五年刻本影印，2009年），卷9，〈書米忠毅公傳後〉，頁163。

〔註136〕參見樊樹志：《晚明史：1573～1644》下卷，頁1173。

〔註137〕出自〔清〕張廷玉等撰、楊家駱主編：《新校本明史並附編六種》，卷308，〈列傳〉196，〈奸臣·馬士英傳〉，頁7942。

〔註138〕語出〔明〕夏完淳：《續倖存錄》（合肥：黃山書社據清鈔本影印，2009年），卷下，頁37。

〔註139〕〔清〕夏燮：《明通鑑》（合肥：黃山書社據清同治刻本影印，2009年），〈附篇〉卷1下，頁1793。此事同見〔清〕談遷：《國榷》（合肥：黃山書社據清鈔本影印，2009年），卷103，頁6171。〔清〕徐鼒：《小腆紀年附考》（合肥：

　　甚至有人題詩於皇城壁上，道：「百神護蹕賊中來，會見前星閉復開。海上扶蘇原未死，獄中病已又奚猜。安危定自關宗社，忠義何曾到鼎臺？烈烈大行何處遇，普天空向棘園哀。」〔註140〕由此可知，官方與民間的認知落差極大，而失去民心的政權，面對僞太子一案，在東林——復社黨人的推波助瀾之下，面臨即使有理也說不清的窘境。東林——復社黨人在操作權力話語的策略上堪稱犀利，他們適切掌握時勢脈動，且深入人心，成功地攫取話語權，卻也因此付出慘痛代價。南明國祚風雨飄搖而短命夭折，實與喧鬧不已的黨爭脫離不了關係。清人戴名世（1653～1713）對這段公案作了較爲公允持平的論斷：

> 嗚呼，南渡立國一年，僅終黨禍之局。東林、復社多以風節自持，然議論高而事功疏，好名沽直，激成大禍，卒致宗社淪覆，中原瓦解，彼鄙夫小人，又何足誅哉！自當時至今，歸怨於屛主之昏庸，醜語誣詆，如野史之所記，或過其實。而余姚黃宗羲、桐城錢澄之至謂帝非朱氏子。此二人皆身罹黨禍者也，大略謂童氏爲眞後，而帝他姓子，詐稱福王，恐事露，故不與相見，此則怨懟而失於實矣。〔註141〕

　　東林黨人較之馬、阮，自然屬於較正派的一方，但也由於疾惡太甚，門戶之見特深，凡事以朋黨爲是非，看問題就不夠全面，所發議論亦不免偏頗。其實，馬士英對東林賢者並非全然沒有感情，當他得知張溥辭世，曾「酹而哭之」，並言「予非畔東林者，東林拒予耳」〔註142〕。由於東林持門戶之見過深，拒人於千里之外，激而走險的廷臣令人卻步。如姜曰廣與馬士英就曾發生齟齬，特別是姜憤而辭朝時，二人竟於朝堂相罵，姜大罵馬是「權奸」，馬也回罵「汝且老而賊也」〔註143〕，甚至發生鬥毆，以致馬與東林——復社黨

黃山書社據清咸豐十一年刻本影印，2009 年），卷 9，頁 236。但記載略有不同。

〔註140〕語出自〔清〕文秉：《甲乙事案》（合肥：黃山書社據清鈔本影印，2009 年），卷下，頁 63。〔清〕談遷：《國榷》（合肥：黃山書社據清鈔本影印，2009 年），卷 104，頁 4571。〔清〕徐鼒：《小腆紀年附考》（合肥：黃山書社據清咸豐十一年刻本影印，2009 年），卷 9，頁 256。皆有類似的題詩。

〔註141〕〔清〕戴名世：〈弘光朝僞東宮僞后及黨禍紀略〉，見氏著；王樹民編校：《戴名世集》（北京：中華書局，1986 年），頁 374。

〔註142〕〔清〕李清：《三垣筆記》（合肥：黃山書社據民國嘉業堂叢書本影印，2009 年），卷下，頁 50。

〔註143〕參見〔清〕張廷玉等撰、楊家駱主編：《新校本明史並附編六種》，卷 274，〈列傳〉162，〈姜曰廣傳〉，頁 7031。

人形同水火，勢不兩立。乾隆年間的楊鳳苞（1754～1816）也說：

> 及謂福王亦僞，乃出東林、復社愛憎之口。……蓋阮大鋮欲盡殺
> 東林、復社諸君子，嚮後諸君子追憾其事，並恨王之任大鋮也。
> 造言汙衊之不已，復奮斷曰：「是非明之宗室也。」甚疾之之詞爾。

〔註 144〕

弘光朝廷的內部紛爭嚴重影響了自身穩定，無暇北顧。世鎮武昌的寧南侯左良玉（1599～1645）早對馬士英的專權擅政不滿，遂趁僞太子案興兵東下，打起「救太子」、「清君側」的旗幟，聲稱「奉太子密詔」〔註 145〕率師救援，頗有與東林黨人通合一氣之態勢。外地官員湖廣巡撫何騰蛟（1592～1649），上疏指責馬士英何以獨知太子爲僞？九江總督袁繼咸（1598～1646）則是公開聲明，太子並非外間兒童所能假冒，當務之急，必須赦免太子方能遏止左良玉舉兵東下。〔註 146〕根據文秉（1609～1669）《甲乙事案》記載：

> 自左（良玉）兵檄至，上（指福王）日怨馬士英王之明事，謀所以
> 自全。戊寅視朝畢，問群臣遷都禮，錢謙益力言不可，乃退。是日
> （庚辰）召對，上下寂無一言，良久，上云：外人皆傳朕欲出去。

〔註 147〕

由此可見，此時的南明朝廷已軍心大亂，同時清朝豫王多鐸率領大軍南下，南京城朝不保夕。弘光元年五月十日半夜，福王在太監與侍衛的簇擁之下，從通濟門狼狽出逃，前往蕪湖太平府避難。馬士英等人也隨之一哄而散，清兵隨即入城，南明至此終告滅亡。

《清夜鐘》第四回〈少卿癡腸惹禍　相國借題害人〉敍事話語的反思，除帶給我們對於話語的歧異性有更多的認識外，藉由傅柯的話語權力論述，亦讓我們瞭解到，易代之際話語的詭辯，背後有其龐大的社會文化意涵與權力欲望的糾葛，可謂牽一髮而動全身，切莫輕忽小說文本敍事話語下的深刻意義。

〔註 144〕〔清〕楊鳳苞：《秋室集》（合肥：黃山書社據清光緒十一年刻本影印，2009年），卷 3 文，〈南疆逸史跋九〉，頁 29。

〔註 145〕事見〔清〕黃宗羲：《弘光實錄鈔》（合肥：黃山書社據清光緒三年鈔本，2009年），卷 4，頁 47。

〔註 146〕〔清〕夏燮：《明通鑑》（合肥：黃山書社據清同治刻本影印，2009年），〈附篇〉卷 2 上，頁 1800。

〔註 147〕語出〔清〕文秉：《甲乙事案》（合肥：黃山書社據清鈔本影印，2009年），卷下，頁 73。

（三）《清夜鐘》第十四回〈神師三致提撕 總漕一死不免〉本事 概述與敘事話語的反思

《清夜鐘》第十四回〈神師三致提撕 總漕一死不免〉，寫的是崇禎時總督漕運的戶部尚書楊一鵬（？～1635），因陵寢失守、皇陵被焚而無辜遭棄市事。由於所寫事件較為單純，作者所做的鋪敘更多；再加上依情節所需，作者虛擬出一個「神話結構」來自圓其說，使得它成為《清夜鐘》所收三篇時事小說中，「文學性」最強的一篇。但由於敘述多描寫少，人物形象仍嫌單薄，無法擺脫時事小說的通病。〔註148〕

小說一開始「入話」的五言詩寫道：

> 天地有陽九，昆池生劫灰。人生處其間，芨芨亦殆哉。
> 智士識趨避，災祥或可回。奚知數已定，變起如疾雷。
> 高陵夷坦途，宮觀成蒿萊。當年龍興地，白骨連蒼苔。
> 皇赫震斯怒，大星折中台。指引多仙靈，鬼屬猶為災。
> 無能脫一死，生死固宿栽。唯有任運行，浮沉聽覆培。（《清夜鐘》
> 頁 123）

作者自言「這首單道乙亥孟春鳳陽之變」（《清夜鐘》頁 124），時賊兵以飄風疾雷之速攻城掠地，明朝軍隊死傷無數。陸氏提及的「數中一位大臣，豈無仙靈為之指引？卒不能免，信乎數之前定」（《清夜鐘》頁 124）。將楊一鵬寫成前來投胎轉世的鳳陽高僧，最後死於鳳陽失守是天命如此。綜觀全文敘事的話語結構，可由「入話」五言詩貫串首尾。全篇雖瀰漫神仙異事的色彩，勸世意味濃厚，但隱而未顯之處，卻是在替楊一鵬獲罪戮死一事，尋求一個合理的詮釋。

「鳳陽之變」，見《明史》所載：

> 八年春正月乙卯，賊陷上蔡，連陷氾水、滎陽、固始。己未，洪承
> 疇出關討賊。辛酉，張獻忠陷潁州。丙寅，陷鳳陽，焚皇陵樓殿，
> 留守朱國相等戰死。壬申，徐州援兵至鳳陽。張獻忠犯廬州，尋陷
> 廬江、無為。李自成走歸德，與羅汝才復入陝西。二月，張獻忠陷
> 潛山、羅田、太湖、新蔡，應天巡撫都禦史張國維禦之。甲午，
> 以皇陵失守，逮總督漕運尚書楊一鵬下獄，尋棄市。丁酉，總兵官

〔註148〕參見徐志平：《清初前期話本小說之研究》，頁 190。

鄧玘敗賊於羅山。是月，曹文詔敗賊於隨州。〔註 149〕

陸雲龍在文中提到的「鳳陽之變」，就是崇禎八年（1635），李自成攻陷鳳陽一事。鳳陽是明朝開國皇帝朱元璋的老家，在今安徽省滁州。明太祖死後，那裡成為明朝的中都。〔註 150〕李自成出兵鳳陽，顯然意在重挫明王朝的氣運，進而窺伺京城。鳳陽原為明王朝龍興之地、仁祖陵墓所在，卻為一鵬命喪之處。《明史》對楊一鵬生平所述極少，多著重在他因鳳陽之變橫遭棄市事，《明史・楊一鵬傳》云：

> 先是，有以陵寢失守獲重譴者，為楊一鵬。一鵬，臨湘人。歷官大理寺丞，削籍。崇禎六年以兵部左侍郎拜戶部尚書兼右僉都禦史，總督漕運，巡撫江北四府。鳳陽軍民素疾守陵太監楊澤貪虐，引賊來寇。八年正月，賊遂攻陷鳳陽，焚皇陵，燒龍興寺，燔公私邸舍二萬二千六百五十，戮中都留守朱國相、指揮使程永寧等四十有一員，殺軍民數萬人。先是，賊漸逼江北，兵部尚書張鳳翼請敕一鵬移鎮鳳陽，溫體仁格其議。賊驟至，一鵬在淮安，遠不及救。帝聞變大驚，素服避殿，親祭告太廟，遂逮一鵬及巡按禦史吳振纓、守陵官澤。澤先自殺，一鵬棄市，振纓戍邊。〔註 151〕

楊一鵬巡撫江北四府時，因流寇攻入鳳陽，焚毀皇陵，朝野震驚。他不及救護，因而被殺，此事在當時是重大事件，轟傳一時。一鵬的生平功績《明史》無所可述，竟能因此列入正史本傳，與當年同為因流賊之亂遭連累棄市的鄭崇儉同傳，可謂「因禍得福」。〔註 152〕福王時，給事中李清曾言：「崇儉未失一城，喪一旅，因他人巧卸，遂服上刑。羣臣微知其冤，無敢訟言者，臣甚痛之。」〔註 153〕崇儉的冤情始獲得平反。崇禎即位以來，憤寇日熾，用法益峻，功罪不假貸，而疆事浸壞，卒至於亡。《明史》對崇禎「誅殺過當」是頗有微詞的，說他「誅總督七人，崇儉及袁崇煥、劉策、楊一鵬、熊文燦、

〔註149〕參見〔清〕張廷玉等撰、楊家駱主編：《新校本明史並附編六種》，卷23，〈本紀〉23，〈莊烈帝朱由檢・崇禎八年〉，頁318。

〔註150〕參見黎東方：《細說明朝》（上海：上海人民出版社，1997年）。

〔註151〕參見參見〔清〕張廷玉等撰、楊家駱主編：《新校本明史並附編六種》，卷260，〈列傳〉148，〈楊一鵬傳〉，頁6745～6746。

〔註152〕此為徐志平對楊一鵬入正史列傳的評語，堪稱貼切。參見徐志平：《清初前期話本小說之研究》，頁190。。

〔註153〕參見參見〔清〕張廷玉等撰、楊家駱主編：《新校本明史並附編六種》，卷260，〈列傳〉148，〈鄭崇儉傳〉，頁6744。

範志完、趙光抃也」〔註154〕。這些總督多半無辜受戮，普遍受到臣民百姓的同情。楊一鵬即是其中之一。

小說裡的敘事話語充滿對一鵬同情的態度，篇中對他任職地方官時的治績讚譽有加，如說他在成都推官任內：

> 到任一廉如水，請託不聽，到審詞訟，極其虛心平氣。有那大奸大惡，必然痛處，不肯姑息。到那沈冤積枉，畢竟要洗雪，便忤了上司，拂了鄉宦，也毅然要行。（《清夜鐘》頁127）

其人為官剛正不阿、心性平善，有詩為證：

> 菩薩低眉，金剛努目。不平者平，慈育魔伏。（《清夜鐘》頁127）

又寫他在總督漕運時，籌畫周詳，所以「地方且喜安堵」（《清夜鐘》頁132）。平時他駐紮淮上，料理漕務，上下無事。未料隔年，為乙亥年，正值總漕花甲將週時，流賊大舉作亂。因官府延誤軍機，致鳳陽淪陷，「楊總督此時以淮上為國家水陸咽喉，不敢輕動。聞賊到鳳陽，也急發兵來救，事勢已無及矣。」（《清夜鐘》頁135）話語中隨處可見作者替一鵬脫罪之詞，尤以最後一鵬受刑，作者寫道：「把一箇做秀才極有名，做官極有聲，在淮上極赫奕的楊總漕已斷送了。」（《清夜鐘》頁137）惋惜之情，溢於言表，頗能讓讀者感受到無辜遭禍的哀憐氛圍。〔註155〕

至於神僧異事、因果輪迴之說，正史無所記載，極有可能是作者依據傳聞或是果報故事申而衍之，虛構成分較大。與陸雲龍同處易代之際的錢謙益（1582～1664）《列朝詩集小傳》〔註156〕、李清（1602～1683）《三垣筆記》〔註157〕以及文秉（1609～1669）《烈皇小識》〔註158〕等人的著作，皆不約而

〔註154〕參見參見〔清〕張廷玉等撰、楊家駱主編：《新校本明史並附編六種》，卷260，〈列傳〉148，〈鄭崇儉傳〉，頁6744。

〔註155〕見徐志平：《清初前期話本小說之研究》，頁191。。

〔註156〕參見〔清〕錢謙益輯：《列朝詩集》（上海：三聯書店，1989年，據清順治九年（1652年）毛氏汲古閣刻本重印），「閏集第三」，「異人三人」，「萬世尊」條，頁641。書中云：「萬世尊者，亦曰峨眉仙人。」此異事亦見載於錢謙益另一本詩文著作《牧齋初學集》，卷86，〈記峨眉仙人詩〉，內容大同小異，參見氏著：《牧齋初學集》下冊（上海：上海古籍出版社，1985年），「題跋四」，頁1806。

〔註157〕參見〔清〕李清：《三垣筆記》（合肥：黃山書社據民國嘉業堂叢書本影印，2009年），〈附識卷上·崇禎〉，頁90。

〔註158〕參見〔明〕文秉：《烈皇小識》（合肥：黃山書社據清鈔明季野史彙編前編本影印，2009年），卷4，頁58。

同地記載著與文本故事相近的描述。文秉《烈皇小識》還留下「事頗怪，并附記」的評語；錢謙益《列朝詩集小傳》將此事歸類在「閏集第三」中的「異人三人」條，與「卓吾先生李贄」、「彭仙翁幼朔」並列，傳錄於後。三書中以錢謙益《列朝詩集小傳》「萬世尊」條所載，內容最爲翔實可徵，此皆因錢氏「以詩繫傳」的詩史態度，其文曰：

> 萬世尊者，亦曰峨眉仙人。巴陵楊一鵬者，余同年進士，除成都府推官。登峨眉山，有狂僧踞佛座，睨楊而笑曰：「汝猶記下地時，行路遠，啼哭數日夜，吾撫其頂而止耶？」楊追憶兒時語，大驚，禮拜，耳語達旦。臨別囑曰：「三十年後見汝於淮上。」楊後開府淮安，一日薄暮，有野僧擊鼓，稱峨眉山萬世尊，寄書發函，得絕句七首。質明，大索寄書僧，已不知所往矣。流賊焚鳳陽祖陵，楊坐失救，論死西市，其詩始傳於世。而後二者秘不傳。楊之子昌朝曰：「峨眉仙人自稱萬世尊，密語授記。二弟稍向人吐露，先父聞而訶之。奚斯之聲已聞，不欲仰朱雪之藥，留一死以謝申息之老，且爲主上明國法也。臨刑正定，神氣如平常，但連呼好師傅數聲而已。」昌朝之弟薦朝，語我曰：「萬世尊名大傳，今嘗在峨眉，往來人間無常處，人亦時時見之。」〔註159〕

錢謙益與楊一鵬同爲明神宗萬曆三十八年（1610）進士，以詩、文享有盛名。錢氏之《列朝詩集》編撰於易代之際，體例仿金人元好問（1190～1257）《中州集》「以詩繫人，以人繫傳」。〔註160〕選輯了一千二百餘家明代詩人，兼附有詩人小傳。錢氏編撰此書，寓彰有明一代國史得失之意，於詩人小傳中不乏故國之思，致乾隆年間曾遭禁毀。錢謙益自言《列朝詩集》所寫小傳，是爲保存有明一代之詩史，「論次昭代之文章，蒐討朝家之史乘」〔註161〕；他所做的工作乃「備典故，採風謠，汰冗長，訪幽仄；鋪陳皇明，發揮才調」〔註162〕以明詩存明史，以史家之義例進行明詩史的寫作，其用意在以稗補史。從《列朝詩集小傳》「轉述」楊一鵬之子對「萬世尊」的描述可知，這位行蹤縹緲的峨眉仙人，似乎確有其人，但事屬神異，才以「異人」之事備

〔註159〕參見〔清〕錢謙益輯：《列朝詩集》，「閏集第三」，「異人三人」，「萬世尊」條，頁641。
〔註160〕參見〔清〕錢謙益輯：《列朝詩集》，〈列朝詩集序〉，頁1。
〔註161〕參見〔清〕錢謙益輯：《列朝詩集》，〈列朝詩集序〉，頁1。
〔註162〕參見〔清〕錢謙益輯：《列朝詩集》，〈列朝詩集序〉，頁1。

考。《清夜鐘》第十四回〈神師三致提撕　總漕一死不免〉故事中，有關神僧指點迷津事，以及一鵬幼時遭遇的異事，《列朝詩集小傳》裡皆有詳述。可能此事在當時是流傳於民間的奇人異事，所以才會不約而同地分別被人寫入書中。錢氏所據應該是最接近「真實」的版本，陸雲龍依據傳聞（或與李清《三垣筆記》有關，文詳後），將之擴充成為小說的主幹。錢氏所錄原有絕句七首，後二首秘不傳，其詩名曰〈峨眉仙人寄崑崙詩〉五首：

1. 謫向人間僅一週，而今限滿苦難留。
   清虛有約無相負，好覓當年范蠡舟。
2. 業風吹破進賢冠，生死關頭著腳難。
   六百年來今一遇，莫將大事等閒看。
3. 浪遊生死豈男兒，教外真傳別有師。
   富貴神仙君兩得，尚牽韁鎖戀狂癡。
4. 難將蟒玉拒無常，勳業終歸土一方。
   欲問後來神妙處，碧天齊擁紫金光。
5. 頒來法旨不容違，儼律森嚴敢洩機。
   楚水吳山相共聚，與君同跨片霞飛。〔註163〕

第十四回〈神師三致提撕　總漕一死不免〉所引五首詩與〈峨眉仙人寄崑崙詩〉相差無幾，僅少數用字不同，但可明顯看出是同樣的五首勸隱詩。

再者，曾有學者研究指出，陸雲龍與李清的關係匪淺，亦師亦友；《清夜鐘》某些回目所敘事件，可在陸氏的老師李清所撰的《三垣筆記》找到出處來源，且兩者在某些字句都有很相近的地方。將第十四回〈神師三致提撕　總漕一死不免〉故事內容與筆記所載仔細對讀後，發現陸氏此回的小說故事可能是參考過《三垣筆記》後才寫成的。〔註164〕《三垣筆記・附識卷上・

〔註163〕參見〔清〕錢謙益輯：《列朝詩集》，「閏集第三」，「異人三人」，「萬世尊」條，頁641。

〔註164〕中國大陸學者井玉貴指出，《清夜鐘》第一回〈貞臣慷慨殺身　烈婦從容就義〉所寫的汪偉便是李清的好友，李清在《三垣筆記卷上・崇禎》中稱汪偉曾經有恩於己；故事中描寫汪偉留京考選的過程，其中講到了官員向有權勢的同鄉行賄以提高官評的現象，巧的是《三垣筆記・附識卷上・崇禎》中便記載了陸雲龍曾經向李清講述過這方面的情況；《清夜鐘》第四回〈少卿癡腸惹禍　相國藉題害人〉講述南明偽太子事，皆可在《三垣筆記卷下・弘光》許多段落找到詳細的記載；《清夜鐘》第十四回〈神師三致提撕　總漕一死不免〉寫楊一鵬的事蹟，其主體情節亦同樣出現在《三垣筆記・附識卷上・崇禎》。參

崇禎》主要記述了關於楊一鵬的三件事：一是峨眉僧人與楊相約六十歲時與之相見；二是峨眉僧人傳詩予一鵬勸他及時歸隱；三是一鵬因流賊屠鳳陽、掘皇陵而獲罪被殺，死後鬼魂報復定他斬立決的紀克家。這三件事在《清夜鐘》第十四回裡皆有詳細的描述，且五首勸隱詩也全數出現，大致不差。因此本回故事說是陸氏參考老師李清的《三垣筆記》一點也不爲過。

綜上所述可知，與楊一鵬有同年之誼的錢謙益，將流傳民間的神仙異事採以詩繫人、以人繫傳的方式考徵於世，發揚以稗補史的史傳精神；再經由文人的筆記傳鈔廣佈開來〔註 165〕，最後成爲陸雲龍筆下時事小說的故事主軸。猶堪玩味的是，錢謙益《列朝詩集小傳》「萬世尊」一文，並無一鵬死後鬼魂報復紀克家事，李清《三垣筆記》與陸雲龍《清夜鐘》二書則有。民間傳說因版本不同，內容時見增益或刪改本所在多有，只要主幹情節相類似，出現在枝葉、細節和語言上有所差異的不同文本，我們或可以「異文」視之。

〔註166〕一鵬死後鬼魂報復紀克家事，李清《三垣筆記》中曰：

> 至定辟，乃紀刑曹克家主筆。克家引盜陵樹律，有「雖無共盜之情」云云，似屬率合。而一鵬求稍緩，以待聖怒之解。克家不從，爰書不三日上，遂立決。後克家疽發於背，一鵬晝現，以手撲之，遂潰爛死。〔註167〕

見井玉貴：〈《警世陰陽夢》、《清夜鐘》作者新考〉，《中國典籍與文化》第 4 期（2002 年），頁 41～48。另外，根據胡蓮玉〈陸雲龍生平考述〉一文指出，李清曾主持浙江鄉試，可能陸雲龍即在此時爲李清所賞識，隨拜李清爲師，並以門生自居。二人相交近三十餘年，陸雲龍編選《明文奇豔》時，李清曾提供自己私人藏書相助，書成又爲之作序。陸氏曾隨李清入京。甲申之變時，李清甚至將家事委託陸氏照應，並囑雲龍移家興化。參見氏著：〈陸雲龍生平考述〉，《明清小說研究》第 3 期（2001 年），頁 213～222。

〔註165〕李清在《三垣筆記·自序》中，自述著《三垣筆記》的原則與態度，其文略曰：「舉予所聞見，以筆之書，非予所聞見，不錄也。所上諸疏，止錄其留中者；其已報則亦弗悉錄也……故欲借予所聞見，誌十年來美惡賢否之眞，則又予所不敢不錄也。」難能可貴的是，爲了愼重起見，《三垣筆記》將目睹與耳聞的不同記載，分別寫入「本書」與「附識」兩章。「本書」部分是親身目擊的事實，其眞實性無庸置疑；「附識」部分得諸耳聞，眞實性則尚待考證。楊一鵬的神僧異事，出現在《三垣筆記·附識卷上·崇禎》，由此可見李清記錄此事的態度。參見〔清〕李清著；四庫禁燬書叢刊編纂委員會編：《三垣筆記》（北京：北京出版社，2000 年），頁 7～9。

〔註166〕關於中國民間故事的「母題」與「類型」之說，可參見劉守華主編：《中國民間故事類型研究》（武漢：華中師範大學出版社，2002 年），頁 1～4。

〔註167〕參見〔清〕李清：《三垣筆記》（合肥：黃山書社據民國嘉業堂叢書本影印，

而《清夜鐘》第十四回〈神師三致提撕　總漕一死不免〉則云：

> 還可異的是箇問刑紀郎中，他當嚴旨侃迫之時，按律引例，也是不得已。不料司間事畢，轉到私宅，卻見一人在彼，正是楊總漕。先已喫了一驚。那總漕向前道：「封疆失守，死是吾分，怎把我做決不待時？」趕向前，將郎中背上一拳。從人不見總漕，但見郎中拱手道：「聖意如此，我不敢逆。」進得內室，忽然寒熱交作，背上生起一毒，延醫胗視，竟不能好，至七日而歿。（《清夜鐘》頁137）

人類個體的復仇情結，據說深植於種族集體潛意識（collective unconsciousness）中。復仇情結是遠古時代血族復仇的文化殘遺，有著深遠的人類學淵源。鬼魂顯形復仇，在中國古代復仇文學主題中不勝枚舉，如先秦《墨子・明鬼下》便記載周宣王枉殺臣子杜伯，杜伯冤魂射王報血仇事。〔註168〕即使不在夢中，鬼魂顯形復仇，一般多是仇主本人或專門視鬼的人才能看見。一鵬白晝現身，旁人皆不見，唯獨紀郎中拱手求饒：「聖意如此，我不敢逆。」（《清夜鐘》頁137）反映了仇主做出有違天理常規的事情後，普遍害怕復仇的心理。〔註169〕

《清夜鐘》第十四回〈神師三致提撕　總漕一死不免〉，最後以一鵬死後鬼魂報復紀克家事作結束。作為一種主體現實意念的對象化載體，對於正值明清之際的百姓而言，實具有獨特的「心理補償」與「情緒宣洩」的功能。它可將人們在現實中諸多的憤懣，無力反抗的不滿情緒，或是各種企盼與願景，不同程度地予以轉化實現。〔註170〕民間傳說背後的意念，事後亦獲得明證。根據康熙《岳州府志》和《楊氏族譜》的記載，楊一鵬斬首後，其子楊昌朝著有《忠冤錄》，並呈遞皇上，欲為其父昭雪。當朝內閣首輔溫體仁（1573～1639）、王應熊（？～1646）亦為其申辯，請求皇上厚葬楊一鵬。而當時的崇禎皇帝，念「四朝元老」楊一鵬輔國有功，已對處斬追悔莫及。便在處理皇陵善後事宜之後，下了一道「罪己詔」，將皇陵焚毀之罪全部承擔下來。並

2009年），〈附識卷上・崇禎〉，頁90。

〔註168〕《墨子・明鬼下》。近年來大陸學者王立，運用主題學概念，歸納整理中國古代復仇故事，翔實完整，條例分明，可參看。參見王立、劉衛英編著：《中國古代復仇故事大觀》全4冊（上海：學林出版社，1997年）。

〔註169〕此說法參見王立著；李炳海主編：《中國古代復仇文學主題》（長春：東北師範大學，1998年），頁62。

〔註170〕與復仇有關的心理潛在特質，可參見王立著；李炳海主編：《中國古代復仇文學主題》，頁494。

將楊一鵬官復原職，追贈金紫光祿大夫，且悼其「才品端亮」賜以厚葬，誥封三代。其祖父追封中正大夫，其父楊紹儒贈太常寺少卿，祀鄉賢祠；其兄楊一廉，以知縣賞給四品頂戴。〔註171〕

　　綜上所述，易代之際轟傳四方的陵寢失守楊一鵬無辜慘遭棄市事，陸雲龍的時事小説，即時地將歷史重大事件，以小説的形式呈現。然陸氏本人，雖在客觀上同情楊一鵬的處境，但在主觀上仍秉持《清夜鐘》全書敍事的話語模式，既不忍苛責憂勤圖治的崇禎皇帝，遂巧妙地結合民間傳説，創造出「神僧輪迴論」欲替一鵬脱罪。最後再以鬼魂顯形復仇，將一鵬斬立決、不得稍緩以待聖怒之解的紀郎中，讓他背脊發疽潰爛而死。凡閲讀至此的讀者，應無不擊掌叫好才是，算是替莫名橫死的一鵬報了殺身之仇，也替崇禎皇帝解了「誤殺忠臣」的牢套。當然，歷來或將此篇視爲一鵬因貪戀富貴致遭殺身，尤其作者認爲一鵬應該急流勇退，方能免於死難的劫數；而一鵬之死，非崇禎的酷刑所致云云。一篇看似簡單的時事小説，細究之，實蘊含許多深遠的省思。

（四）《警寤鐘》卷之四〈海烈婦米㯙流芳〉

1、《警寤鐘》卷之四〈海烈婦米㯙流芳〉本事概述

　　《警寤鐘》共四卷，十六回，每卷四回敷演一故事。本書目錄前題「雲陽嗤嗤道人編著」、「廣陵琢月山人校閲」，卷一卷二正文前則作「溧水嗤嗤道人編著」。雲陽（溧水）嗤嗤道人，不知何許人也。但題爲此同名作者的小説，除《警寤鐘》外，還有《五鳳吟》與《小野催曉夢》二書。〔註172〕由於署名「嗤嗤道人」所作的小説前各有「雲陽」、「溧水」與「雲間」等不同的籍貫稱呼，據考，此三地皆位於今江蘇省，所以「嗤嗤道人」應該是位江蘇籍人氏，且是一位專爲書坊主寫書的下層文人，社會地位不高。〔註173〕再者，《警寤鐘》卷之四〈海烈婦米㯙流芳〉寫作時間，文中作者提及海烈

〔註171〕參見〔清〕李遇時修；〔清〕楊柱朝纂：《岳州府志》（出版地不詳：中國書店出版，1992 年清康熙二十四年刻本）。

〔註172〕見徐志平：《清初前期話本小説之研究》，頁 67～69。

〔註173〕見徐志平：《清初前期話本小説之研究》，頁 68。另，根據顧青的説法，嗤嗤道人這三部小説（指《警寤鐘》、《五鳳吟》與《小野催曉夢》）「藝術水準都很一般，但顯示出對平民百姓生活相當熟悉，所以，作者應該是一位專爲書坊主寫書的下層文人。」參見〔清〕雲陽嗤嗤道人編著；顧青校點：《警寤鐘》（南京：江蘇古籍出版社，1994 年），「前言」，頁 1。

婦自殺的時間「時乃六年正月二十七日事也」（《警寤鐘》頁87），六年指的
應該是康熙六年（1667）。篇中作者註明此事是「現在不遠的事」（《警寤鐘》
頁 70），而萬卷樓刊本內封題有「戊午重訂新編」等字樣，「戊午」疑爲康
熙十七年（1678）。因此，此書當成於康熙六年至康熙十七年間。〔註174〕

　　陳有量妻海無瑕貞烈（以下簡稱爲「海烈婦」）的故事，是清代康熙初年，
令天下翕動一時的眞實案件。陸次雲（生卒年均不詳，約康熙年間人）、方孝
標（1617 年～？）等人均曾爲之立傳，並被人改編爲性質各異的小說多種。
魏同賢記載此故事來源與相關著作時說：

> 書演清康熙年間徐州女子海無瑕事……蓋海烈婦事蹟，當時必廣爲
> 傳播，故屢有記載，不僅已載入《清史稿》，現在看到的即有：陸次
> 雲《海烈婦傳》（見《虞初續志》卷五引）、方孝標《海烈婦傳》（見
> 錢儀吉《碑傳集》卷一五三）、任源祥《陳有量妻海氏傳》（見《國
> 朝賢媛類徵初稿》卷八）、猶龍子《海烈婦》（見《古今烈女傳演議》
> 卷五）、雲陽嗤嗤道人《海烈婦米槱流芳》（見《警寤鐘》卷五）、佚
> 名《海烈婦》傳奇等等。〔註175〕

　　海烈婦事蹟當時有清人浪墨仙人編輯的長篇章回小說《百煉眞海烈婦傳》
十二回，其〈敘言〉中有「近者海氏一案」〔註176〕，知其亦爲時事小說。雖然
內容豐富，但神怪色彩太濃厚，細節的描寫過於枝蔓，且延續了明末時事小說
的傳統，書後附錄另一位塘村陳烈婦的墓誌銘以及當時人的輓詩、贈詩等，顯
得多餘。〔註177〕至於魏同賢提及的佚名《海烈婦》傳奇未見於坊間，而猶龍子
《海烈婦》見於《列女演義》卷五，非《古今烈女傳演議》卷五。〔註178〕

　　各種版本所載海烈婦事詳略有別，今以《清史稿・列女傳》原文詳錄於

〔註174〕參見王慶華：《話本小說文體研究》（上海：華東師範大學出版社，2006 年），
　　　　頁 222。
〔註175〕參見魏同賢：〈前言〉，收錄於〔清〕浪墨仙人編輯：《百煉眞海烈婦傳》（上
　　　　海：上海古籍出版社，《古本小說集成》編委會編，1990 年），頁 1。
〔註176〕參見〔清〕浪墨仙人編輯：《百煉眞海烈婦傳》，〈敘言〉，頁 3。
〔註177〕參見徐志平：《清初前期話本小說之研究》，頁 191～192。
〔註178〕參見張秋華：《《醉醒石》、《照世盃》、《警寤鐘》比較研究》（臺北：國立臺灣師
　　　　範大學國文學系碩士論文，2009 年），頁 73。另，徐志平引用曹中孚在 1990
　　　　年上海古籍出版社出版、《古本小說集成》編委會編之《古今列女傳演議》〈前
　　　　言〉的話說：「此書有人疑係馮夢龍所作，但也有人疑爲他人所僞託者。」徐志
　　　　平指出，現在既然知道本書寫到了發生於康熙六年的海烈婦事，當然也就證明
　　　　本書的作者不可能是馮夢龍了。見氏著：《清初前期話本小說之研究》，頁 191。

下，以茲參照：

> 陳有量妻海，銅山人。有量，儒家子。貧無食，轉徙常州。居逆旅，
> 貲盡，惡少矙海年少，與有量遊，且覬之；時其亡，挑海，海詈之，
> 走。是時漕粟至京師，其舟謂之糧船，主者皆豪猾。惡少繩海於主
> 者，亦引與有量遊，招使佐會計。且謂：「舟行當經徐州，盍以孥
> 歸？」有量以告海，海問孰為引致，則惡少嘗為所挑置而走者也，
> 謝毋往。惡少使其曹訟有量逃人，有量懼，乃以海入其舟。海入舟，
> 日獨處，主者使有量有事於近縣，而夜就海，強抱持之。海號，摑
> 其面，猶不釋，大呼殺人。舟人盡驚起，始得免。即夕，自經。主
> 者藏其屍積粟中，賄舟人。有篙師藍九廷者，湣海死，卻主者賄，
> 告官，乃按誅主者及惡少。常州人葬海於南郊，會者殆千人。〔註179〕

由《清史稿》本傳與《警寤鐘》卷四情節大致相同看來，可知清史館臣
如實記載了事件始末。綜觀《警寤鐘》全文，敘事採順序法，依照故事時間
先後來敘述，簡潔明快，人物形象鮮明（如陳有量的孱弱、海氏的節烈、楊
二惡人膽小、林顯瑞色慾薰心……等）。故事主軸圍繞在陳有量和海氏這兩位
主人公身上，透過配角酒家奴楊二、漕運卒魁林顯瑞、長年藍九（他書或稱
藍九廷）等人，將整個海氏節烈的案情敷演完畢。

男主人公陳有量，本是江南徐州府秀才，父母雙亡，並無兄弟，且「素
性孱弱，為人質樸」（《警寤鐘》頁70）。正因有量此種儒弱個性，雖為儒生子，
卻一貧如洗，家中生計全仰賴海氏女紅支撐。女主人公海氏，作者形容她德
容兼備，勤儉堅忍，刻苦持家之餘，還不忘敦促有量課業，被塑造成為一完
美的女性典範，其文云：

> 每晚有量課業，海氏就坐在傍邊，不是緝麻，就是做鞋縫衣，同丈
> 夫作伴。丈夫讀至三更，他也至三更，丈夫讀至五鼓，他也到五鼓。
> 若是有量要老早睡覺，他便勸道：「你我無甚指望，全望書裡摶個功
> 名，焉可貪眠懶惰？」就是丈夫讀完書上床，他還將手中生活做完
> 了，方纔安睡。（《警寤鐘》頁70）

更有甚者，在荒年中，為了讓丈夫安心讀書，海烈婦咬牙苦撐，背地裡
如趙五娘吞嚥糟糠。此段寫得頗為感人，作者說她「在廚房將滾水調糠，慢

〔註179〕參見趙爾巽、柯劭忞等編：楊家駱主編：《楊校標點本清史稿附索引》（臺北：
鼎文書局，1981年），卷511，列傳298，〈陳有量妻海〉，頁14177～14178。

慢吞嚥，死挨度命」（《警寤鐘》頁 71）。觀此舉並非常人所能為，預先為海烈婦貞烈的性格埋下伏筆。後來兩人流離，在患難中得到酒家奴楊二的接濟，只是有量全然不知對方覬覦嬌妻已久，反而推心置腹，誤認為好人。海烈婦遭受無賴楊二的調戲後，她吞下滿腹委屈，適時對丈夫婉言相勸道：

> 楊二是酒奴小人，畢竟是個市井奸險，外貌雖恭，內懷不軌。這樣人相與他無益，還該遠他為是。以後凡是這種人，不但不可帶他回家來，你連話也不該與他說。我們如今在客途患難之中，你若再與這等匪類相交，就難保無禍。你須謹慎要緊。（《警寤鐘》頁 77）

句句深切，出自肺腑，無奈有量心中頗「不以為然」。楊二後來不甘損失，竟將海氏轉介給更狠毒的漕船運卒林顯瑞，二人設計圈套，誘騙有量夫婦上船。海烈婦不斷提醒丈夫楊、林並非好人，但是有量皆不放在心上，還執意遠赴蘇州買辦貨物，拋下妻子獨自在船。這幾段的敘述，著墨在有量一連串的「誤信壞人」，與海烈婦「洞見壞人」詭計後的驚怖失措，兩者恰形成一強烈反差；此反差愈大，愈能凸顯出有量之軟弱且缺乏識見的性格。賈文昭、徐召勛合著之《中國古典小說藝術欣賞》一書中曾提到「誤會」敘事技巧在古典小說裡有三種功用：一是刻劃人物性格；二是對故事的情節發展起決定性的作用；三是增加小說的真實感和趣味性。〔註180〕顯而易見的，《警寤鐘》的作者在此篇運用「誤會」的修辭技巧上，以達到刻劃人物性格的效果是非常成功的，表現出有量單純到近乎「天真」和對人渾然不疑的人格特質。

男人懦愚的性格必然導致家庭悲劇的發生，自古皆然。尤其對傳統社會的婦女而言，她們的身分與價值，來自於男性系譜的決定。〔註181〕她們所賴以依靠的父系社會作用力一旦傾頹或消失，將立即陷入進退失據的危殆處境，成為其他男人眼中的禁臠。有量性格的軟弱與謀生能力的欠缺，不僅無法妥善庇護妻子，也暗喻海氏隨時可能遭受其他男性的染指，陷入徬徨無助的困境。海烈婦不堪受辱，終投繯自縊，以保清白。海氏死後，林顯瑞將其屍骸藏在米中，意圖湮滅證據。這也是卷目之所以稱為「米櫃流芳」的緣故。

〔註180〕參見賈文昭、徐召勛著：《中國古典小說藝術欣賞》（臺北：里仁出版社，1983年），頁 159。

〔註181〕關於明清女性貞節觀念的形塑與影響，可參見費絲言：《由典範到規範：從明代貞節烈女的辨識與流傳看貞節觀念的嚴格化》（臺北：國立臺灣大學歷史學研究所碩士論文，1997年），頁 13～14。

米槨，即以米爲棺也。當官府因藍九密告上船驗屍時，引起眾人圍觀，轟傳一時，其文曰：

> 藍九就往米中爬出，……只見玉色柔膚，勃勃如生，面貌一些未改，臉上淚痕還在；衣服雖然鶉結，卻褲與裙連，裙與衣連，裏外上下，互相交綴，兜底密縫，乃是他丈夫去後，恐有奸人暗算，自己細細連縫的。當時看的人，就如山擁，無不嘖嘖嘆異。（《警寤鐘》頁87～88）

此事發生於康熙六年正月二十七日，其時正值天寒地凍之際。根據浪墨仙人《百煉眞海烈婦傳》第十回的描述更爲傳神：

> 見海氏身上，止穿得三層舊布衣，並無半點綿絮，渾身都是補孔。
> 又見他衣連著裙，裙連著膝褲，膝褲連著鞋子，縫得沒些空隙，堅固異常。〔註182〕

海烈婦以一弱女子身陷賊船，內無丈夫護佑，外有無賴環伺，孤立無援之下，只能將衣服上下連身緊縫，以防受辱，貞烈之舉令人感佩。這件帶有傳奇色彩的抗爭過程，因當時圍觀的民眾甚多，在大家口耳相傳之下，消息自然而然就盛傳開來。據說官方在隔年康熙七年八月，奉旨旌表海烈婦。康熙二十七年又在其廟中賜匾額，上書「鐵芙蓉」三字。乾隆年間奉旨旌獎並賜予對聯，道光年間還敕建海烈婦廟，海氏可謂「備極哀榮」。〔註183〕文中以「海氏自立祠之日，……日日神靈赫濯，香火日盛一日雲」（《警寤鐘》頁89），道出當時民間祭祀烈婦的盛況。而壞人的下場異常悽慘，乃意料中事。文中描述楊二被差人拿獲時，「眾人俱向前，拳打腳踢，磚頭棒槌，如雨點般一齊亂下，將楊二登時打做個肉餅兒，竟不分出個頭足了」（《警寤鐘》頁88）；林顯瑞在被梟首後，被眾人踐踏爲肉泥，人人稱快。面對這場慘劇，既然逝者已去，文人又不忍苛責書生的孱弱和糊塗，於是有學者便說，只有兩個辦法可以平息憤怒，以撫平眾人心頭的創傷和悲涼，那就是「嚴懲兇手」以及「祭祀烈婦」。除告慰天靈惡人終有報應外，對於活著的人來說，祭祀烈婦也有掩飾男性內心愧疚與卸責推諉的複雜心理。〔註184〕這件驚動四方

〔註182〕參見〔清〕浪墨仙人編輯：《百煉眞海烈婦傳》，頁381。

〔註183〕所述資料參見韓婷婷：〈寒儒的悲哀——試論清代海烈婦故事〉，《文學前沿》（2007年），頁171～172。

〔註184〕參見韓婷婷：〈寒儒的悲哀——試論清代海烈婦故事〉，《文學前沿》（2007年），頁173～176。關於「祭祀烈婦」反映掩飾男性內心愧疚與卸責推諉的

的海烈婦事，至此雖暫告落幕，但從《警寤鐘》卷之四〈海烈婦米櫚流芳〉一文看來，其敘事話語所帶來的反思不容小覷，尤其置於明清易代鼎革之際，本文所指涉的文化意義，遠遠超過文字符號所能表意的範圍。下文擬從易代之際陳有量的儒生背景談起，旁涉明清貞節烈女貞節觀念的形塑與影響，終論此篇的深層話語之意指實踐，作爲〈海烈婦米櫚流芳〉一文敘事話語的反思表述。

2、《警寤鐘》卷之四〈海烈婦米櫚流芳〉敘事話語的反思

（1）易代之際寒儒的悲歌

《警寤鐘》一書前雖無序言，然鍾毅論及《警寤鐘》四卷的主旨分別是仁厚、忠義、孝悌、節烈時指出：「作者透過以上四事，以顯報應不爽，警醒世人，勸善懲惡。」〔註185〕歐陽代發的《話本小說史》也說：「《警寤鐘》主旨在宣揚孝悌節烈，說教氣重。……以果報不爽敲響『警悟』癡頑的『鐘』聲。」〔註186〕其敘事話語的模式，大致離不開道德勸世的基本宗旨，惟偏向以果報題材來警世勸善。再細究之，更能發現嗤嗤道人所編撰之《警寤鐘》書中四卷故事，獨缺「君臣」這一類政治敏感的題材。不難想見清初官方對小說戲曲的禁毀政策與文字獄的雷屬風行。

《警寤鐘》卷之四〈海烈婦米櫚流芳〉雖明寫海烈婦，揭露康熙初年地方惡棍、漕卒旗丁欺壓善良百姓的情形，小說裡同時也反映了明遺民曲折隱晦的心理流轉。江南文人面對明清鼎革後的敏感時代，尤其在不久前的康熙四年正月，甫發生吳縣塘村陳烈婦因拒奸被殺事，帶給世人的感慨尚未消逝〔註187〕；現在又發生海烈婦事，這對本已因亡國而傷感不已的文人來說，無疑是雙重打擊。且文人心思細膩、善於比附，士子亡國之痛與貞烈死節的受害女性，在某種程度上，皆具有創傷無助的同質心理。一邊是因異族侵凌，迫使朝代更迭遞嬗，不得不成爲歷史學家筆下的前朝遺民；其作爲孤臣孽子的心靈衝擊與精神創傷，常讓自己徘徊於過去／現在的時空錯亂與存在價值，始

複雜心理，與有明以來的貞節觀密切相關，這部分下節將有詳實論述。

〔註185〕引自鍾毅：〈前言〉，收錄於〔清〕嗤嗤道人撰、鍾毅校點：《警寤鐘》（瀋陽：春風文藝出版社，中國古代珍稀本小說，1994 年），頁 157～158。

〔註186〕此論見於歐陽代發：《話本小說史》（湖北：武漢出版社，1997 年），頁 441。

〔註187〕此事有康熙四年〈金太傅塘村烈婦陳氏墓誌銘〉一文，載於〔清〕浪墨仙人編輯：《百煉眞海烈婦傳》（上海：上海古籍出版社，《古本小說集成》編委會編，1990 年），頁 1～5。

終處在生／死的意義辯證之中。而另一邊，則是身爲女性的海烈婦，慷慨從容地犧牲生命以保節操。從明遺民的角度視之，烈婦死節，很大程度地彌補了遺民心理上的缺憾，「貞烈」二字的意涵，不僅適用於女性，對明遺民也有「砥礪」的精神效果。因此我們發現海烈婦事除被改寫爲多種性質各異的小説外，文人爭相立傳，可爲佐證。像是前文提及的陸次雲、方孝標的《海烈婦傳》外，還有入清後即未出仕的遺民周篔（1623～1687）《海烈婦傳》（見《廣虞初新志》卷十）〔註188〕，晚年以江南奏銷案被黜，絕意仕進的董含（1624～1697），其筆記體小説《三岡識略》卷五〔註189〕，亦詳述了海烈婦事件始末，內容與筆法和周篔《海烈婦傳》大致相同。兩人留意於明清之際有關世道人心、風俗倫常者，與易代世變帶給他們的影響有絕對的關係。〔註190〕

　　既然政治問題過於敏感不能碰觸，如何表達此時文人處境便頗費周章。《清史稿》記載陳有量是「儒家子。貧無食，轉徙常州」。作爲一個「儒家子」卻淪落到「貧無食」的窘境，可知有量只是一介寒儒，一生未中舉、未發跡，屬於下層文人，社會地位低下。無獨有偶的，有量的寒儒背景，與江南大多數小説作家的貧困化背景極爲相同。他們一生大多窮困潦倒，落拓以終；有的絕意仕進，或隱逸山林，或遁跡方外，生活多陷於困境，有些甚至到了無以爲繼的地步。〔註191〕雖説《警寤鐘》卷之四〈海烈婦米欄流芳〉爲時事小説，作者以「新聞報導」的史實態度書寫。但當作者與文本故事主人公的人生經驗雷同，難保作者不會移情於文、借事抒情。本篇據此，將陳有量描寫成「素性孱弱，爲人

〔註188〕〔清〕黃承增編輯：《廣虞初新志》（北京：人民日報出版社據民國間上海掃葉山房石印本排印，1997 年）。
〔註189〕參見〔清〕董含撰、致之校點：《三岡識略》（瀋陽：遼寧人民出版社，2000 年）。
〔註190〕韓婷婷在文中指出，董含年十五即補博士弟子員，順治三年出應清朝科試，順治十八年殿試二甲第二名。旋以江南奏銷案被黜，放歸田里，終因清廷對江南士子的摧殘而落得「三十功名塵與土」的結局。此後又經歷三藩之亂等變故，遂絕意仕進。豪華落盡，他看淡了個人的榮辱，卻無法抹去心底因過去歲月的過錯帶來的無限愧疚：董氏家族幾代都曾深沐前朝皇恩，而他卻參加了新朝舉行的考試。也許是出於「贖罪」的心理，他開始留意明清之際的天下事，積成十卷《三岡識略》。參見氏著：〈寒儒的悲哀——試論清代海烈婦故事〉，頁 175。
〔註191〕參見朱萍：《明清之際小説作家研究》（北京：中國傳媒大學出版社，2009 年），頁 74～80。朱萍指出，明亡後，像反清志士「易堂九子」生活都很貧困。易堂九子之一的彭士望（1610～1683）在〈與陳少遊書〉中記載：「易堂諸子各以饑驅，遊藝四方。」許多明清之際小説作家生活貧困，從許多研究資料顯示，已是不爭的事實。

質樸」，且不善治生、家貧如洗的落魄書生，似與江南失意文人如出一轍；反觀海烈婦則是一位完美的女性，她美麗聰敏、溫柔賢慧、堅貞而剛烈，一肩挑起生活重擔。海烈婦的悲劇，在於代表傳統儒家人格的有量，竟無法保護自己的妻子免於市井無賴的侵犯；面對社會嚴峻的挑戰全然束手無策。這在易代之際，無疑是對江南士人的尊嚴與自信再次予以無情的痛擊。

明清之際清廷對江南的慘酷屠戮，世人猶惶怖在心，無助女性成為戰爭下最大的受害者。王秀楚〈揚州十日記〉曾寫實地紀錄女子在清兵淫威下苟活的片段：

> 三卒將婦女盡解溼衣，自表至裏，自頂至踵，并令製衣婦人，相修
> 短、量寬窄，易以鮮新。諸婦女因威逼不已，遂至裸體，不能掩。
> 換衣畢，乃擁諸婦女飲酒食肉，無所不為，不顧廉恥。〔註192〕

這只是清初社會動盪頻仍下的縮影，不論是鎮壓或是反抗，婦女作為一弱勢群體，成為首當其衝的犧牲者。此時期盜寇為掠，官方力量實難以顧及，不肖官兵若結合地方勢力，貪暴亂象便會層出不窮，百姓苦不堪言。漕船卒魁林顯瑞就是一個明顯的例子。清初為了維持頻繁的軍事調度和宮廷、百官龐大的食用之需，十分重視全國的漕運。在民間，沿著運河兩岸逐漸出現了一種依附於漕運的旗丁、漕夫以及私鹽販子，他們按照糧運區分為幫，幫中有代表運丁和官府聯繫的「丁頭」。他們濫權跋扈，經常徇私舞弊，壓榨運丁；還仗著政府對漕運的依賴，橫行於運河兩岸，壓榨百姓。故事中的林顯瑞就是這樣一個挾勢弄權的好色之徒。〔註193〕當一介寒儒處處受制於漕船旗丁，當「百無一用是書生」成為「志大才疏」的文人無奈的下場時，這些曾經被士子文人所鄙夷不屑的市井無賴一旦得勢，此消彼長，情勢翻轉，本文之悲劇性便不言而喻了。

相較於海烈婦的完美典型，陳有量儒愚孱弱的個性，成為本文對儒生最大的諷刺與批判。作為時事小說，由於故事內容大多為社會真實案例，因此更具有說服力。明亡以來清初的學風，原是對晚明心學空疏茫昧之反動，以

〔註192〕參見〔清〕王秀楚：《揚州十日記》（合肥：黃山書社據清鈔本影印，2009年），頁3。

〔註193〕清例漕船開行時，民船皆須避讓。時人有詩云：「糧船凶如虎，估船避如鼠……估船偶觸糧船旁。旗丁一怒估船慌，蠻拳如鬥豈能擋？願輸燭酒雞鴨羊，廟中罰金祭龍王。」形象地刻畫了漕運旗丁蠻橫跋扈、仗勢欺人的醜惡嘴臉。參見韓婷婷：〈寒儒的悲哀——試論清代海烈婦故事〉，頁173。

實學為宗，摒棄無用之學。易代之際，烈婦死節慘酷之事不勝枚舉，史不絕書，斑斑可考，然大多隱匿於歷史書寫中。而《警寤鐘》卷之四〈海烈婦米欄流芳〉之所以受到世人重視，不論從作為事件的角度來褒揚海烈婦，或是從精神上來看海烈婦事為讀書人所帶來的衝擊與反省，在在說明此事撼動了天底下所有文人士子的心靈，亦契合此時崇實尚節的整體時代士風。

（2）父權欲望符碼下的犧牲

> 從夫去國即遭殃，青塚柔魂也斷腸。
>
> 孩稱亦能說海氏，趨祠拜倒叫貞娘。（《警寤鐘》頁 84）

明清之際，自古所謂「忠臣不事二君，貞女不更二夫」〔註194〕的觀念，將婦女的貞節觀與君臣政治的倫理性等量齊觀的情形極為普遍。根據董家遵對歷代節烈婦女的統計來看，明代烈女的總數遠超過其他時代。他對烈女所下的定義為：「犧牲生命或遭殺戮以保她底貞潔」。〔註195〕安碧蓮於《明代婦女貞節觀的強化與實踐》一書中也指出，明末亂世守貞而死的烈女數量相當龐大，僅次於夫亡而殉夫的烈婦。〔註196〕海烈婦為了守貞而自縊，凸顯「為夫守貞」的必要性，這是延續了明代婦女貞節觀的結果。

明代貞節烈女的生產機制，主要經由以下三個途徑：一是官方表揚記錄，它是經由國家的婦女貞節表揚制度而產生；二是傳記、碑刻等文字記載，經由士人的節烈書寫而完成；三是節烈故事在地方社會的流傳，經由人們的傳述、記憶書寫下來。〔註197〕歷史的經驗法則告訴我們，貞節烈女的「激烈化」，往往是在其大量化的發展趨勢之下所衍生的一個特殊現象，頗有「標新立異」的味道。

當年西漢劉向（約西元前 79 年～前 8 年）〔註198〕撰寫《列女傳》的目

〔註194〕〔宋〕孫奭：《孟子注述》（臺北：藝文印書館十三經注疏本，1960 年景清嘉慶二十年江西南昌府學刻本），卷 6 下，頁 117。

〔註195〕參見董家遵：〈歷代節烈婦女的統計〉，收錄於《中國婦女史論集》（臺北：稻香出版社，1992 年），頁 113。

〔註196〕安碧蓮：《明代婦女貞節觀的強化與實踐》（臺北：中國文化大學史學研究所博士論文，1995 年），頁 110。

〔註197〕此部分可參見費絲言：《由典範到規範：從明代貞節烈女的辨識與流傳看貞節觀念的嚴格化》，〈第一章〉至〈第三章〉，頁 65～187。

〔註198〕劉向，字子政，本名更生，漢沛縣人。漢高祖弟楚元王劉交的四世孫。劉向生平可參見《漢書》，卷 36，〈楚元王傳附劉向傳〉，見（東漢）班固：《漢書》（臺北：鼎文書局，1976 年），頁 1928～1966。學術界迄今對劉向的生卒年

的，旨在宣揚王教的儒家政治道德，抑制外戚、後宮的專橫，並用以「戒天子」。原以男性讀者爲取向的書（主要讀者爲漢成帝），後來發生變化，《列女傳》卻成爲後人「戒婦女」的規範，對婦女言行多所限制。我們發現後世史書中的《列女傳》專爲女性而寫，並期望從「典範」的貞順節烈的事例中，達到「規範」女子的目的。晚近入史之女性更以「貞烈」爲入傳唯一的標準，《列女傳》中出現的女性形象反而逐漸由多元變爲一元。〔註199〕劉向《列女傳》一書中，原本紀錄了婦女各種不同的德行，皆屬「女德善惡繫於家國治亂之效者」，分別有母儀、賢明、仁智、貞順、節義、辯通以及孽嬖等七大類，且「善惡兼收，不專節操」，不論內容或是類別，實遠大於後世對「烈女」僅注重在貞順節烈的褊狹概念。

　　「烈女」寫入《列女傳》，正是「激揚風教」的結果，而這與社會價值觀念普遍對女子之「貞節」意識日趨嚴格化有絕對的關係，亦是反映整個時代潮流集體的文化心理現象。在宗族倫理宗教化觀念的導引下，世俗的道德觀和社會輿論的褒貶標準緊密結合，形成一種專以價值導向爲分判的行爲：此即所謂的「文化迫力」（cultural compulsion），使得女子烈行變本加厲，淪爲禮教的犧牲品。以唐、宋之後的明代爲例，官方「旌表節烈」的婦女載於實錄及縣邑志的人數，不下萬餘人，創下歷代列女傳的最高紀錄。是故負責纂修《明史》的張廷玉（1672～1755），比較漢代以來各朝女性入傳的準則開始撰寫〈列女傳〉時，在序言中曾經發出這樣的慨嘆：

> 劉向傳列女，取行事可爲鑒戒，不存一操。范氏宗之，亦采才行高
> 秀者，非獨貴節烈也。魏、隋而降，史家乃多取患難顚沛、殺身殉
> 義之事；蓋輓近之情，忽庸行而尚奇激，國制所褒，志乘所錄，與
> 夫里巷所稱道，流俗所震駭，胥以至奇至苦爲難能；而文人墨客往
> 往借俶儻非常之行，以發其偉麗激越跌宕可喜之思，故其傳尤遠，

持兩種不同的說法，今依據錢穆的〈漢劉向、歆父子年譜〉，該文原刊載於1930年《燕京學報》第7期，今參考臺灣商務印書館1980年的版本。

〔註199〕列女入正史，始於《後漢書》，從此，女性以性別作爲一種分類方式，在紀傳體史書中，形成個別性質的列傳。自《後漢書》後，《晉書》、《魏書》、《隋書》、《北史》、《舊唐書》、《新唐書》、《宋史》、《遼史》、《金史》、《元史》、《明史》、《新元史》、《清史稿》諸史皆沿襲之，於體例中皆置有《列女傳》，由此可見范曄對中國史學體例的建立影響深遠。參見衣若蘭：〈《後漢書》的書寫女性：兼論傳統中國女性史之建構〉，《暨大學報》第4卷第1期（2000年），頁17～18，「摘要」與「前言」部分。

而其事尤著。然至性所存，倫常所係，正氣之不至於淪漸，而斯人
之所以異於禽獸，載筆者宜莫之敢忽也。〔註200〕

　　後代烈女演變成標榜「至奇至苦」、「矯死干譽」的脫序行為，已非遠在
漢代的劉向所能想像。有學者便認為，「貞節」觀念的嚴格化，除了表示婦女
喪失對自己身體的主控權外，就社會整體而言，更意謂著一種非理性思考的
盛行，也就是所謂「貞節觀」的宗教化傾向，變得非常狹義，差不多接近宗
教的狂熱。〔註201〕這是從文化心理的層面立論，若從明代貞節烈女的「生產
機制」來看，張廷玉的感嘆，主要是針對「生產機制」自身的激烈化現象而
言。而促成這個機制運作的內在動力，張氏認為，來自於人們普遍對「異聞」
的獵奇心理，進而影響士人的節烈書寫，傾向傳述「非常」之行。因此文人
往往藉由「奇激之行」，以發「其偉麗激越跌宕可喜之思」，來增加創作的靈
感。海烈婦富有傳奇色彩的抗爭過程，自然符合了世人獵奇的心理，所以不
僅獲得國家的旌表、士人的節烈書寫外，並在地方上廣為流傳。

　　延續晚明以來的貞節觀，海烈婦殉身守節乃「天經地義」，有助於教化與
社會風俗，身後獲得極大榮耀：縣官捐金立祠，知府乃至部院皆來祭奠，朝
廷下旨旌表，且祠堂香火鼎盛不絕，神靈顯赫。在《百煉真海烈婦傳》一書
裡，就寫到海氏死後成神，能夠驅使土地公替她傳信。烈婦被塑造為神，在
歷史上較為少見。其實在這「神話」的背後，海烈婦充其量只是傳統封建社
會父權欲望符碼下的犧牲者。

　　首先，對傳統社會的婦女而言，貞節烈女不僅是一種行為模式，更是她
們的道德實踐。婦女的節烈行為，來自傳統婦德中的「守身」概念；而婦女
「守身」的道德價值，是由中國傳統父系社會所給予的。易言之，就是由父
系社會中婦女的定位衍生出來的道德實踐。更重要的是，貞節烈女的「功能」
性意義，在於充分維繫了父系社會的結構，這其中包含了家庭的延續以及「確
保」父系血脈的純正，所以她們自古便被賦予了維繫「人倫綱常」的崇高意

〔註200〕參見〔清〕張廷玉等撰、楊家駱主編：《新校本明史並附編六種》，卷301，〈列
　　　　　女傳〉189，頁7689。
〔註201〕參見陳東原：《中國婦女生活史》（臺北：臺灣商務印書館，1994年），頁241
　　　　　～246。陳氏認為：貞節觀念變為宗教化的意義，是對於貞節觀念只有迷信，
　　　　　不顧事實，不講理性之謂。而貞節觀念宗教化最無理的表現，莫甚於「未嫁
　　　　　盡節」與「室女守志」，類似的事蹟反映出貞節觀念宗教化傾向，而這在劉向
　　　　　《列女傳》中皆有案例可循。

義。〔註202〕奠基在這個意義上，烈婦守節，世人稱頌；婦人一旦失節，不僅遺臭萬年，死後亦無顏面對列祖列宗。

其次，海烈婦死後被塑造為神，實為父權欲望符碼下的一種價值轉換，除掩飾女性在父權社會體制下遭受的戕害與不公外，更為男性的懦弱無能卸責，試圖編織一個華麗而空洞的「神話」，馴化天底下所有的女性。在這樣的社會裡，男性一方面從肉體上傷害女性、玷汙她們的貞節，另一方面無力去應對殘暴的社會現實，只好讓女性去反抗、犧牲，男性再用生花妙筆、用美麗的神話在靈堂的縷縷青煙中，去「讚賞她們帶著美妙檀香芬芳的冰冷遺體，讚譽她們用死亡作為代價換來的貞節」。〔註203〕就中國傳統父權社會而言，標榜三從四德的神聖典範，目的在「規範」所有女性的行為與觀念，出發點完全是從男性的角度考量，漠視女性身體的自主權。就像海烈婦四德兼備，不敢拋頭露面，就怕自己的美貌會招惹是非；努力做女紅賺錢養家，就為了丈夫讀書求取功名；她的丈夫素性孱弱，她從旁鼓舞、時加提點、婉言相勸，對丈夫絲毫沒有怨語；與丈夫意見相左的時候，她選擇順從，然後再想辦法彌補丈夫的過錯；最後她為丈夫守節自縊，死後還託夢溫婉地提醒丈夫另取別室，以延續香火。在傳統的價值觀中，海烈婦確是位極為賢德的婦女，她被立祠祭祀，即是充分展現父權欲望符碼下所建構出來的一種威權話語。如同「神話」作為一種信念，它是虛假的，但同時又是冥頑不化的。〔註204〕它深植人心，成為一種普世價值，世代為人們所信守。

最後，烈女殉死的表現，在國家鼎革、異族侵略之下，被視為自我犧牲的英勇行徑與忠誠的展現，據說竟因此鼓舞了從事「反清復明」運動的男人。所以清初之際，滿人不願接受以婦女自殺的戲劇化意象做為忠貞的表徵。〔註

〔註202〕參見費絲言：《由典範到規範：從明代貞節烈女的辨識與流傳看貞節觀念的嚴格化》，頁 9～21。費絲言指出，婦女沒有本然固定的身分，必須經由「三從」的原則來認定：即未嫁從父、出嫁從夫、夫死從子。婚前身分的認定，來自天生血緣的聯繫；婚後則來自於與丈夫的婚姻與性的雙重連結，皆必須經由「身體」來確立「身分」的憑藉。「守身」的重要，代表的不只是婦女身體上的貞操，也包含對婚姻的「節操」。「殉節」就是對一切「失節」的反抗，以達成「守身」的目的。

〔註203〕此語見韓婷婷：〈寒儒的悲哀──試論清代海烈婦故事〉，頁 175。

〔註204〕參見〔英〕西格爾（Robert A. Segal）著；劉象愚譯：《神話理論》（Myth: a very short introduction）（北京：外語教學與研究出版社，2008 年），頁 170。

〔註205〕此說參見〔美〕曼素恩（Susan Mann）著；楊雅婷譯：《蘭閨寶錄：晚明至盛清的中國婦女》（臺北：左岸文化出版，2005 年），頁 78～79。

205〕他們也深諳婦女的死節與遺民意識連結的弔詭，不利於清初天下甫定的統治，欲破除這層關係的聯想，最好的方法，即是由官方出面予以旌表，收編貞節烈女所代表的政治話語權。明清鼎革之際殉難女子之「死節」，往往被賦予「忠貞」的政治寓意，道理即在此。而旌表這些女子的是清官，即新政權的代表。〔註206〕朝廷並史無前例地在正史增設〈貳臣傳〉，且以甲乙等差之，其藉由「忠貞」二字的文化意涵操作敘事話語權的企圖昭然若揭。準此，我們發現，「身體」本身也可以是一種話語形式，因此有學者便認為身體是寫作者的工具，可以用來關注統治階級的問題，以及全然抽象的統治心理。〔註207〕

綜言之，不論是「三從四德」的貞節烈女，或是作為一種信念、建構性的美麗神話，還是被賦予「忠貞」的政治寓意，最後都指涉出一種事實——以海烈婦為代表的中國傳統貞烈女性，皆淪為父權欲望符碼下的犧牲者。《警寤鐘》卷之四〈海烈婦米椰流芳〉一文，其敘事話語的反思，實值得我們深究之。

第二節　明清易代之際話本小說中的末世話語

一、豆棚下敘事話語的反思

寫於明清易代之際的《豆棚閒話》，其敘事話語之豐富多樣性，正如作者艾衲居士謎樣的身世，迄今猶未被人完全發掘。本節論述跳脫以往古典文學實證的研究策略，擬採文化研究（cultural studies）的方法論，兼之以後現代論述中解構主義反思求索的精神，嘗試將《豆棚閒話》「敘事話語」的脈絡與其發展軌跡，置於明清鼎革的「末世語境」中來加以觀察。除反思豆棚下敘事的話語表徵、外在權力與內在文化符號彼此對應的一種潛質關係外，希冀證成明清易代下的《豆棚閒話》，其在話本小說中所隱含關於敘事話語的幽微變遷。

早年學界對《豆棚閒話》的認識不深，評價不高，主要原因來自於胡適

〔註206〕見李惠儀：〈性別與清初歷史記憶——從揚州女子談起〉，《臺灣東亞文明研究學刊》第 7 卷第 2 期（2010 年 12 月），頁 311。
〔註207〕參見〔美〕司徒安（Angela Zito）：〈賣身為父：中國十七世紀的父母採購〉，收錄於熊秉真、張壽安合編：《情欲明清——達情篇》（臺北：麥田出版社，2004 年），頁 221。

（1891～1962）的一番話，他說：「此中十二篇都不是好小說，見解不高，文字也不佳。」〔註 208〕此番評論，讓《豆棚閒話》背負「狎世奇談」〔註 209〕的名聲。尤其晚明以來，《三言》、《二拍》素以勸喻世人、教忠教孝爲其編撰之宗旨，此種荒唐無稽、誇張奇炫說故事的敘事表現手法，自不被時人所重視。

　　鄭振鐸（1898～1958）則認爲全書皆以在豆棚之下的談話爲線索，一氣貫串下去，卻是從前任何話本集所不曾有過的體裁，遂將此種敘事結構稱爲「故事索」，發掘了《豆棚閒話》在敘事結構上的創新之見。〔註 210〕趙景深（1902～1985）在《中國小說叢考》一書，肯定《豆棚閒話》「文筆雅潔豐贍，卻是話本中少有的。」文評家開始對此書有了較爲持平正面的評價，他並將《豆棚閒話》與世界名著《天方夜譚》及《十日談》相提並論，認爲《豆棚閒話》在結構上與它們相似。〔註 211〕

　　最先將《豆棚閒話》置於中國白話小說史上非常重要的地位，是美籍漢學家韓南（1927～），他認爲：「就其形式而言，不僅標志著和馮夢龍及其同時代的人所採用的、又由李漁和《照世盃》的作者稍加改變的小說形式的決裂，而且也標志著和中國白話小說本身的基本模式和方法的決裂。」〔註 212〕後來石昌渝（1940～）甚至在《中國小說源流論》一書中認爲，「中國白話短篇小說如果在《閒話》的起點上再向前邁進，那就要走向近代小說的範疇。」〔註 213〕歐陽代發《話本小說史》綜述其藝術價值，認爲《豆棚閒話》的語言「雅潔豐贍，幽默風趣，在收放自如、任意揮灑中，時常涉筆成趣，意味深長。」〔註 214〕後來的學界即奠基在這些基礎上，對《豆棚閒話》陸續展開各種深入且廣泛的探討，研究成果豐碩，此不贅述。

　　刊行於清順治初年至康熙初年間的《豆棚閒話》，作者艾衲居士適逢具有

〔註 208〕參見胡適：《胡適古典文學研究論集》（上海：上海古籍出版社，1988 年），頁 962。

〔註 209〕此爲王增斌語，見氏著：《明清世態人情小說史稿》（北京：中國文聯出版公司，1997 年），頁 348。

〔註 210〕見鄭振鐸：《中國文學研究》（北京：人民文學出版社，1988 年），頁 408。

〔註 211〕趙景深：《中國小說叢考》（山東：齊魯書社，1980 年）。

〔註 212〕〔美〕韓南著；尹慧珉譯：《中國白話小說史》（杭州：浙江古籍出版社，1989 年），頁 191。

〔註 213〕石昌渝：《中國小說源流論》（北京：三聯書店，1989 年），頁 288。

〔註 214〕歐陽代發：《話本小說史》（湖北：武漢出版社，1997 年），頁 403。

特殊歷史意義的「明清之際」。此時期不僅在歷史上呈顯詭譎多變的時代氛圍，「明清之際」在文化上亦具有世變、轉化和傳承的多元特徵。結社、唱和之風遍行文人階層，庶民、商賈、閨秀乃至僧道之作，皆史無前例地被廣泛討論。綜合上述所言，此時期的「文化語境」〔註215〕最爲特殊。它代表著不同話語系統或話語類型的出現，共同反映了此時期歷史文化轉型的面貌。各種文化層次的力量相互爭鳴，打破傳統威權話語的獨霸局面，因而形成歷史文化轉型時期的多元話語型態。作者身處當時多重交錯的文化語境，與同時期的其他通俗小說作家一樣，試圖藉著有別於經、傳、子、史等「主流話語」的「邊緣話語」，言志與抒情，以期在話本小說開創所謂「狃世奇談」的敘事話語。筆者認爲，社會上的任何一種文化現象其實就是一種話語的表達方式，而影響和控制話語的基本元素就是權力。社會上權力的展現必須透過話語方能有效達成，誰能掌控話語的發言權，便是掌握了權力。文學的話語同樣源於權力的運作，是社會歷史和政治關係結合下的產物。清初話本小說的敘事話語，可以說是正值明清之際、時世的變化中，群體作家對於自我生活處境的一種思考；其中既有歷史文化語境的制約因素存在，也充滿了政治性意識形態的選擇與表現。〔註216〕

（一）豆棚冷眼看世情：域外邊緣化的敘事話語

根據現有目錄輯錄情形來看，孫楷第（1898～1989）《中國通俗小說書目》著錄《豆棚閒話》的版本主要有四種：清乾隆辛丑（四十六年，1781）書業堂刊本，乾隆乙卯（六十年，1795）三德堂刊本，嘉慶戊午（三年，1798）寶寧堂刊本和嘉慶乙丑（十年，1805）致和堂刊本等四種，均題「聖水艾衲居士編」。〔註217〕除了《豆棚閒話》外，艾衲居士還評訂過另一部小說《跨天虹》，由此書前題「鷲林斗山學者初編，聖水艾衲老人漫訂」可知，而今存《跨天虹》乃殘本。由於資料的缺乏，艾衲居士的眞實姓名及生平已無從可考，我們僅能從天空嘯鶴的《豆棚閒話·敘》與紫髯狂客的總評中得到一些線索；

〔註215〕文化當其成爲圍繞話語、影響話語又受話語影響的語言性環境時，它就是「文化語境」了。因此對話語／歷史關係的追問，直接地就是對話語／文化語境關係的闡釋了。參見王一川：《修辭論美學：文化語境中的二十世紀中國文藝》（長春：東北師範大學出版社，1997年），頁82～84。
〔註216〕參見李志宏：《明末清初才子佳人小說敘事研究》（臺北：大安出版社，2008年），頁244。
〔註217〕參見孫楷第：《中國通俗小說書目》（北京：人民出版社，1991年），頁120。

且歷來學者眾說紛紜，尚未形成共識，今從略。

《豆棚閒話》真實姓名和身分雖已不可考，但在天空嘯鶴漫題的《豆棚閒話‧敘》中說：

> 有艾衲居士者……賣不去一肚詩云子曰，無妨別顯神通；算將來許多社弟盟兄，何苦隨人鬼譚。況這猢猻隊子，斷難尋別弄之蛇；兼之狼狽生涯，豈還待守株之兔。〔註218〕

天空嘯鶴在這篇〈敘〉中，先是鼓吹艾衲居士有「驚座脫囊」的才學，又由「賣不去一肚詩云子曰」，透露出他科舉落第、懷才不遇的信息；而「算將來許多社弟盟兄」，可知艾衲居士曾參加過明末清初興盛的士人結社，但這似乎也不能幫助他一展文才。不第的落魄書生為稻粱謀，只有撰書賣文、擔任教職、或算命醫藥這幾條活路，其生計之艱困可想而知。上述引文所指出的「科舉」與「社盟」，其關係異常密切、互為表裡，乃明清之際普遍的社會習尚，當代士子的集體記憶，同時「社盟」也是士人之間所形成的一種特殊權力場域（Field）（布爾迪厄語，文詳後）。文人結社本為酬唱詩文、切磋制藝，為應舉作準備，後進而轉為砥礪名節、臧否時政。明清易代之際，抗清遺民多為社盟中人，史冊可考。在清康熙二十五年（1686）清廷下令革查社學以前，江南著名的文人學者幾乎沒有不在社團中的，可見其勢力之龐大。〔註219〕「科舉」與「社盟」所代表的意義，隨著明清發生許多撼動朝綱、腥風血雨的重大歷史事件後，已遠遠超過它的表象能指，尤其當面臨「華／夷之辨」的民族矛盾，如何維繫春秋正朔的道統大業，成為此時期的文人普遍的意識思維。這兩條文化脈絡，亦屢成為近代學者關注的對象。如《明末清初的學風》、《明清之際黨社運動考》、《明清之際士大夫研究》、《聚合與流散：關於明清之際一個士人群體的敘述》與關於明末清初的歷史書寫《想像與敘述》等書，〔註220〕不一而足。皆可讓我們略窺此時期話本小說作者

〔註218〕參見〔清〕艾衲居士：《豆棚閒話》（上海：上海古籍出版社，1993年），《古本小說集成》編委會據北京圖書館瀚海樓藏本影印，頁1～4。當本書引文再次出現時，僅標明頁碼，不再註明出處。

〔註219〕參見錢杭、承載：《十七世紀江南社會生活》（杭州：浙江人民出版社，1996年），第1章〈江南的文人社團〉，頁36。

〔註220〕這些專書所論，皆涉及明清之際士人如何自處的命題，從政治、社會、文化、經濟、地域等各種不同角度切入，而其論述主軸皆不離「科舉」與「社盟」兩大範疇，足見兩者影響明清讀書人至深且鉅。參見謝國楨：《明末清初的學風》（上海：上海書店出版社，2006年）；謝國楨：《明清之際黨社運動考》（上

所處的時代背景、深層的心理因素與士子權力場域運作的梗概。

　　根據現有的資料可知，我們發現明清之際小說作家的生活地域大多集中在江南一帶，北方相對少數。這可能與明清兩代北人尚武、南人習文的社會風氣，以及江南重視科舉的教育背景有關。「地域特徵」在明清之際小說作家創作心態研究中佔有極大分量，甚至可作爲理解中國歷史現象的一種線索，更可及於聯繫人物關係與人物命運的譜系。〔註 221〕曾於明清兩朝擔任要職的馮銓（1595～1672），針對南人與北人的文武差異，有段鞭辟入裡的見解，深獲順治帝（1638～1661）的認同；也道出清初統治者爲平衡南北費盡的心機，透露出「南──北」被「歷史」作成了何等嚴重題目的文化訊息，〔註 222〕銓奏曰：

> 南人優於文而行不符，北人短於文而行或善。今取文行兼善者用之可也。上頷之。〔註 223〕

　　江南由於先天獨厚的歷史文化積累，以及外來移民的積極參與，造就了杭州、蘇州與南京成爲明清創作、刊刻的三個中心地區。而馮銓的「南人北人論」，南人籍貫未必就在南方，北人也未必眞正的北方人，他著眼於地域性的「社會風氣」才會有此見論。就像艾衲居士寫江南豆棚下納涼閒話的故事，小說中便多次出現嫺熟的江南方言。〔註 224〕即使他本人籍貫未必在江南，我們也可推知作者應該曾經寓居江南或多次到江南一帶遊歷。所以江南地區獨特的政治、經濟、文化與生活方式，對作家創作心態勢必產生了間接或直接的影響。〔註 225〕

海：上海書店出版社，2006 年）；趙園：《明清之際士大夫研究》（北京：北京大學出版社，1999 年）；趙園：《聚合與流散：關於明清之際一個士人群體的敘述》（北京：中國文聯出版社，2009 年）。趙園：《想像與敘述》（北京：人民文學出版社，2009 年）。

〔註 221〕參見趙園：《想像與敘述》，頁 29。

〔註 222〕此爲趙園的評論。趙園針對南北歷史文化現象於易代之際的反映，作出深入精闢的論述。她說「明清之際江南（尤其東南）抵抗之力，清廷於清初對江南士人的報復之舉，都足以使『北人』這字眼在南人那裡有更複雜的意味。」參見氏著：《明清之際士大夫研究》，頁 77。

〔註 223〕〔清〕趙爾巽等撰：《清史稿》（北京：中華書局，1977 年），卷 245，〈馮銓〉列傳 32，，頁 9632。

〔註 224〕如第十則「虎丘山賈清客聯盟」，在通行的白話中摻雜有蘇州話，尤其賈敬山與眾白賞在虎丘山倡議結社的那段演說，堪爲蘇白的經典。

〔註 225〕參見朱萍：《明清之際小說作家研究》（北京：中國傳媒大學出版社，2009 年），「第四章明清之際小說作家的地域分布」，頁 43～57。朱萍於文中指出，明清之際的小說作家，絕大多數都是生活在江南一帶的士人，他們主要的活動

　　首先是自然環境帶來的影響。江南地區物富民豐、氣候宜人，宋明以來便是人口稠密、人文薈萃之地。無論是明朝還是清朝，此地皆是全國經濟命脈所在。商業的繁榮，殷實之家變多，帶動文化的發展，圖書收藏的風氣一時蔚然風行。著名的藏書家和藏書樓，有常熟錢謙益的絳雲樓、毛晉（1599～1659）的汲古閣、趙琦美（1563～1624）的脈望館、鄞縣范氏的天一閣、華亭陳繼儒（1558～1639）的寶顏堂、會稽祁彪佳（1602～1645）的澹生堂等。〔註226〕尤其是藏書的風氣，為小說的創作提供了基本素材與書寫的基礎。另一方面，讀書人口增加，參加科舉考試的生員日益增多，無形中也促進了小說的創作與發展，因為像艾衲居士這樣的科考落第者比比皆是。而這些未中舉、未發跡的生員大半一生落拓不得志，屬於中下階層的文人，社會地位不高，生活比較困窘。鬻文寫作成為他們主要謀生的方法之一，除可賺錢糊口外，尚能宣洩胸中磊塊。如艾衲居士「化嘻笑怒罵為文章」（《豆棚閒話·敘》頁148），寄託深遠的寓意，綜觀明清之際小說家的創作背景大抵如此。〔註227〕再者是江南特有的狂狷風度。例如明隆慶、萬曆年間的名士徐渭（1521～1593）、屠隆（1543～1605）等，他們放浪形骸、憤世嫉俗的作風，在士林頗引人側目。有學者便指出，艾衲居士的《豆棚閒話》語言風格「亦莊亦諧」，思想內容與古今定論、世俗成見大唱反調，或許是深受當時名士的精神所浸潤。〔註228〕而主導明清之際晚明敘事的「清初三傑」中的顧炎武（1613～1682）、黃宗羲（1610～1695），也都是江南人。此外，還有明亡後流亡日本的朱之瑜（1600～1682），晚年剃度為僧的方以智（1611～1671），著《國榷》的談遷（1593～1657）等人均是。

　　上述江南地區諸多獨特的文人風貌，反映在明清之際敘事話語的意指實踐上，便隱然成為一種集體敘事的文化表徵。英國文化研究理論學家斯圖爾特·霍爾（Stuart Hall），提出「語言提供了一個文化與表徵的運作方法的範型」作為觀察線索，此論點頗能概括「文學敘事」與「符號權力」之間的運作關係。他認為，各種話語是「指稱」或「構造」有關一個特定話語的實踐：譬

　　地區是杭州、蘇州和南京。

〔註226〕參見羅時進：〈明清江南文化型社會的構成〉，《浙江師範大學學報》第 5 期（2009 年），頁 67。

〔註227〕根據日本學者大木康的研究，明清之際白話小說的作者大多是諸生，而當時江南諸生最多，這或許是明清兩代小說作家多為江南人的重要原因。參見〔日〕大木康、吳悅：〈關於明末白話小說的作者和讀者〉，《明清小說研究》第 2 期（1988 年），頁 199～211。

〔註228〕參見朱萍：《明清之際小說作家研究》，頁 53。

如說是一組觀念、形象和實踐活動（或其構成體）等，它們提供談論一個特定話題，即社會活動或社會中制度化情境的方法，提供與此有關的知識和行為的各種形式的知識的方式。〔註229〕

　　基於此點認知，我們發現明遺民面對清兵入侵，在高舉反清復明的大纛下，他們的心理其實夾雜著矛盾與疑惑的複雜情緒。因為晚明王朝的腐朽專制與崇禎皇帝的剛愎自用，繼之南明小朝廷的昏聵無能，在在令人失望。「清初三傑」遂開始從學術上批判晚明的空疏學風和鄙陋習氣，反思明亡的經驗教訓。這場深刻的思想批判，將晚明士人、士風與明亡直接聯繫起來，將瀰漫於晚明的陽明心學，視為禍國誤民的重要原因，亦將明朝的覆亡，歸結為心學的空談心性。指斥其為「虛學」，導致社會黑暗，民不聊生，因而倡導「經世致用」之學。主張由宋返漢，欲重新恢復漢唐訓詁注疏之經學傳統，「樸學」的務實精神遂成為主流概念。遺民語境普遍具有批判性的反思精神，從這裡可以看得非常清楚，尤其針對晚明政治與歷史的批判，一場史無前例的道統論爭就此展開。〔註230〕反思明亡的敘事話語，顧炎武感慨當時清談之風更甚於魏、晉，說昔日之清談，談《老》、《莊》，而今之清談，談《孔》、《孟》。可是問題在於未能得其精要，只淪於細枝末節上下功夫，「未究其本，而先辭其末」，且「不考百王之典，不綜當代之務」，致使神州蕩覆、國政日益敗壞。下面的這段話，很具有代表意義：

> 舉夫子論學、論政之大端，一切不問，而曰「一貫」、曰「無言」，以明心見性之空言，代修己治人之實學。股肱惰而萬事荒，爪牙亡而四國亂，神州蕩覆，宗社丘墟。昔王衍妙善玄言，自比子貢，及為石勒所殺，將死，顧而言曰：「嗚呼！吾曹雖不如古人，向若不祖

〔註229〕另外值得一提的是，霍爾認為話語不僅考察語言和表徵如何產生意義，並且考察一種特有的話語所產生的知識如何與權力聯結，如何規範行為，產生或構造各種認同和主體性，並確定表徵、思考、實踐和研究各種特定事物的方法。在話語途徑中，強調的重點始終是表象的一種特定形式或其「秩序」的歷史具體性，而不是作為一般的關心來強調語言，而是強調特殊的語言或意義，也就是它們在各個特定時期、在特殊的地方被配置的方式。以上參見〔英〕斯圖爾特‧霍爾（Stuart Hall）編，周憲、許鈞譯：《表徵——文化表象與意指實踐》（北京：商務印書館，2003 年），頁 1～9。

〔註230〕參見趙園：《明清之際士大夫研究》，第八章〈關於遺民學術〉，其中有「遺民學術：批判性」，頁 344～347。關於明清之際的晚明敘事，可參見譚佳：《敘事的神話：晚明敘事的現代性話語建構》（北京：中國社會科學出版社，2009 年），頁 48～61。

尚浮虛，戮力以匡天下，猶可不至今日。」今之君子，得不有愧乎
其言！〔註231〕

　　他認為空言心性的清談導致了思想學術上的虛浮，形成「無事袖手談心
性，臨危一死報君王」（顏習齋語）〔註232〕的士風，是亡國的罪魁。且據說崇
禎死前曾斥責士大夫，認為士大夫負國家也。思宗治國救國的責任感與企圖
心，顯然比之前的任何一位明朝君主強上許多。故史家除對思宗深表同情外，
咸以崇禎的一生為「不是亡國之君的亡國悲劇」〔註233〕。明朝之所以滅亡，
皆因「諸臣所誤」。清初的此種反思語境，不僅成為滿清朝廷定調的官方話語，
更難得一見的是與民間的說法完全縮合。至今我們仍常看見描寫明清的歷史
小說與戲劇，將崇禎皇帝塑造為憂國憂民的賢君即可明瞭，當時建構的話語
意涵影響久遠，深植人心，延續迄今。

　　我們看見《豆棚閒話》第十二則〈陳齋長論地談天〉中，艾衲居士便試
圖通過小說反思明亡的原因和教訓，並藉以宣傳儒家文化，達到救國濟世的
目的（當然小說裡對儒學也頗多批評）。故事裡根據一位村民的講述，這位主
人公齋長叫陳剛，字無欲，別號無鬼。由其姓名、字號可看出，他是個沒有
欲望、不信鬼神之人。陳齋長一出場就坦言：

　　　　小弟此來，也不是好事。只因近來儒道式微，理學日晦，思想起來，
　　　　此身既不能闡揚堯、舜、文、武之道於朝廷，又不能承接周、程、
　　　　張、朱之脈於吾黨，任天下邪教橫行，人心顛倒，將千古真儒的派，
　　　　便淹沒無聞矣。（《豆棚閒話》頁369）

　　他以「師儒」自居，在「儒道式微」之際，毅然肩負起弘揚儒道的重任，
而此一壯舉，又確乎與其產生的時代背景和文化心理有密切的關係。除此之

〔註231〕參見〔清〕顧炎武撰、〔清〕黃汝成集釋；欒保群、呂宗力校點：《日知錄集釋》
　　　　（石家莊：花山文藝出版社，1990年），卷7，〈夫子之言性與天道條〉，頁310。

〔註232〕此為顏元（習齋，1635～1704）批評明末王學語，原文為「宋元來儒者，卻
　　　　習成婦女態，甚可羞。無事袖手談心性，臨危一死報君王，即為上品也。」
　　　　參見〔清〕顏元著；王星賢、張芥塵、郭徵點校：《顏元集》上冊（北京：中
　　　　華書局，1987年），《存學編》卷一，〈學辨一〉，頁51。

〔註233〕語出〔清〕張廷玉《明史·流賊傳》：「嗚呼！莊烈非亡國之君，而當亡國之
　　　　運，又乏救亡之術，徒見其焦勞瞀亂，子立於上十有七年。而帷幄不聞良、
　　　　平之謀，行間未覩李、郭之將，卒致宗社顛覆，徒以身殉，悲夫！」參見〔清〕
　　　　張廷玉等撰；楊家駱主編：《新校本明史並附編六種》（臺北：鼎文書局，1975
　　　　年），卷309，〈列傳〉197，〈流賊〉，頁7948。

外，還有第六則《大和尚假意超升》、第十則《虎丘山賈清客聯盟》等二篇，主要的也是針對佛老的批判。以上所述，連同〈陳齊長論地談天〉，此三則占了《豆棚閒話》總篇幅的四分之一，分量不算少。艾衲借不同人之口，對佛老文化進行了全面性的嘲諷。佛老之學在艾衲看來，與導致明亡的王左心學如出一轍。除指陳它崇尚虛無、逃避現實，不能成就事功的空虛茫昧外，亦藉批佛意有所指地批判異族文化。指出在民族危亡之際能喚醒民眾的，還是儒家正統學說。相較於顧炎武、黃宗羲等大儒，艾衲居士身分略嫌鄙俗，但也正因如此，《豆棚閒話》如實地反映了庶民性極為強烈的時代語境。

曾有學者指出，要尋找作用於文學的外部決定性權力因素，必須透過政治的經濟的視角來加以考察。〔法〕布爾迪厄（Pierre Bourdieu，中文又譯為布迪厄，1930～2002）曾在《文化生產場》（*The Field of Cultural Production：essays on art and literature*）一書中，以文化生產場在權力場中所處位置的說明為例，認為文化生產場在整個社會世界（階級關係之場）中固然處於統治性位置，但在統治性位置內部，它又處於被支配的一級，也就是被政治、經濟權力所支配的一級。〔註234〕

布爾迪厄指出，文學或藝術的場域是一個各種力量存在和較量的場域，尤其是文學和藝術的場域以「不確認」的方式，「確認」整個社會權力正當化的程序。這裡的重點在於，文學和藝術的場域具有其自身的自律，並以極其複雜的「象徵性模式」呈現出它的運作邏輯。〔註235〕文學和藝術的場域畢竟不同於政治和經濟場域，因為在這個場域中，布爾迪厄明確地指出其中的特性：

> 文學和藝術所使用的特殊象徵性符號系統，作為人類創造精神的最高級、最細膩和最超越的表達方式，具有特別複雜、曲折、靈活和迂迴的性質。在文學和藝術場域中，論述和表達系統所採用的象徵符號，是多層次和多意涵的。……作為特殊的知識分子，又往往傾向於以「清高」的姿態和「隱蔽」的形式，曲折地表達他們的利益和欲望。〔註236〕

〔註234〕參見 Pierre Bourdieu, *The Field of Cultural Production: essays on art and literature,*（ed）, Randal Johnson, Cambridge: Polity Press, 1993, pp37～38。關於權力對文學作用方式的闡述，另可參閱朱國華：《文學與權力：文學合法性的批判性考察》，第八章〈權力對文學的作用方式〉一文，頁 101～104。

〔註235〕參見高宣揚：《布迪厄的社會理論》（上海：同濟大學出版社，2004 年），頁 82。

〔註236〕參見高宣揚：《布迪厄的社會理論》，頁 82～83。

　　這些特殊的知識分子不屑直接參與社會政治和經濟場域的鬥爭，並將之視為「骯髒的」交易行為。他們寧願選擇以身為知識分子的道德良心和社會責任來監督政治和經濟場域，並以反面的或否定的形式，例如以「迴避」代替「參與」等方法，充分顯示出文學和藝術場域權力鬥爭的兩面性和掩飾性（或可以此理解明遺民的出處進退）。在這個意義上，文學和藝術場域的「象徵性模式」運作邏輯，蘊藏了大量當代社會信息，與作者個人內在的欲望和文本表述旨趣。

　　由此觀之，作為前朝遺民的艾衲居士，在歷經戰亂變遷、悲涼滄桑的心靈創傷後，十分明顯地體現為疏離於正統、置身主流文化之外的一種理性精神，就如同前文所提及之「不屑直接參與社會政治和經濟場域的鬥爭」一樣。許多明遺民選擇離群索居，或閉門著書、或潛心遁隱、或浪跡遊走天涯，也體現了「有形的家園」毀滅後，在文化意義上的「精神家園」的喪失。遺民的何處是我家？與對故國文化的懷戀，造就了一批「以遊為隱」的士人生存方式，山水遨遊成為他們「拒絕、反抗的姿態」。〔註237〕從另一個角度觀察，當作家無法心平靜氣地追憶或者重述歷史，表現一種緬懷古人的遙遠唏歎；相反的，作家無形地將這一段歷史當作今日的延續，使之置於現今的語境之中。於是，爭執這一段歷史的激烈程度決不遜於對待現實事件。〔法〕羅蘭‧巴爾特（Roland Barthes，1915～1980）曾經指出，愈是接近自己的時代，歷史學家話語行為的壓力愈大，歷史時間的移動愈緩慢。〔註238〕顯然，這種壓力不僅來自逐漸增添的敘事密度，同時還由於這些歷史事件尚存的強大後效所致。作家集中回憶這一段歷史，其中似乎隱含了某種精神分析學上的原因——這一段歷史猶如這個時代飽含創傷的童年經驗。〔美〕海登‧懷特（Hayden White，1928～）說過：「最偉大的歷史學家總是著手分析他們文化歷史中的『精神創傷』性質的事件」〔註239〕，因此，人們有理由提出問題：這個時代多大程度地受制於它的童年經驗？不少人都從這些歷史小說之中

〔註237〕參見趙園：〈遊走與播遷〉，收錄於《制度‧言論‧心態——《明清之際士大夫研究》續編》（北京：北京大學出版社，2006年），頁165。

〔註238〕參見〔法〕羅蘭‧巴爾特（Roland Barthes）著；李幼蒸譯：〈歷史的話語〉，載於氏著：《符號學原理：結構主義文學理論文選》（北京：三聯書店出版社，1988年），頁51。

〔註239〕參見〔美〕海登‧懷特：〈作為文學虛構的歷史本文〉，載於張京媛主編：《新歷史主義與文學批評》（北京：北京大學出版社，1993年），頁167。

讀到了某種政治鋒芒。人們可以感到，作家的意願並非索隱鈎沉，他們在追憶之中匯入了指點江山的激情。作家不僅再現歷史，同時在審視和評判歷史。這種審視和評判，隱藏了預斷所處時代興衰存亡的重大企圖。許多時候，作家的審視和評判不容樂觀，他們的內心無寧說充滿了憂患之情。〔註 240〕艾衲居士所經歷的生平，我們已無從回溯。但是他身處的鼎革世變，必然使他對現實人生進行徹底的反思。《豆棚閒話》正是他話語表述下反映「主體意識」與「個人風格」的代表作。

在所謂的「象徵性模式」的運作邏輯下，我們看到《豆棚閒話》的敘事話語由「豆」或「豆棚」起興。豆棚成為一個敘述的緣起，建構出一個龐大的話語架構。在這大架構之下，每則故事之間都具有內在連續性，或比喻或勾連，從而使整本書都統一在豆棚的意象之下。「豆棚」既不同於市井中的茶樓酒肆，也並非完全與世隔絕，而是農家聚集的鄉里。相較於開放的公共空間，它屬於庶民性的私人空間。「豆棚」是一個主流文化之外的邊緣社會的象徵，豆棚下閒話的人群，則是以一種域外人的姿態講述對世俗的看法。即使是講述歷史，也是將其世俗化，去除其中被威權話語所定義的「忠義」、「賢德」的光環。這種敘事角度是「邊緣化」的，因為艾衲居士一直處於社會文化的邊緣，也在士子社盟運作的場域之外。他所描述的豆棚僅存於鄉村，他的生活空間遠離城市中心，亦遠離士子群體熱衷的科舉與社盟，意謂著他的人生始終處於社會、群體的邊緣。〔註 241〕基於域外人的敘事姿態，《豆棚閒話》中的敘述者往往以冷眼觀察的視角，對古今世態進行入木三分的批判。其用意在顛覆傳統，將以往深植人心的經典「傳奇」、「佳話」，乃至支撐傳統封建道德系統的天人關係，統統掀翻在地。而調侃歷史、嬉笑古今的敘事話語，使這種「域外」的遺民意識體現得淋漓盡致。

《豆棚閒話》第九則〈漁陽道劉健兒試馬〉一文末尾的結語，艾衲借眾人之口，道出域內／域外的話語性差異：「我們坐在豆棚之下，卻像立在圈子外頭，冷眼看那世情，不減桃源另一洞天也！」（《豆棚閒話》頁 283）從他所建構的獨特視角，看出去的世界，乃清初甫定的天下。不論外界政權如何遞

〔註240〕參見南帆：〈敘事話語的顛覆：歷史和文學〉，《當代作家評論》第 4 期（1994年），頁 30。

〔註241〕參見張永葳：《《豆棚閒話》：話中有思的個性文本》（長沙：湖南師範大學中國古代文學碩士論文，2005 年），頁 12。

嬗演變，艾衲居士寧願選擇不變的「豆棚」，那裡有他對「前朝」歷史虛／實的想像與辯證，還有更多人生哲理的闡釋；最重要的是，豆棚就像一張保護傘，所有的話語敘事者均獲免責，眾人暢所欲言的結果是，共同見證話本小說在藝術形式上的蛻變。

（二）對主流話語的適俗化超越

艾衲居士的敘事話語，許多地方亦暗合了後現代論述中的文化語境對所謂的「一元」、「中心」論的質疑。如《豆棚閒話》中第一則〈介之推火封妒婦〉、第二則〈范少伯水葬西施〉與第七則〈首陽山叔齊變節〉，將世人最為熟悉的「經典話語」（包含介之推、范蠡與西施、叔齊的歷史故事）進行戲擬、拼貼與改寫。我們看到所謂的話語權威性、中心性在此處沉淪，遊戲心態、解構神聖，形成了艾衲居士論述的核心。這種在文化價值觀上對於「中心」的消解，模糊了中心與邊緣的對立，讓我們發現艾衲居士所建構出來的敘事話語策略，使得個體失去了對於經典的信仰與從事建構經典的衝動。這在易代之際，話語的遊戲性，代表著天底下沒有「恆久不變」的公義真理，也不必如史可法堅守孤城不屈而死。人世間存有的只是「假高尚與狗彘行」，所謂的忠義／失節，其實只是遊戲一場，何必認真？鴛湖紫髯狂客於第七則〈首陽山叔齊變節〉總評云：

> 若腐儒見說翻駁叔齊，便以為唐突西施矣。必須體貼他幻中之真，真中之幻。明明鼓勵忠義，提醒流俗，如然看著虎豹如何能言，天神如何出現，豈不是癡人說夢！（《豆棚閒話》頁218）

艾衲居士通過諧擬（parody，或稱戲仿或諧仿）及改寫等滑稽方式，瓦解傳統經典文本在歷史話語中的尊貴地位。其所涉及的議題包括幾個方面，就話本小說創作論而言，可視為一種消費文化按照自身內在的邏輯與動力，將經典的神聖性與威權性腐蝕的過程。形成追求經典文本的「適俗性」，無形中彌合了高雅與通俗、菁英與大眾之間的鴻溝。〔註242〕準此，我們發現明清之際的通俗小說作家，投身通俗文藝之創作，許多人便是試圖藉著有別於經史等「主流話語」的「邊緣話語」來言志抒情。他們所採取的書寫策略，即是將通俗文藝創作等同於經史「主流話語」的人文高度，期望自己亦能效法古

〔註242〕參見王瓊玲、胡曉真主編：《經典轉化與明清敘事文學》（臺北：聯經出版社，2009年），〈導言一：重寫文學史——「經典性」重構與明清文學之新詮釋〉，頁2～3。

聖先賢的話語模式流芳百世，藉此調和文人創作心態及其認知上的矛盾和衝突。同時這種話語模式的選擇背後，隱含著權力和知識的相互運作關係。通過話語系統的選擇，小說敘事者創造出自己的文化位置，也顯示出作者試圖以非主流話語系統傳達對歷史整體性的想像。〔註243〕鴛湖紫髯狂客於第十二則〈陳齋長論地談天〉總評云：

> 滔滔萬言，舉混沌滄桑、物情道理，自大入細，由粗及精，剖析無遺。雖起仲尼、老聃、釋迦三祖同堂而談，當亦少此貫串、博綜也。且漢疏宋注，只可對理學名儒，不能如此清辨空行，足使庸人野老沁心入耳。……艾衲所云「知我不得已之心，甚於孟子繼堯、舜、周、孔以解豁三千年之惑」，豈不信哉！著書立言，皆聖賢發憤之所爲作也，亦在乎後學之善讀。如不善讀，則王君介甫，以經術禍天下，所必然矣。即小說一則，奇如《水滸記》，而不善讀之，乃誤豪俠而爲盜趣。如《西門傳》，而不善讀之乃誤風流而爲淫。其間警戒世人處，或在反面，或在夾縫，或極快極豔，而慘傷寥落寓乎其中，世人一時不解也。只雖作者深意，俟人善讀。……凡經傳子史所闡發之未明者，覽此而或有所觸長焉；凡父母師友所教之未諭者，聽此而或有所恍悟焉。（《豆棚閒話》頁 403～406）

上述引文有些冗長，但類似的觀點，不只一次地出現在鴛湖紫髯狂客的總評中。從中透露出一個信息，那就是艾衲居士著書立言的根本宗旨，乃秉持孔、孟以來聖賢的儒學道統，還有史遷「發憤著述」的精神。由此可見艾衲居士的創作思維，仍與傳統教忠教孝的道德規範和倫理思想息息相關，兩者之間並沒有太大的差別。

「發憤著述」的創作觀自史遷在〈報任安書〉中提出以後，歷來文人繼承與創新者兼有之，但主要還是詩歌這一類具有言志抒情功能的「主流話語」在積極地主導、支配著話語權。一直到晚明李贄（1527～1602）評點《水滸傳》，才將它與小說創作聯繫起來。〔註244〕李贄之後的張竹坡（1670～1698）

〔註243〕參見李志宏：《明末清初才子佳人小說敘事研究》，頁 246～248。

〔註244〕現存署名李贄評點的《水滸傳》有兩種版本：容與堂刊百回本《忠義水滸傳》，書種堂主人袁無涯刊一百二十回本《忠義水滸全書》。其中，容與堂的評點，與李贄的思想較爲接近。〈忠義水滸傳序〉：「太史公曰：『《說難》、《孤憤》，賢聖發憤之所作也』，由此觀之，古之賢聖，不憤則不作矣。不憤而作，譬若不寒而顫，不病而呻吟也，雖作何觀乎？《水滸傳》者，發憤之所作也。蓋自

在評論《金瓶梅》時，認爲《金瓶梅》也是一部「洩憤之書」。〔註245〕歷來被文人視爲「不登大雅之堂」的小說，亦開始有了承載「洩憤著述」敘事話語的多元面向，諸如身體欲望、日常生活、女性命運與自我認知、家族敘事與國家敘事的平行隱喻等主題，皆有可能在小說裡成爲作者話語指稱或構造特定話語實踐上的意義，在中國傳統「詩言志」、「文以載道」的雅正文學話語中，被重新賦予重要的話語意涵，體現了中國傳統敘事話語的改變。

　　在中國文化傳統的認知中，言志抒情的任務一般由「雅正」的文學話語來承擔。李贄、張竹坡將發憤著述的傳統引入長篇小說評論領域，在當時實屬異端。《豆棚閒話》顯示出自身的獨特之處，在前述紫髯狂客〈陳齋長論地談天〉的總評中，評者將《豆棚閒話》與《水滸傳》、《金瓶梅》並置，而不是《三言》、《二拍》，這種作法別有深意。這不僅表明《豆棚閒話》一書的創作思維已經與中國古典白話小說本身的基本模式和方法決裂，實際上更接近於長篇小說的敘事架構（韓南語），顯示出《豆棚閒話》一書的文本形態與一般話本小說存在明顯的差距；再者，在艾衲居士的書寫認知裡，仍不離中國傳統文人「著書立言」的文化慣例，他在「適俗化」的話語實踐過程中，除傳達個人對於現實生活的理解之外，更期待在雅／俗文學交融的藝術形式建構中超越其既有的邊緣地位，藉此創造另一種嶄新的文體形式，以宣揚個人的情志。〔註246〕我們看見艾衲居士在其作品中反映出了強烈的文體創新意識，不論是體制、敘述方式、抑或是語言風格等，均向源於說書場的「話本體」做出全面的超越與挑戰，這種挑戰有學者便認爲「已經不再僅僅是文體意義上的」。〔註247〕若從政治權力與文學話語的關係考察之，艾衲居士等深具「反文體」意識的文人，亦可理解爲是對晚明腐敗政權的反動，也是對滿清政權表達一種「挑戰」的信息。它深藏於內心的潛意識中，有時就連作者本

宋室不兢，冠屨倒施，大賢處下，不肖處上。馴致夷狄處上，中原處下。一時君相，猶然處堂燕鵲，納幣稱臣，甘心屈膝於犬羊已矣。施、羅二公身在元，心在宋。雖生元日，實憤宋事。」參見〔明〕李贄：《焚書》（合肥：黃山書社據明刻本影印，2009 年），卷3，〈忠義水滸傳序〉，頁 74。

〔註245〕參見〔清〕張竹坡〈竹坡閒話〉：「《金瓶梅》何爲而有此書也哉？曰：此仁人志士、孝子悌弟，不得於時，上不能問諸天，下不能告諸人，悲憤鳴呼，而作穢言以洩其憤也。」〈竹坡閒話〉載於黃霖編：《金瓶梅資料彙編》（北京：中華書局，1987 年），頁 56。

〔註246〕參見李志宏：《明末清初才子佳人小說敘事研究》，頁 249。

〔註247〕參見宋若雲：《逡巡於雅俗之間》，頁 139～140。

人往往也不易察覺。

　　有學者曾經指出，「權力研究的魅力之一在於這一事實：無論願意與否，藝術家和思想家永遠不可能完全接受權力」。從事文藝創作的詩人或文學家往往僅服從於他們的直覺。正因為如此，他們不大容易被權力、秩序所左右，任何時候他們寧願選擇站在對立的一面。只有置身於權力體制之外、置身於社會邊緣的人，在其話語實踐原則上無法合法獲得社會資本和文化資本的人，才有可能成為作為權力代理人的統治階層的對立面，才有可能把社會總體規範，視為一個異己的對立的存在而加以嘲弄和質疑。〔註248〕並且在對符號資本的追求過程中，文學家將這種追求加以合理化並內化成為自然產生的一部分，也就是將它建構成自己文化習性的符碼，建構成與自己的直覺交融在一起的基本信念，一種文化無意識，並將之建構成為自己的個人話語。因此我們可以說，艾衲居士在明清鼎革之際創造自己獨特的符號象徵體系，適與當代的主流話語大相逕庭，並以之作為一個超然的對立面而存在，意圖擴大能指所能指涉的範疇。同時這種信念也具有相對的獨立性，它可以超越中央集權資本（statist capital，布爾迪厄語）對自己的控制，拒絕接受他們認為不合法的政治或經濟資本。並在正統觀念的自我期許下，以正統話語的合法代言人自居，以此與特定的統治者保持距離；那些被政治排斥或經濟資本匱乏、處於邊緣地位的文學家，此種距離感當然更為強烈。〔註249〕但這種情形無損於作家的書寫，反而更為有利。在沒有任何政治與文化的包袱下，他可以暢所欲言、揮翰騁藻；且作者本身所具有的「獨立性」，亦可使自己成為「自己」的旁觀者，透過故事的主人公將自己「對象化」，將自己抽離自身的主體。這些作者創造出來的人物，雖然是他自己，但對作者來說，亦是「他者」（other）。所有的敘事話語，皆是這個「他者」的話語。

　　綜上所述，《豆棚閒話》所呈現的「非文體現象」，即《豆棚閑話》獨特的敘事話語，它打破了當時既定的敘述方式，改以敘事的零散化和大篇幅的夾雜抒情議論的非文體化寫作方式〔註250〕，是艾衲居士處於政治社會的邊緣遊離狀態下，思考人生意義價值的一種敘事策略。其中呈現的權力與話語的

〔註248〕參見朱國華：《文學與權力：文學合法性的批判性考察》，頁 113～115。

〔註249〕參見朱國華：《文學與權力：文學合法性的批判性考察》，頁 113。

〔註250〕參見張永葳：〈論明末清初擬話本的非文體化現象──以《豆棚閒話》為個案〉，《湖南大學學報》第 21 卷第 3 期（2007 年 5 月），頁 93～97。

辯證、自我與客體的關係有如上述，深具獨特的時代意義。另外就時代背景寓意而言，《豆棚閒話》是作者對易代世情的強烈諷刺，與對明亡後清初社會現象直截了當的實寫。歷來文評家主要著墨的重點也在此，惟話語背後深刻的文化思維，卻鮮少為人所提及，那就是艾衲居士對「主流話語」所做的一種「適俗化」超越的嘗試。當作家群體有意推動或從事通俗小說創作時，除了以滿足讀者的閱讀興味和文化市場需求為前提外，同時在某種程度上，也普遍傳達出在歷史文化轉型時期，作家在精神生產和意義表達方面的強烈需求，最終體現為與文化中心話語對話的理想。〔註 251〕據此，楊義（1946～）指出，文人參與話本小說發展，與同時代的正統文人參與王綱建設有明顯的區別。他們的敘事話語不是闡明道統，而是把儒學倫理世態化。因此，他們在促進話本小說敘事形態典範化的同時，也顯示了自己不同於正統文人的另一種文人精神形態。〔註 252〕正是此種文人精神形態，我們可以說，艾衲居士的敘事話語，充分展現出作家的主體精神和歷史文化認知影響下的獨特審美意向。因此，《豆棚閒話》不論在語言或形式層面的美學表現，皆堪稱為空前創舉，韓南與石昌渝等人對它的褒譽，也絕非溢美之詞。

（三）兩重話語的交鋒

　　由於明清之際小說家，常帶著對世道的關懷與救亡的悲憤進行創作，小說始終籠罩在作者某種威權的聲音之下。而承自書場的話本因為演述的效果，小說裡經常出現模擬書場演述的情形。〔註 253〕故話本中呈現多重話語的特色，乃「擬話本」（魯迅語）的本色當行。有學者便指出，此種特色亦可視為話本小說作家欲突破文人自我形象獨白的一種嘗試。話本從單一敘事轉化為多重對話的形式，使得它不僅在人與人、人與自然、人與社會，甚至在人與自我之間，均呈現出各種不同聲部對單一話語威權的游移。這種多聲部的話語特質與多元化的話語實踐，「凸顯出對話與獨白不同的意識形態」，進而產生具有深刻思想意義的美學表現。〔註 254〕正由於話本具備多聲部的話語特

〔註 251〕參見李志宏：《明末清初才子佳人小說敘事研究》，頁 252。

〔註 252〕參見楊義：《中國古典白話小說史論》（臺北：幼獅出版社，1995 年），頁 91。

〔註 253〕陳平原曾經指出，話本小說原具有模擬說書人的「說──聽」話本說書模式，參見氏著：《中國小說敘事模式的轉變》（北京：北京大學出版社，2003 年），頁 254。

〔註 254〕高桂惠在文中指出話本小說具有「多重對話」模擬書場演述的形式，參見高桂惠：〈世道與末技──《型世言》的演述語境與大眾化文化〉，《政大中文學

質與多元化的話語實踐，《豆棚閒話》的多重敘事話語，適巧體現了其中微妙的意涵與敘事手法。以下即針對此種話語特質，發掘作者隱寓其中、含而未露的深意。

眾所周知，明清易代後，統治階級爲積極主導話語權，強調正統的合法性，而刻意有所作爲。除大力推行尊儒重道的文化國策外，他們也深自警惕，崇實黜虛、務實致用，避免步入亡明後塵，也藉此順勢收編反思明亡話語的正當性。例如清初 1646 年科舉及第的魏裔介（1616～1686），建議順治皇帝詔令褒錄明末殉難之臣。他特別強調明代開國皇帝與順治皇帝之間的相似處，於是大膽地向順治皇帝提出學習明制的建言。〔註255〕而順治皇帝也頗能察納雅言、從善如流，展現其圓融精敏的政治手段。〔註256〕當順治皇帝儼然以中國皇帝自居的那一刻起，他便是清楚地昭告天下，自己擁有承繼晚明的絕對使命，所有國家符號資本全盤由滿清接收，清朝成爲中國正統的繼承朝代。

布爾迪厄指出，在所謂的「前現代社會中」〔註257〕，少數人（皇帝、貴族等）擁有壟斷性合法暴力的政治權力。布爾迪厄將國家權力所賴以成爲可能的資本稱爲「中央集權資本」（statist capital）或「元資本」（meta-capital），這種權力通常以政治權力的形式統攝了所有其他權力。爲了凸顯資本與權力之間的關係，也有人將之稱爲「中央集權權力」或「元權力」。甚至指出元權

報》第 6 期（2006 年 12 月），頁 53～54。

〔註255〕魏裔介爲清初歷史上著名的御史之一，以上言論見〔清〕魏裔介著；魏連科點校：《兼濟堂文集》（北京：中華書局，2007 年），《上冊》，卷 1「奏疏」，〈褒錄幽忠曠典疏〉，頁 12～13。我們要特別注意的是，魏裔介代表滿清入關之後新科進士的讀書人，他身上並沒有背負對前明的情感包袱。

〔註256〕據說順治皇帝常強烈地將自己等同於崇禎皇帝，還曾親自祭掃崇禎陵墓，放聲痛哭，其後發現明陵頹敗，又命工部修復陵寢，並於每年派人進行檢查，以確保明陵完好無損。1657 年順治皇帝向工部頒令：「朕念明崇禎帝孜孜求治，身殉社稷，若不急爲闡揚，恐千載之下，竟與失德亡國者同類並觀。朕用是特製碑文一道，以昭憫惻，爾部即遵諭勒碑立崇禎帝陵前，以垂不朽，又於所謚懷宗端黃帝上加謚數字，以揚盛美。」參見〔清〕李清：《三垣筆記》（合肥：黃山書社據民國嘉業堂叢書本影印，2009 年），卷中〈補遺〉，頁 47。另，〔美〕魏斐德著；陳蘇鎮等譯：《洪業──清朝開國史》（南京：江蘇人民出版社，1995 年），頁 869～874，針對順治帝如何褒彰死節之士，此書有完整翔實的記述。

〔註257〕朱國華根據韋伯的觀點，將前現代社會與現代社會分別理解爲前大眾媒介時代和大眾媒介時代兩種語境，而前現代社會主要是指口傳時代之後的文字印刷時代，古代中國應該屬於此階段，有別於現代社會的情況。參見朱國華：《文學與權力：文學合法性的批判性考察》，頁 102。

力在影響、介入主流話語之後，亦可利用其他資本來控制文學話語、宰制意
識型態，達到全面壟斷的結果：

> 這種元權力往往運用一定的資本直接將自己的意志以主流話語的形
> 式塑形文學，也就是更無中介地將文學轉化成自身欲望的表徵圖
> 示，從而謀求將它轉化成自己的一部分，即符號權力、話語權力或
> 意識形態權力。〔註258〕

布爾迪厄說過，國家擁有合法性的符號暴力，它成就了許多神聖化的儀
式。〔註259〕透過這些儀式，遏止一切具有離心傾向的力量。國家利用其獨
大的壟斷性資源，不斷地通過公開或潛在的鬥爭，以示範性的展示或儀式化
表演，將所有偏離的力量，一一加以分化、重構，進而轉化收編成為自己的
符碼。另外，對於始終無法順利轉化的符號便逕予排除，或剝奪其政治經濟
資本，甚至不惜使用暴力剷除對方，或降低其符號資本甚至予以妖魔化，使
社會漠視乃至壓制其生存的空間。西元 1652 年清順治皇帝頒布嚴禁結社的
詔令以及後續的燬禁小說、箝制思想、屢興文字獄等動作，均可視為清朝統
治者將「元權力」發揮得淋漓盡致的一種手段：

> 生員不許糾黨多人，立盟結社，把持官府，武斷鄉曲。所作文字，
> 不許妄行刊刻。違者聽提調官治罪。〔註260〕

順治皇帝頒布嚴禁結社的詔令後，明末遺民亦有應變之道。他們開始集

〔註258〕關於「中央集權資本」（statist capital）或「元資本」（meta-capital）的論述，
　　　　布爾迪厄在《實踐與反思》一書中有詳實精闢的闡釋，可參看，見氏著：《實
　　　　踐與反思》（北京：中央編譯出版社，2004 年），頁 156。另，引文部分請參
　　　　見朱國華：《文學與權力：文學合法性的批判性考察》，頁 103。

〔註259〕布爾迪厄說：「國家是符號權力的集大成者，它成就了許多神聖化儀式，諸如
　　　　授予一項學位、一位身分證、一件證書——所有這些儀式，都被一種權威的
　　　　授權所有者用來判定一個人就是他在儀式上被展現的那種身分，這樣就公開
　　　　地確定他是什麼，他必須是什麼。正是國家，作為神聖化儀式的儲備銀行，
　　　　頒布並確保了這些神聖化的儀式，將其賜予了儀式所波及的那些人，而且在
　　　　某種意義上，通過國家合法代表的代理活動，推行了這些儀式。我認為：國
　　　　家就是壟斷的所有者，不僅壟斷著合法的有形暴力，而且同樣壟斷了合法的
　　　　符號暴力。」參見〔法〕布迪厄著：李猛等譯：《實踐與反思》（北京：中央
　　　　編譯出版社，2004 年），頁 301。

〔註260〕順治帝效法明洪武帝於順治九年（1652）頒布〈臥碑〉於儒學，對生員的行
　　　　為訂定清楚的規範。兩相比較，清初仍主要沿襲明代的規定。頒布〈臥碑〉
　　　　的前一年，明令生員不許「聚眾結社，糾黨生事」。以上參見〔清〕清高宗敕
　　　　撰：《清朝文獻通考》（杭州：浙江古籍出版社，2000 年），卷 69，頁 5486。

體以潛沉著述宣揚「華夷之辨」為主體思想，並將結社轉為地下秘密組織，與清朝統治者作持續不懈的抗爭。謝國楨（1901～1982）將此種大量的、共同的意識行為反映在行動上與社集的作風，統稱之為明清之際特殊的「明末清初的學風」。〔註261〕我們若以布爾迪厄的理論視之，「明末清初的學風」其所展現的積極意義，堪稱為明遺民對當朝所謂的「元權力」所進行的一種話語主導權的競爭。不論是符號權力、話語權力或意識形態權力，皆可發現明遺民置身其中所做的努力。盱衡當時中國全局，此種抗爭尤以江南最為顯著。因江南在明清易代之際所遭受的苦難異常慘烈，史載「揚州十日」、「嘉定三屠」、「江陰屠城」均曾留下無法抹滅的傷痛。在朱子素的〈嘉定屠城紀略〉中，曾詳細記述了當時的慘狀：

> 約聞一炮，兵丁遂得肆其殺戮。家至戶到，小街僻巷，無不窮搜，亂葦叢棘必用槍亂攪，知無人然後已。兵丁每遇一人，輒呼蠻子獻寶，其人悉取腰纏奉之，意滿方釋；遇他兵協取如前，所獻不多，輒砍三刀，至物盡輒殺。故僵屍滿路，皆傷痕遍體，此屢砍使然，非一人所致也。余鄰人偶匿叢條中得免，親見殺人情況：初砍一刀，大喊都爺饒命，至第二刀，其聲漸微，後雖亂砍，寂然不動。刀聲舂然，遍於遠近，乞命之聲，嘈雜如市，所殺者不可數計。其懸樑者，投井者，斷肢者，血面者，被砍未死手足猶動者，骨肉狼藉，彌望皆是；投河死者亦不下數千人。〔註262〕

動盪不安的大環境帶給文人知識分子極大的心靈震撼，再加上清初文網嚴峻，讓他們對當時的社會產生極度的惶恐與嚴重的疏離感，因而產生思想文化上的裂變。上文曾提及，清初統治者不斷地通過示範性的展演，將所有偏離的力量，收編成為自己的政治或文化資本；如有不從則以箝制或施展暴力剷除對方，以達到全面壟斷進而宰制意識型態與話語權力。有學者根據當時的社會現象指出，在收編政治與文化符碼的同時，「在整個清帝國的知識、思想和信仰世界表面的同一與和諧狀態中，恰恰一切都在分裂。最重要的是社會生活的分裂，這是由私人生活與公眾生活的對立而引起的。」〔註263〕分

〔註261〕參見謝國楨：《明末清初的學風》，第一章「明末清初的學風」，頁1～52。
〔註262〕參見〔清〕朱子素：〈嘉定屠城紀略〉，收錄於李肇翔等編：《四庫禁書》（北京：京華出版社，2001年），冊6，頁3971。
〔註263〕參見葛兆光：《中國思想史》（上海：復旦大學出版社，2000年），第2卷，頁500。

裂的結果直接導致「私人空間」與「公共空間」的分離。人們在「公共空間」裡謹言慎行，在「私人空間」裡則很隨意，較能自由展現個人意志。綜觀《豆棚閒話》全書的架構，從第一篇搭起豆棚開始，到最後一則將豆棚推倒，以「豆棚」作爲貫穿全書的中心意象，並藉由「豆棚」營造兩種不同的敘事空間——「私人空間」／「公共空間」。〔註264〕不同空間則有不同的敘事話語，以下分別論述之。

1、私人空間敘事話語

如第一則〈介之推火封妒婦〉曰：「今日搭個豆棚，到是我們一個講學書院。」（《豆棚閒話》頁 29）第五則〈小乞兒眞心孝義〉：「今日我們坐在豆棚之下，不要看做豆棚。當此煩囂之際，悠悠揚揚，搖著扇子，無榮無辱，只當坐在西方極樂淨土，彼此心中一絲不掛。」（《豆棚閒話》頁129）第九則〈漁陽道劉健兒試馬〉：「我們坐在豆棚下，卻像立在圈子外頭，冷眼看那世情，不減桃源另一洞天也。」（《豆棚閒話》頁 283）豆棚之下，「那些人家或老或少、或男或女，或拿根凳子，或掇張椅子，或鋪條涼席，隨高逐低，坐在下面，搖著扇子，乘著風涼。鄉老們有說朝報的，有說新聞的，有說故事的。」（《豆棚閒話》頁3～4）無論是極樂淨土、世外桃源，抑或是講學書院，都是代表著精神高度自由的理想境界，它可以讓人無憂無慮、擺脫世俗諸多紛擾與拘圍。

而在豆棚下講述故事，亦可不受文網的箝制與羈絆，可盡興闡述個人見解。其中有對晚明動盪亂離的描寫，對腐敗無能政局的失望與對慘烈殺戮的憎恨，以及對清朝統治者的不滿情緒等等。就敘事手法而言，故事中出現「在下」、「列位尊兄」等字眼，意謂著艾衲居士在這些故事中往往以第一人稱敘述者的身分介入到故事當中，藉由對故事中的人與事物發表評論，來申明自己的觀點。此外，作者時不時隱身幕後，並利用環環相套的敘事手法，鄉老們所講的幾個小故事都是圍繞著一個中心而展開。故事裡，言說故事的人以第一人稱敘事視角講述，而此種第一人稱敘事視角又歸屬於豆棚主人所特有的第三人稱敘事視角，即豆棚主人面對豆棚世界這一私人空間的描述與論說。話語的多元性於此充分表露無遺，從中凸顯出對話與獨白不同的意識形態。且故事裡眾人對於敘事話語所產生的歧異性均給予最大的包容，不必因

〔註264〕關於敘事空間的討論，可參見胡豔玲：《《豆棚閒話》研究》（西安：陝西師範大學中國古代文學碩士論文，2003 年），頁 26～30。

自己所講出的話語而擔心受怕。豆棚下是思想最自由、話語最開放的一個場域，無須承擔任何風險。所謂國家合法性的符號暴力，所謂神聖性的儀式展演，皆能在豆棚的庇蔭下逐一解構，成為一開放的自由場域。艾衲以豆棚作比喻，很自然地使豆棚這一意象承擔起了精神自由化的象徵意義，於是豆棚成為艾衲逃避外界社會精神壓迫的一個絕佳避難所。最後它的倒塌，無疑象徵著在清朝嚴酷的思想箝制下，自由精神生活時代的終結。

圖 2-2-1

〔清〕華嵒：「豆棚閒話」畫作（立軸，43.5×28cm）現為私人收藏品。

筆者按：畫作右上方有華喦題詩：「晚稻青青早稻黃，竹花清閒豆華香。村翁試說開元事，稚子恭聽趣味長。」此詩深得艾衲居士文章旨趣。

2、公共空間敘事話語

承上所言，豆棚的倒塌，宣告自由精神生活時代的終結。其實豆棚外的世界對於棚內的威脅如影隨形，自始至終並未消失。而小說中豆棚之興／塌，主動權均操在一位老者手中，這個「老者」的形象特別引人注目。《豆棚閒話》開始的第一、二則故事由此老者主講，眾人會在豆棚下聚講故事亦是由他發起的。在第十一、十二則中老者再度出現，正是在他的提議下，大家拆去豆棚一哄而散。由此觀之，老者完全可視為作者的化身，他最終的一段話語，讓人感知私人空間以外的敘事話語所呈顯的緊張關係：

> 閒話之興，老夫始之。今四遠風聞，聚集日眾。方今官府禁約甚嚴，又且人心叵測，若盡如陳齋長之論，萬一外人不知，只說老夫在此搖唇鼓舌倡發異端曲學，惑亂人心，則此一豆棚未免為將來釀禍之藪矣。（《豆棚閒話》頁 402）

老者這番有感而發的言論，皆因陳齋長的突然出現。《豆棚閒話》第十二則〈陳齋長論地談天〉裡的主人公陳齋長，是全書唯一留有名號的人物，其指涉意義的重要性不言而喻。他聽說城外有人在豆棚下聚講故事，便不辭路遙特出城來請教。綜觀《豆棚閒話》全書前十一則故事，是由鄉老庶民講述的敘事話語鋪敘而成，屬於「私人空間話語」。敘事者以翻檢遺事、述說新聞的方式生發議論，也正因鄉民們的暢所欲言引來了陳齋長的注意。

觀其言行，陳齋長的論地談天，打破了原本只屬於鄉老們的私人空間，他儼然以官方儒學的身分現身於豆棚之下。他的乍現，代表著正統儒學的強行介入，使得私人空間轉化成為公共空間，導致了兩者之間內在的緊繃與張力。眾人／齋長之間不斷地詰難辯駁，凸顯私人空間話語／公共空間話語中話語的權力性此消彼長的爭鬥。陳齋長用程朱理學批駁佛道兩教，將老子斥為「貪生的小人」，視佛氏為「貪壽之小人」；並歷數佛老的十大罪狀，認為「但我自有生以來，凡所聞見，皆其惑世誣民、蠹財亂倫之事，深可厭惡」；又以玄奧的太極理氣說，摒除了道教神鬼譜系的存在，「把世界上佛老鬼神之說掃得精光」，認為唯有儒家的「正身修德」方能拯救人世間的一切。陳齋長的話語，適與清代統治階級為積極主導話語權，強調正統的合法性，大力推行尊儒重道的國策不謀而合。對艾衲居士個人而言，有學者便認為，陳齋長

的此番言論，透露了作者在感情上對亡明有所懷念，但在理智上卻是主張「應天順人」，認同新朝的。因爲艾衲居士不只一次在《豆棚閒話》中申述朝代更迭有如花開花落一般是正常現象。〔註265〕這點或許可解釋「公共空間敘事話語」，在諸多權力因素的考量之下，其話語表徵誠如霍爾所言：「各種話語是指稱或構造有關一個特定話語的實踐」。尤其是話語不僅考察語言和表徵如何產生意義，並且考察一種特有的話語所產生的知識如何與權力聯結，如何規範行爲，產生或構造各種認同和主體性，並確定表徵、思考、實踐和研究各種特定事物的方法。

有趣的是，兩種原本只是各自指稱或構造特定話語的實踐表徵、敘事話語無形的交鋒，最後卻讓有形的豆棚倒塌了，話語權力的外顯化特徵於此一覽無遺。其實陳齋長遠道而來，所要摧毀的正是小說的思想基礎，那根支撐豆棚的立柱頹然傾倒，正是陳齋長闡揚理學的結果。〔註266〕故事至此似乎已近尾聲，然老者的「天下事被此老迂僻之論敗壞者多矣，不獨此一豆棚也。」（《豆棚閒話》頁 403）此番話語又掀起另一波瀾，餘波盪漾。其「迂僻之論」，無疑是對儒家理學的根本質疑與反思，反映了明清易代之際，社會文化思潮多元紛繁的一面。艾衲居士大概是第一位不給讀者以「唯一」結論的小說家，對於當代已經習慣閱讀傳統話本小說的讀者們來說，一時之間確有難以接受的可能。〔註267〕

處於明清世變之際的小說家，面對多元的歷史政治、社會經濟、思想文化與文學藝術等變化，藉通俗小說對現實人生進行多層面、多角度的反思。清初話本小說在藝術形式上的突破，與在敘事話語上的多樣化，反映了晚明以來日趨俗套的話語形式，已無法滿足讀者期待的現象；以及明清鼎革，在

〔註265〕陳大康指出，在《豆棚閒話》中，作者多次以朝代更替爲故事發生的時代背景。諸如伯夷、叔齊故事的「商周鼎革」之外，又如第 2 則〈范少伯水葬西施〉的「吳亡越興」、第 3 則〈朝奉郎揮金倡霸〉的「隋唐更替」等，作者皆是站在承認新朝的立場上進行描寫。另外，第 8 則〈空青石蔚子開盲〉中，艾衲居士稱「一代一代的皇帝都是一尊羅漢下界主持」，每隔一定的時間就會發生「朝代更迭」，正如花開花落一般是正常現象。參見陳大康校注：《豆棚閒話》（臺北：三民書局，1998 年），「引言」，頁 5～6。

〔註266〕此說參見石昌渝：《中國小說源流論》（北京：三聯書店出版社，1994 年），頁 286。

〔註267〕參見朱海燕：《明清易代與話本小說的變遷》（武漢：華中科技大學出版社，2007 年），頁 190。

文化上所帶來的急遽變化與動盪不安的世態人心。此時期的通俗意識逐漸抬頭，民間文藝從邊緣走向中心，從事通俗文藝創作的藝術家，在當時的審美意識論爭中，占據了相當重要的位置。〔註268〕觀諸明清之際通俗文化思潮的興起，各種文藝形式與敘事話語的紛然雜陳，已然形成了「眾聲喧嘩」（heteroglossia）的語言現象，共同體現了世變之際歷史文化轉型的面貌。俄國學者米哈依爾‧巴赫金（Mikhail M. Bakhtin，1895～1975）通過審視歷史文化轉型時期語言和話語的變遷時指出，多元話語的現象，正是此時期一個極重要的文化表徵，他說：

> 話語在文化上、涵義上和情態上的意向，擺脫了唯一一種統一語言
> 的桎梏，這是至為重要的；由此也就不再把語言理解為至高無上的
> 神話，不再把一種語言看作是思維的絕對形態。〔註269〕

　　由是觀之，通俗小說話語本身所影響的層面，不僅反映在作家個人身上，而是對於那個歷史時期的現實和文化形態的一種具體反映。創作於明清之際的《豆棚閒話》，置身在此種多元話語交鋒的文化脈絡中，讓我們發現許多前人未見的敘事話語表現手法，值得深究。

　　本章節從文化研究的視角展開，嘗試從明遺民、雅正／通俗、私人空間／公共空間等各種不同層面的敘事話語分別論述。擬將《豆棚閒話》文學話語的脈絡與其發展軌跡，置於明清鼎革中的時代／末世語境來加以觀察。除反思豆棚下敘事話語的表徵、外在權力與內在文化符號彼此間對應的一種潛質關係外，更希望能證成明清易代下的《豆棚閒話》，其在話本小說中所隱含關於敘事話語的幽微改變。《豆棚閒話》雖以「閒話」命名，實則「話中有話」，其話語所涵蓋的意義，不可等閒視之！

二、驚世奴變與鼎革亂離敘事話語的失序焦慮

　　本節至第三小節，主要在探討明清易代之際話本小說裡，關於「家國末世記憶」集體書寫反映在敘事話語的相關問題。《禮記‧樂記》有云：「治世之音安以樂，其政和；亂世之音怨以怒，其政乖；亡國之音哀以思，其民困。」

〔註268〕參見張聰靈：《從衝突走向融通──晚明至清葉審美意識嬗變論》（上海：復旦大學出版社，2000 年），頁 109。

〔註269〕（俄）巴赫金著；錢中文主編；白春仁、曉河譯：《巴赫金全集：第 3 卷──小說理論》（石家莊：河北教育出版社，1998 年），〈長篇小說話語〉，頁 155。

〔註 270〕亡國之際，民心哀思，故樂音（可泛指一切文本的敍事話語）亦哀思，此皆因人們面對國破家亡帶來的衝擊與劇變所致。就敍事話語可作爲歷史文化語境中的文化釋義系統之一的作用與意義來說，此時期的「末世話語」集體展現了作家集體欲望的文化表徵（cultural representation）。大抵一個朝代由盛而衰、終至傾覆，必有所謂的凶兆。尤其中國自古好言「盛衰」，朝代的命運有時竟繫於神祕的讖語，如《鐵函心史》〔註 271〕沉寂古井多年，竟於明亡前夕重見天日，冥冥之中似已卜定國祚的興衰。「國家將亡，必有妖孽」〔註 272〕，此說法向來深植人心，人們深信不疑，而所謂的「妖孽」已成爲末世降臨必然召喚的一種隱喻。在特殊的時代氛圍中，它可以有多重的指涉。不論當時或事後的敍述，許多文人對於明亡一事，皆有許多的「後見之明」（以及諸多文獻記錄著許多事後的敍事策略），「預言」了明王朝敗亡的必然性。〔註 273〕但對於置身其中的絕大多數人來說，改朝換代仍是個模糊籠統的概念，尤其中國向來不缺戰亂的歷史，對人們來說，此時期的社會動盪或許只是朝政窳敗民心思變的一種想望罷了。所謂的易代鼎革，對許多人來說，未免過於沉重。但隨著接連不斷發生的災禍世變，重創明朝氣運，尤在異族眈伺之下，有識者開始驚覺「末世」降臨的可能，進而發出激憤警

〔註 270〕參見〔唐〕孔穎達：《禮記正義》（臺北：藝文印書館十三經注疏本，1960 年景清嘉慶二十年江西南昌府學刻本），卷 37，頁 663～2。

〔註 271〕《鐵函心史》是南宋遺民鄭思肖（1241～1318）所著的文集。他將自己所著詩文編爲《咸淳集》、《大義集》、《中興集》、《久久書》、《雜文》、《大義略敍》等，總題爲《心史》，用臘封錫匣鐵函數重密封，外書「大宋鐵函經」五字，內書「大宋孤臣鄭思肖百拜封」十字，沉於蘇州承天寺的一口古井中。明崇禎 11 年，偶然被人從井底發掘出來，當時中國又一次面臨被異族滅亡的危機，此書遂以《鐵函心史》而知名流行於世。參見（南宋）鄭思肖撰；楊家駱主編：《鐵函心史》（臺北：世界書局，1975 年）。

〔註 272〕《禮記‧中庸》：「至誠之道，可以前知，國家將興，必有禎祥；國家將亡，必有妖孽。見乎著龜，動乎四體，禍福將至，善必先知之，不善必先知之，故至誠如神。」各種祥瑞災異，成爲世人關注朝代更迭的依據，某些怪異現象發生時，人們會根據生命經驗將其與國家興衰或個人事件產生連結，這種因果關係致使人們相信世局與人的關係是相當密切的。參見〔唐〕孔穎達：《禮記正義》（臺北：藝文印書館十三經注疏本，1960 年景清嘉慶二十年江西南昌府學刻本），卷 53，頁 895～2。

〔註 273〕參見趙園：《想像與敍述》，頁 21～26。趙園舉計六奇《明季北略》卷之 19〈北都崩解情景〉所載「崇禎末年，在京者有『只圖今日，不過明朝』之意，貧富貴賤，各自爲心，每云：『韃子、流賊到門，我即開城請進。』」說明後見之明的敍事書寫策略。

語或是以悲觀消極的態度面對。這些表述均可在話本小說的敘事話語中找到若干線索，我們將之統稱爲驚世奴變與鼎革亂離敘事話語的「失序焦慮」。

　　造成易代之際士人「天翻地覆」、「天崩地裂」的深刻記憶之一，根據文獻記載，有不少皆指向發生在明清之際大規模的「奴變」事件。「奴變」蔓延了十餘省，百餘個州〔註274〕。它嚴重地「顛覆」並破壞明清之際社會秩序與道德倫常，危及士人階層的生存安危，在當時人們的內心留下無法抹滅的印象。此時期的話本小說便有多篇直接以奴僕作爲寫作對象，成爲末世話語中銘刻世相的一大特色。本節所闡釋的「末世話語」，即以發生在晚明至清初之際撼動社會朝綱的大規模「奴變」事件爲觀察線索，說明其在話本小說裡的能指意象。另外，明清之際話本小說關於「家國末世記憶」集體書寫，尚包括大量的流寇肆虐與清兵屠戮的暴力敘事話語。若從大歷史宏觀的敘事角度觀察，此種敘事話語呈顯出社會階級的亂變與顛覆，倫理綱常的失序與破壞，與「驚世奴變」同屬於國家傾頹前夕的末世景象，並在話本小說的敘事話語中，表現出士人階層猝然面對身分置換與家園燬滅所帶來的集體失序焦慮感。

（一）「奴變」的末世隱喻與「夷夏」之辨

　　明清之際的「奴變」，伴隨著易代所衍生的社會動盪不安而來。自秦漢迄明初，社會也常有動亂的局面，但不曾出現過類似晚明的大規模「奴變」事件。根據謝國楨（1901～1982）〈明季奴變考〉〔註275〕一文所述，「奴變」發生的主因大致有以下幾項：首先是與明代實施的科舉免役制度與重賦政策有關，許多平民百姓畏避徭役，便托身豪門，詭寄田產，賣身投靠，以求自保，多者一門甚至可達千人之眾，久而久之，便會有豪奴欺主或招搖撞騙的情事發生；其次，仕宦地主與奴僕之間，後來在政治地位與經濟力量上產生此消彼長的變化，形成「主勢一衰，（奴）跋扈而去，甚有反占主田產、坑主資財轉獻新貴有勢，因而投牒興訟者」〔註276〕；最後，奴僕的興起仍無法改變社會「卑視奴僕」的既定心理，奴僕或其子孫，即便爲官中舉，亦難逃賤僕之

〔註274〕參見褚贛生：《奴婢史》（上海：上海文藝出版社，1995年），頁133。

〔註275〕參見謝國楨：〈明季奴變考〉，收錄於氏著：《明清之際黨社運動考》（上海：上海書店出版社，2006年），〈附錄一〉，頁199～206。本文以「奴變」指稱當時發生於中國的大規模奴僕動亂事件，係參照謝國楨的說法，謝氏認爲「奴變」一詞在當時是專有的名詞，頁193。

〔註276〕參見〔清〕孫之騄：《二申野錄》（濟南：齊魯書社，1996年）。

惡名而爲世人所不齒。這種極不平等的社會地位，使得奴僕及其後人急欲擺脫低賤身分的束縛，而官宦地主則是全力想維繫這種主僕關係，儘管自身家勢已破落。但主奴關係卻名存而實亡，形成了明朝中晚期所特有的一種社會矛盾。加之豪奴制主、爲虎作倀的情事時有所聞，進一步擴大了這種特殊的社會矛盾。這種矛盾在縉紳地主勢力強大，政局較爲穩定的時候，尚有其潛在的危機，然一遇到社會動盪不安便會立刻爆發出來。

因此，明末的「奴變」運動，其原因似不能單純地歸結爲經濟剝削和政治壓迫，而是由於明代的社會政治和經濟制度所致，並在特殊歷史條件下產生的特殊社會現象，具有其時代意義。換句話說，晚明「奴變」的發生，可說是見證了整個鼎革之際綱紀廢弛、倫常崩壞的過程；而「奴變」所帶來的衝擊與傷害，亦深烙在士子文人的心中，從「奴變」、「豪奴」與「黠奴」等具有「警醒」意味的字眼不時出現在當時的各種文獻中可知。許多深謀遠慮、高瞻遠矚的士大夫，他們由諸多端倪，早已瞥見了秩序大破壞的凶險前兆。〔註277〕譬如佚名所撰《研堂見聞雜記》一書中便記載了太倉地區奴變之事，據說鬧得滿城風雨，人心惶惶，其文云：

> 乙酉亂，奴中有黠者，倡爲索契之說，以鼎革故，奴例何得如初。一呼千應，各至主門，立逼身契，主人捧紙待，稍後時，即舉火焚屋，間有縛主人者。雖最相得、最受恩，此時各易面孔爲虎狼，老拳惡聲相加。凡小奚細婢，在主人所者，立牽出，不得緩半刻。有大家不習井竈事者，不得不自舉火。自城及鎮、及各村，而東村尤甚。鳴鑼聚眾，每日有數千人，鼓噪而行。群夫至家，主人落魄，殺劫焚掠，反掌間耳。如是數日，而勢稍定。〔註278〕

孫之騄《二申野錄》卷八〈甲申四月〉條，記載上海奴變的清況，同樣也是令人驚駭不已：

> 是月上海二十三保視聖堯家群奴持刀，弒主父子，立時焚燬，延至各鄉大戶，無不燒搶。又有顧六等倡率各家奴輩入城，先至紳家索鬻身文契，其家立成齏粉，主被毆辱，急書退契焚劫，大室爲之一

〔註277〕關於「奴變」文獻記載，可參見謝國楨：〈明季奴變考〉，收錄於氏著：《明清之際黨社運動考》（上海：上海書店出版社，2006年），〈附錄一〉，頁192～217。趙園則以「當面之敵」，形象鮮明地「描繪」易代之際，士人親身接觸民變、奴變的經驗感受。見氏著：《想像與敘述》，〈當面之敵〉，頁40～48。
〔註278〕不著撰人：《研堂見聞雜記》（臺北：臺灣大通書局，1987年），頁30。

空。……甲申六月，浦東祝姓一家，被奴殺死三命。八團王姓焚掠
甚慘，因延及江灣大場等處，逆奴群聚向主人索齧身文契。南翔前
後左右約數十家，有不與契者，即焚甚廬。〔註279〕

黃淳耀（1605～1645）《陶菴全集》卷二〈送趙少府還郡詩序〉記述了嘉
定奴變的情況：

崇禎十七年夏六月，於潛趙公自嵩江少府來攝嘉定縣事。時賊陷京
師，海內震驚，嘉定沿海不逞之民，多結黨伺釁者。適村民見弒於
僕，并其家七人皆被殺。於是酒傭竈養皆起為亂，什什伍伍，白晝
持兵迫脅主父，使出券以獻，僕坐堂上，飲噉自若；主跪堂下，搏
顙呼號。乞一旦之命，幸得不殺，即燒廬舍散錢物以去，不三日而
火及城之南隅。〔註280〕

由「僕坐堂上，飲噉自若；主跪堂下，搏顙呼號」顛倒倫序的行為視之，
「奴變」與當今政權所謂「變天」輪替的現象十分雷同，兩者之間極易有「嫁
接」聯想的可能，改朝換代的結果無疑宣告奴僕「當家做主」的時候到了。
根據安徽黟縣的地方志記載，有萬黑九、宋乞等人發起的奴僕叛主運動，「奴
僕結十二寨，索家主文書，稍拂其意，即焚殺之」，皆云「皇帝已換，家主亦
應作僕，事我輩矣」等語的出現。〔註281〕其餘的像陳維崧（1625～1682）《迦
陵文集》卷一〈許漱石詩集序〉，記有瀨陽奴變的情況，文中有「申酉之際，
江南大殺傷，而桀黠奴之變作。……相與揭竿起，困辱其主人，白晝橫刀市
上，乘風縱火，延燒數百餘家。」〔註282〕邵廷采（1648～1711）《思復堂文集》
卷二〈明巡撫蘇松副都御史世培祁公傳〉記：「嘉定華生家奴客為亂，踞坐縛
主杖之，……」〔註283〕《勝國紀聞》記載了吳淞、昆山等處奴變的情況：「明
末，蘇屬有奴變之禍，……揭竿為亂，聚黨千人，手刃其主。一時各富家奴

〔註279〕參見〔清〕孫之騄：《二申野錄》（濟南：齊魯書社，1996年）。
〔註280〕〔明〕黃淳耀：《陶菴全集》（合肥：黃山書社據清文淵閣補配文津閣四庫全
　　　　書本影印，2009年），卷2，〈送趙少府還郡詩序〉，頁7。
〔註281〕參見楊國楨、陳支平著：《明史新編》（臺北：昭明出版社，1999年），第11
　　　　章〈明末農民大起義和李自成攻占北京〉，第二節〈明末南方的佃變、奴變、
　　　　民變〉，頁546。
〔註282〕〔清〕陳維崧：《迦陵文集》（合肥：黃山書社據四部叢刊景清本影印，2009
　　　　年），卷1，〈許漱石詩集序〉，頁7。
〔註283〕〔清〕邵廷采：《思復堂文集》（杭州：浙江古籍出版社，1987年），卷2，〈明
　　　　巡撫蘇松副都御史世培祁公傳〉，頁104。

應之。」〔註284〕上述筆記雜鈔，有的是作者根據聽聞蒐集而來，更多的是作者親身的經歷，如杜濬（1611～1687）《變雅堂集》卷六〈瘈老僕骨誌銘〉一文，提到他的童僕叛去，竄入兵籍後，回來對他們頤指氣使的模樣，甚是逼真可笑，其文云：

> 甲申、乙酉間，國破家毀。余兄弟隨侍先君、先夫人盡室居金陵，
> 僮僕十餘輩，多挈妻子叛去，走部落營伍，竄入兵籍中。不數日，
> 立馬主人門，舉鞭指畫，放言無忌，以明得意。甚者拔刀斫庭柱，
> 叫呼索酒食，不得則恣意大罵，極快暢，然後馳去。〔註285〕

明清易代之際，士大夫面臨「天崩地坼」的時代劇變，除了權力、信仰的喪失外，「主奴易位」也是極具震撼力的瞬間——誠如趙園所說的「易代中士大夫最當面之敵，不能不是那些識面或不識面的奴僕佃客；較之遠敵，這當面的『反叛』無疑更有衝擊力和破壞性。」〔註286〕「奴變」一詞，在易代鼎革之際，不只是一種社會亂象，或是單純地指稱「民變」而已。它所呈現的，「的確是一幅社會關係顛覆的圖像」，就士人儒家傳統的觀點而言，「倫理秩序的顛倒，是最具根本意義的『顛覆』」。〔註287〕所以本文認為，「奴變」一詞所代表的符號喻意，符應前述之「亡國之音」，乃是在一個國家衰亡之際才會出現的禍兆，更是人們口中所驚懼的「妖孽」，皆如實地反映了一個社會秩序徹底崩壞，一朝之國祚將步入衰敗命運前的末世景象。從這個意義上來說，「奴變」的話語性，在易代之際承載了它所欲傳達的信息（message）——宣告一個朝代的結束——並將大量的「奴變」事件，反映在當時的話本小說中。英國文化研究理論家斯圖爾特‧霍爾（Stuart Hall）特別強調，話語提供了文化與表徵運作方法的範型，話語有其特定的形式或其「秩序」的歷史具體性，它有特殊的語言或意義，並在各個特定的時期，在特殊的地方被「配置」的方式。〔註288〕「奴變」的話語性，在於凸顯明清之際的倫常失序與層出不窮的暴力殺戮等隱晦的表徵異常明顯，代表中國自古賴以維繫社會安定的倫理

〔註284〕鵬九：《勝國紀聞》（臺北：廣文書局，1983年），「奴變」，頁88。

〔註285〕參見〔清〕杜濬：《變雅堂遺集》（合肥：黃山書社據清光緒二十年黃岡沈氏刻本影印，2009年），〈文集〉，卷6，頁67～68。

〔註286〕趙園：《想像與敘述》（北京：人民文學出版社，2009年），頁41。

〔註287〕趙園：《想像與敘述》（北京：人民文學出版社，2009年），頁44。

〔註288〕參見〔英〕斯圖爾特‧霍爾（Stuart Hall）編，周憲、許鈞譯：《表徵——文化表象與意指實踐》（Representation: Cultural Representations and Signifying Practices），頁1～9。

觀，也就是君／臣、吏／民、主／僕等在上位者與在下位者的權力關係開始鬆動，傳統的價值觀遭遇史所未見的挑戰；若從政治權力資本的操控與支配視之，失序的社會亂象，就是權力資本的重新分配，原有的仕紳地主集團瓦解，造成社會秩序的崩壞與士人階層的嚴重失勢／序。〔註289〕準此，我們可以說，明清之際話本小說關於「奴變」的敘事話語，正是作家對於世變亂局的一種心理反映，呈顯出士人階層在末世失序下的集體焦慮。

就全盛時期的明代話本小說而言，以「奴婢」（兼指男性的奴僕與女性侍婢）為題材的小說只有寥寥數篇，有些甚至還只是「配角」而已，在動輒就有兩三百篇的明代話本中，可見奴婢在當時還不是作家特別關注的對象。後來由於明末奴僕的數量暴增，正如顧炎武《日知錄》卷十三〈奴僕〉條中言：「今日江南士大夫多有此風，一登仕籍，此輩競來門下，謂之投靠，多者亦至千人。」〔註290〕奴僕人數增加，自然就會衍生許多的社會問題；繼之與仕紳之間的矛盾分化愈深、貧富差距愈大，「奴變」運動如野火燎原般擴散開來，成為明清之際重大的社會事件。以明清之際的話本小說視之，直接以奴僕作為寫作題材的就有七篇，間接歌頌僕義的有兩篇，不但在數量上比明末增加一倍，奴僕的形象也呈現多元化的現象〔註291〕，凸顯奴僕問題在此時期的重要性，影響之大，從作家書寫的集體性傾向即可略窺一二。根

〔註289〕國家政治權力的行使是為了維護統治階級的根本利益，因此，政治權力也就是一個階級用以壓迫另一個階級的有組織的暴力。本文對於各種社會資本，包括文化資本、經濟資本甚至符號資本等術語，乃有意參考布爾迪厄的文化資本等概念，藉以說明被支配階級在權力鬥爭的過程中，對於原有的支配者產生極大的威脅與挑戰。被支配的一方若能取得權力，也就取得了權力場域中的話語權和決定權，就是對於那些能夠在不同場域中發揮作用的各種不同權力的相對價值和力量的決定權。參見〔法〕布爾迪厄著；包亞明譯：《文化資本與社會煉金術：布爾迪厄訪談錄》（上海：上海人民出版社，1997年），頁189～192。

〔註290〕〔清〕顧炎武《日知錄》（合肥：黃山書社據清乾隆刻本影印，2009年），卷13，〈奴僕〉，頁268。

〔註291〕參見徐志平：《清初前期話本小說之研究》，頁503。本文參照徐志平的說法，認為「奴婢」與「奴僕」在稱謂上的差異，只是性別的不同而已，屬性則完全一致，兩者可以通轉。明代話本以奴僕為題材者，在《醒世恆言》卷35〈徐老僕義憤成家〉、《警世通言》卷15〈金令史美婢酬秀童〉、《型世言》第15回〈靈臺山老僕守義　合溪縣敗子回頭〉都是歌頌義僕的，《拍案驚奇》卷11〈惡船家計賺假屍銀　狠僕人誤投真命狀〉則是譴責惡奴的。且《警世通言》卷15和《拍案驚奇》卷11這兩篇小說中的奴婢角色，嚴格說來都不是真正的主角。以整體比例來看，明末有關奴僕的小說，分量明顯偏少。

據統計，明清之際的話本小說與奴僕題材相關者，計有陸雲龍《清夜鐘》第三回〈群賢力扶弱主　良宦術制強奴〉，李漁《無聲戲》第十一回〈兒孫棄骸骨童僕奔喪〉、第十二回〈妻妾抱琵琶梅香守節〉與《十二樓》中的〈拂雲樓〉，東魯古狂生《醉醒石》第八回〈假虎威古玩流殃　奮鷹擊書生仗義〉，墨憨齋主人《十二笑》〔註 292〕第四回〈快活翁偏惹憂愁〉，《五色石》卷八〈鳳鸞飛〉，《生綃剪》第四回〈六月雪英年失智　齊雲塔高衲成孤〉，《筆梨園》的〈媚嬋娟〉與《八洞天》卷七〈忠格天幻出男人乳　義感神夢賜內官須〉等篇。

　　直接描寫「惡奴」欺主為虐、橫行鄉里的篇章，有《清夜鐘》第三回〈群賢力扶弱主　良宦術制強奴〉中王鄉宦的奴僕王幹，與《醉醒石》第八回〈假虎威古玩流殃　奮鷹擊書生仗義〉裡的奴僕王臣兩篇。王幹與王臣兩人皆有個共同的特色，就是做人伶俐狡猾，能識得主人意向，說話無句不合拍，做事無件不投機。王幹最初「還只借主人勢，外邊放些帳，置些產，滿自己飯碗。漸漸剝主人物自利，不放債有息，不置產有租，肥一己身家。」（《清夜鐘》頁 32）等主人病歿，竟私吞家財到外鄉置產，繼之替兒子納監、買秀才。當時尚有舉人貪圖三百兩聘金，將女兒許配給他的兒子，王幹從此「高巾盛服，……高堂大廈，美地肥田，使婢呼奴，穿綾著綺，還得交結富豪，收絲囤米。」（《清夜鐘》頁 35）其舉止之闊綽、言行之囂張，令人咋舌稱奇。而《醉醒石》的王臣，先是勾搭上主妾，東窗事發後逃離主家，流落北京。但因他能寫能畫，做人機伶，所以有中貴認他為姪兒，發了跡，當上錦衣衛千戶，因緣際會下奉旨替皇帝收買古玩字畫。得勢後回鄉作惡，漁肉鄉民，特別是原主的家，被王臣侵吞了二千兩銀子，其餘那些當初他有難時不肯相救的富戶，幾無一倖免，少的也送上千金，甚至還要秀才幫他謄抄古書，作威作福、不可一世。值得注意的是，即便豪奴跋扈強橫，無視主僕尊卑的分際，但在作者的刻意安排之下，這些奴僕的下場都不好。王幹最後是官司纏身，錢產兩空，「悒鬱而終」；王臣在巡撫和學院聯名上本參他「擾民」下，遭斬首處決，還傳首江南，以昭炯戒。謝國楨說得好，「在明、清之際無統制力的局面當中，奴僕們可以作跳梁小丑，鬧一下子。及至地方有幾個長官出來，

〔註 292〕全書稱《墨憨齋主人新編十二笑》，作者「墨憨齋主人」，根據徐志平的考證，可能是馮夢龍的後代子孫。本文所用版本，乃上海古籍出版社於 1990 年據古本小說集成編委會所編印之版本，文中若有引述只註明頁碼，不再標記出處。

這種奴僕的運動即歸平息。」〔註293〕面對社會失序與道德淪喪的威脅，作者敘事話語的基調仍是以勸善懲惡、道德教化爲主，期待能夠警醒世人，「奴變」終究只是一時的亂象，回歸倫常道德與穩定社會秩序，方是長治久安之策。作者在《清夜鐘》第三回〈群賢力扶弱主　良宦術制強奴〉文末的評論說道：「人家奴才，只該勤愼自守，感恩圖報。」（《清夜鐘》頁41）《醉醒石》第八回〈假虎威古玩流殃　奮鷹擊書生仗義〉文中也說：「若是這王臣安分知足，得頂紗帽，雖不爲縉紳所齒，還可在京鬼混過日。就是作人奴隸，貧賤終身，卻沒箇殺身之禍。」（《醉醒石》頁107）類似的道德話語，《五色石》卷八〈鳳鸞飛〉也有：「奴婢盡忠于主，即不幸而死，也喜得名標青史。……何苦不發好心，不行好事，致使天下指此輩爲無情無義。」（《五色石》頁209）相對的，宣揚「義僕」的忠賢，塑造良好的奴僕典範，亦成爲此時期話本小說的一大特色，在「驚世奴變」的末世話語中獨樹一幟，象徵對亂倫失序社會的反動，也是對重建社會倫理道德綱常的深切渴望。

　　杜濬〈瘞老僕骨志銘〉文中曾記載忠僕「義勤」忠誠的事蹟，義勤的言行令其他奴僕羞愧無地自容，不復來詈主人矣。〔註294〕當時的奴僕猖獗，反襯出義僕的可貴。置身這樣的時代語境中，李漁以其敏贍的體悟，在《無聲戲》第十一回〈兒孫棄骸骨童僕奔喪〉與第十二回〈妻妾抱琵琶梅香守節〉，分別塑造出一個老實忠義的奴僕百順，以及貞懿賢淑的婢女碧蓮。杜濬在〈兒孫棄骸骨童僕奔喪〉的回末評論道：

> 看了百順之事，竟不敢罵人「奴才」，恐有如百順者在其中也。看了單玉、遺生之事，竟不願多生子孫，恐有如單玉、遺生者在其中也。然而作小說者，非有意重奴僕、輕子孫，蓋亦猶《春秋》之法：「夷狄進於中國，則中國之；中國入於夷狄，則夷狄之。」知《春秋》褒夷狄之心，則知稗官重奴僕之意也。（《無聲戲》頁206～207）

　　杜濬本人對奴變有深刻的體驗，且深受其害。但從此回評語「看了百順之事，竟不敢罵人『奴才』」視之，杜氏不改其一貫的幽默，且語含揶揄──

〔註293〕參見謝國楨：〈明季奴變考〉，收錄於《明清之際黨社運動考》，頁212。

〔註294〕杜濬〈瘞老僕骨誌銘〉：「義勤嘗切齒，其甚如此，一奴既隸尺籍，私來說義勤去，義勤好謝曰：『人各有命，爾命本當得意，故一旦遭時，自然奮發。吾命薄，與主人同，願共守饑寒而已。』此奴亦頗慚其言，自是不復來詈主人矣。」參見〔清〕杜濬：《變雅堂遺集》（合肥：黃山書社據清光緒二十年黃岡沈氏刻本影印，2009年），〈文集〉，卷6，頁67～68。

這正是一個主子看待奴變的態度。顯然杜濬在歷經奴變飽受驚嚇之後，已恢復其原有的理智，能以較為客觀持平的角度觀照整起事變的原委。評語所述，言簡意賅而能切中事理。在易代的背景下，李漁將「驚世奴變」的「末世話語」，著錄在以兒孫的不孝，來襯托義僕百順的忠貞。一個看似普通的故事其實被賦予了全新的意義。作者曲折隱晦的意涵，在杜濬的評語中得到充分的揭示。李漁對百順恪守主僕分際的讚美，其實隱含濃厚的「夷夏之辨」的色彩，相對的這也是當時所有讀書人深以為憂患之處。所謂《春秋》之法「夷狄進於中國，則中國之；中國入於夷狄，則夷狄之」，在這個意義上，「奴變」顛倒常倫，破壞社會秩序，撼動朝綱之舉，正是杜氏藉由《春秋》之法所說「夷狄化」〔註295〕的表徵。因此杜濬才說，知《春秋》褒夷狄之心，則知稗官重奴僕之意也，李漁的「微言大義」，惟有杜濬知之。

　　而此時期話本小說中奴僕的多元化形象，在於作者頗能根據當時的奴僕問題創發出許多罕見的題材，這是前所未見的情況。有的是頌揚婢女的才幹，如《十二樓》中〈拂雲樓〉的婢女能紅，既替小姐分勞，又扶持丈夫當上大官，成為家中最大的功臣。《生綃剪》第四回〈六月雪英年失智　齊雲塔高衲成孤〉與《筆梨園》的〈媚嬋娟〉，也分別有歌頌義僕的情節。《五色石》卷八〈鳳鸞飛〉，則是同時讚揚忠僕和義婢的，男的代替主人流竄遠荒，女的則是代小姐入宮為奴，兩人皆出自真心，最終也都得到善報。墨憨齋主人《十二笑》第四回〈快活翁偏惹憂愁〉，則是寫監生蒙棟誤入賤籍、委身為僕的故事。而《八洞天》卷七〈忠格天幻出男人乳　義感神夢賜內官須〉一文，全篇充滿了濃厚的靈怪色彩，題材十分少見。忠僕王保為了撫養孤兒男扮女裝，義舉感動上天，王保身上竟然長出兩隻婦人的乳房，乳頭上還流出漿液來餵哺幼主。

　　綜上所述，明清之際話本小說中「驚世奴變」的末世話語，不論忠僕／惡僕，其實皆是一體兩面，反映亂世中緊張的主僕關係，亦是士人階層印象中的「天崩地坼」最露骨的表述，是面對社會失序的集體焦慮，更是趙園筆下所謂的「當面之敵」〔註296〕。深究之，不難發現「夷夏之辨」為所有「奴

〔註295〕「夷狄化」的論點，請參見朱海燕：《明清易代與話本小說的變遷》，頁10～11。
〔註296〕趙園認為觀察明清之際發生的大規模奴變運動，若從士大夫的角度視之，他們所面對的民變、奴變感受，即是一種「易代」經驗。參見趙園：《敘述與想像》，頁41。

變」話語潛在的根本宗旨；「失序焦慮」則是集體心理的反映。描寫惡僕爲亂是對末世世情直接的批判；宣揚義僕乃是撥亂反正的意指實踐，兩者皆不約而同地歸趨於傳統儒家的禮教，期望回復既有的社會秩序。以奴僕作爲寫作對象「不是清初才開始的，但卻在此一時期才達到可觀的成績」〔註297〕，充分展現出易代鼎革之際社會寫實的面貌。

（二）暴力敘事的創傷話語

　　明清易代之際話本小說裡關於「家國末世記憶」集體書寫的另一個重要部分，是描寫易代鼎革壟罩全中國的流寇肆虐與清兵屠戮的恐怖情境敘事話語。它所代表的重要意義，是亂世人心的一種投射，也是面對無情殺戮導致家園燬棄、親人喪亡無力報仇時的一種「幻想」；並藉由書寫暴力，以文字作爲出口，還原歷史現場，進而撫癒時代的創傷。在奔竄混戰的亂世中，無辜百姓所要面對的，是一個無政府轄制狀態下的歷史空間。〔美〕梅爾清（Tobie Meyer-Fong）認爲，明末的那種社會動盪有時只有表面的政治性，多數情況下，不過是「在政治大混亂中趁火打劫」而已。〔註298〕如此一來，受害最深的便是手無寸鐵的一方。因爲整個大局勢的混亂，官兵與強盜，抑或賊虜與義軍之間，彼此界線模糊不清。許多市井遊民與佃、奴混在一起，以「義師」自命，趁火打劫。而打著明軍旗幟的亂兵，行徑無異於寇、盜，如左良玉部之兵，虐焰張天，殘民更甚於賊虜。不論明朝官軍或是清兵，成分駁雜，戰場上的敵人，可能正是昔日同袍，雙方都殺紅了眼。清人王秀楚以其戰亂倖存者的身分，寫成之《揚州十日記》，記錄清初揚州城慘遭屠戮的個人見聞。文中便有「一遇婦女仍肆擄刦，初不知爲清兵，爲鎭兵，爲亂民也」〔註299〕一句，以悚懼不安的語氣再現當時敵我莫辨的混亂場面。趙園說，「由此看來，處現代之世，的確不能將明清之際的戰場想像成兩軍對壘、陣線分明」〔註300〕的情況，當時的任何人無時無刻不生活在寇虜搶掠

〔註297〕參見徐志平：《清初前期話本小說之研究》，頁513。
〔註298〕參見〔美〕梅爾清（Tobie Meyer-Fong）著；朱修春譯：《清初揚州文化》（上海：復旦大學出版社，2004年），頁15。
〔註299〕參見〔清〕王秀楚：《揚州十日記》（合肥：黃山書社據清鈔本影印，2009年），頁8。
〔註300〕趙園：《想像與敘述》，頁36～40。趙園此節將「兵、賊、盜、虜、義軍」混用，泛稱易代之際的各種軍事力量，並論證「亂民」隨時有作亂的可能，「兵、賊、盜、虜、義軍」，均係士大夫經驗中的「民」。他們在不同情境中面對的

殺戮的恐怖氛圍之中。是故此時期的「亡國之音」特顯悽楚哀厲，家破人亡、妻離子散、鬼哭神嚎者盈塗載道，令人不忍卒睹。

造成全中國烽煙四起的亂局，先是有流寇的肆虐，重創中原大半之域，繼之清兵南下，對江南地區展開血腥屠城的劫掠殺戮，史載有「揚州十日」、「嘉定三屠」與「江陰屠城」等慘絕人寰的激烈征服手段。晚明流寇之亂，以天啟七年（1627）陝西民變始，至崇禎十七年（1644）李自成亡，前後共計十八年。〔註301〕由於流寇為亂的區域主要在北方，對於以蘇、杭、江南為創作中心的話本小說而言，不論在時空的隔離或是信息傳遞的遲緩等外在因素，導致現今所存的兩百多篇話本小說中，直接演述流寇故事，或以流寇之亂為背景的小說只有九篇，比例甚低。即便如此，徐志平認為，「全國壟罩在流寇搶掠殺戮的恐怖氛圍之中，或未曾目見，卻不可能沒有耳聞」〔註302〕；再加上亂離故事永遠不缺人們的想像與添綴，於是在大家繪聲繪影地傳述下，許多寫實恐怖又富有傳奇色彩的故事，便逐漸散播開來。類似這些血腥殘忍的創傷性事件，對當時的人們而言，不論親見或耳聞，皆在心理產生極大的「負面情緒」。尤當清軍南下後，江南仕紳遺民群起反抗，全國形勢更加險峻，生存條件異常嚴苛，故描寫戰爭亂離的作品整體來說多有悲慘、惶懼的時代語境，就像「閃光燈記憶」（flashbulb memories）〔註303〕，清楚反映哀苦人民的深切體驗，並不斷藉由提取過去的痛苦回憶來書寫，以撫平創傷。但值得注意的是，清初文網嚴密、禁錮甚厲，許多慘絕的江南屠殺事件，「在話本小說中竟然完全沒有反映」〔註304〕，偶有提及的，也僅限於清軍擄掠婦女的部分，且語多含蓄保留。因此本小節將清兵殺戮的暴力敘事話語，納入

「民」，對此「民」係依情境、關係不同的不同指稱。

〔註301〕參見李文治：《晚明流寇》（臺北：食貨出版社，1983年），〈緒論〉的部分。

〔註302〕參見徐志平：《清初前期話本小說之研究》，頁194。

〔註303〕1970年代，Brown & Kulik率先研究負面情緒喚醒事件的記憶績效，發現這類記憶效果較好，他們將之稱為「閃光燈記憶」（flashbulb memories）。人們對創傷性事件（如槍殺、刀捅等）表現出較高的記憶準確性，且情緒事件具有較多的刺激後精細化複誦，也就是刺激編碼後的複製與重現。此種心理學理論可以解釋為什麼重大歷史的變亂，總是成為作家筆下不斷書寫再現的場景。藉由書寫恢復被壓抑的記憶，據說產生神經症的情緒隨之被釋放，神經症也將痊癒。參見楊治良等編著：《記憶心理學》（臺北：五南書局，2001年），頁509～518。

〔註304〕參見徐志平：《清初前期話本小說之研究》，頁226。徐志平認為，之所以如此的原因，推其因恐怕也是因為太過於敏感，不敢有所表現的緣故。

下文婦女受辱之「父權延異下的婦女貞／淫二元論述」章節一併討論。

根據史書記載，晚明流寇作亂，從陝西民變開始，所經之處，燒殺擄掠，勢甚猖獗。流寇中殺人手段最為凶殘的，當屬張獻忠。據說他在四川殺人無數，蜀人為之盡絕，《明史·張獻忠傳》謂：「川中民盡，乃謀窺西安。」〔註305〕參諸其他史書，如專記張獻忠殺人的《蜀碧》一書，記載更為翔實，今人魯迅讀後只以一「慘」字形容，即可知其大較也。〔註306〕《蜀碧》說張獻忠兵分四路屠殺川民，以士兵繳回所殺之人的手足論功行賞，「得男手足二百雙者授把總，女倍之，官以次進階」，書中對張獻忠的殺人手段有逼真的描述，作者清人彭遵泗（約西元 1740 年前後在世）提到「蜀民於此，真無孑遺矣」，其文曰：

> 賊以婦女累人心，悉令殺之。有孕婦者剖腹以驗男女，又取小兒每數百為一羣，圍以火城，貫以矛戟，視其奔走呼號以為樂。〔註307〕

如此恐怖血腥的實錄，便反映在《豆棚閒話》第十一則〈黨都司死梟生首〉的敘事話語中：

> 凡四十歲以上，不論男婦，一概殺了，只留十二三歲到二十四五歲上下的，當作寶貝，或義結做兄弟，或拜認作父子。……還有那忍心的，將有孕婦人猜肚中男女，剖看作樂。亦有刳割人的心肺，整串燻乾，以備閒中下酒。更有極刑慘刻，如撥活皮、鑿眼珠、割鼻子、剁手腕、刖腳指。假煉人的法兒，不知多少！（《豆棚閒話》頁 124）

> 前日有個客人從陝西、河南一路回到湖廣地方，遇著行人，往往有割去鼻耳的，有剁去兩手的，見了好不寒心。（《豆棚閒話》頁 125）

李漁《十二樓》中的〈奉先樓〉也有類似殘忍的描寫：

> 只因彼時流寇猖獗，大江南北沒有一寸安土。賊氣所到之處，遇著婦女就淫，見了孩子就殺。甚至有熬取孕婦之油，為點燈搜物之具，縛嬰兒於旗竿之首，為射箭打彈之標的者。所以十家懷孕，九家墮

〔註305〕參見〔清〕張廷玉等撰：楊家駱主編：《新校本明史并附編六種》，卷 309，〈列傳〉197，〈流賊〉，頁 7976。

〔註306〕魯迅說：「這是講張獻忠禍蜀的書，其實是不但四川人，而是凡有中國人都該翻一下的著作。……《蜀碧》，總可以說是夠慘的書了。」參見魯迅：《魯迅全集》（上海：人民文學出版社，1981 年），《且介亭雜文·病後雜談》，第 6 卷，頁 165～170。

〔註307〕參見〔清〕彭遵泗：《蜀碧》（合肥：黃山書社據清道光指海本影印，2009 年），卷 3，頁 27。

胎，不肯留在腹中馴致熱油之禍。十家生兒，九家溺死，不肯養在

世上，預爲箭彈之媒。（《十二樓》頁 217）

《雲仙笑》第三冊〈平子芳〉篇則以崇禎年間湖廣荊州府流賊之亂爲背景，言當時「忽然一聲炮響，張獻忠已領著許多兵馬殺進。那些百姓挨挨擠擠，卻那裡逃得及，盡被他砍瓜切菜的排殺過來」（《雲仙笑》頁 49）；李漁《無聲戲》第五回〈女陳平計生七出〉中也說：「男要殺戮，女要姦淫。生得醜的，淫慾過了，倒還丟下；略有幾分姿色的，就要帶去。」（《無聲戲》頁 88）無辜的百姓是戰亂最大的受害者，此時家園燼棄人命如草芥，朝廷無能又逢連年天災，面對親人流離失所，無語問蒼天，徒呼奈何！《豆棚閒話》第十一則錄下一首邊調曲，道盡了百姓的哀怨與置身末世的感慨：

老天爺，你年紀大，耳又聾來眼又花。你看不見人，聽不見話。殺

人放火的享著榮華，吃素看經的活活餓殺。老天爺，你不會做天，

你塌了罷！你不會做天，你塌了罷！（《豆棚閒話》頁 123）

作者說，藉由這首曲子，「也就曉得天下萬民嗟怨，如燼如焚，恨不得一時就要天翻地覆，方遂那百姓的心願」（《豆棚閒話》頁 123），可見當時民怨之沸騰，「變天」只是早晚的事。許多跡象顯示大明的氣數將盡，兼之天災人禍不斷，不是連年亢旱，就是大水橫流，不是瘟疫時行，就是蝗蟲滿地；而崇禎賦性慳嗇，大廈將傾非一木可支，又錯用袁崇煥，妄殺毛文龍，衍生流賊之亂，導致明亡的結局，普世咸認爲明朝氣運已盡。〔註308〕上文所引錄的邊調曲，即是一種呼告式的末世話語，帶有強烈的憤世情感，將哀傷、憤怒、悼念或祈求等情感直接地宣洩出來，讓讀者對作者的情感產生共鳴，也可看出作者急迫的心情。〔註309〕另外，在亂離書寫的暴力敘事中，不乏心理層面的鋪墊，有一種是作爲對家園思念與嚮往的「歸鄉」敘事，以及寄託於死後神鬼英靈之「果報」敘事。兩者皆可視爲末世話語暴力敘事中的「變形」，但

〔註308〕從《豆棚閒話》作者艾衲居士在文中以「在朝廷上誇口」、「收局不來」等語評論袁崇煥，可知作者對他並無好感。袁崇煥殺毛文龍爲明末歷史的一樁公案，歷來史家各有不同論斷，本文無意置喙，僅藉由《豆棚閒話》的邊調曲與暴力敘事話語，凸顯末世話語的時代語境，呈現百姓對「天翻地覆」想像的解讀，可見當時民間已有「改朝換代」的預期心理。

〔註309〕參見陳望道：《修辭學發凡》（臺北：文史哲出版社，1989 年），頁 130。陳氏認爲「呼告」修辭，是「話中撇開了對話的聽者或讀者，突然直呼話中的人或物來說話的，名叫呼告辭」。寫作當中，作者撇開讀者，直接對著人或物呼告，即可看出作者迫切的心情。

故事內容過於「離奇」，明顯有違常理，卻頗能側寫出亂世背景下，無端受害的百姓內心深處最迫切的渴望。

　　首先是《豆棚閒話》第十一則的「歸鄉」敘事。文中寫某人在河南省雒陽縣荒村小鎮上的見聞，因遇著疾風暴雨到人家借宿，主人初以「舍弟在內」為由不肯收留，經客人再三懇求，才勉強答應，但主人卻警告他不要害怕所見之事。作者於此所設置之「懸念」，竟然是家中住著一個「無頭之人」的事實，客人乍見果然嚇得魂飛魄散。原來無頭之人正是主人的胞弟，因被流賊追趕，逃回時遭土賊砍落腦袋，由於陽壽未盡，躲過死劫。即便無頭，「只有一條頸骨挺出在外」（《豆棚閒話》頁 126），他仍舊有辦法找到歸鄉之路，兄弟兩人從此相與為命。文中寫到哥哥初見弟弟時也嚇了一跳：

> 只見身體尚暖，手足不僵，喉嚨管裏唧唧有聲。將麵糊、米湯茶匙
> 挑進，約及飽了，便沒聲息，如此年餘。近來學得一件織蓆技藝，
> 日日做來，賣些錢米，到也度過日子。（《豆棚閒話》頁 126）

　　明末的戰亂導致人民四處奔逃、流離失所，他們在逃難的旅程中飽受亂離的艱辛，長途跋涉的勞苦、精神肉體的折磨與生離死別的苦痛，在在使他們渴望能重返家園。作者以「亂世來的奇事」，作為這則故事的注解，其實它背後指涉出易代之際所有異鄉人的歸鄉夢。歷朝各代的亂世都曾經出現過所謂的「歸鄉」敘事文學〔註310〕，這是因為文人在亂離中飽嘗了現實中的不完滿，而這種不完滿是歷史時空逝去與割裂的特質所造成的，使他們經歷了主體的斷裂，被迫離家四處逃難，因而興起對家鄉、親人無限的懷戀，也是一種對避難所的嚮往。故事雖透顯出戰亂時代的恐怖氛圍，但是那種對家園與親人的依戀，卻是亂世裡令人動容的孺慕摯情。

　　其次在《豆棚閒話》第十一則的「果報」敘事中，出現一則人死後復活報仇的故事。死而復仇的人名為黨一元，勇武剛直，好替鄉里行俠仗義。黨一元被俘後嚼舌自盡，竟死而復活一刀砍死紈褲好色之徒南正中。眾人盡道：「忠臣義士之魂至死不變，說已死了，尚且如此英靈，報了仇去。這個人比那死作厲鬼殺賊，更爽快許多了！」（《豆棚閒話》頁 132）「輪迴業報」觀自佛教西傳入中土後，結合中國原有的復仇意識，「果報」的觀念普及人心。亂世受害最深的無辜百姓，面對慘絕人寰的人間煉獄，在求助無門的情況下，

〔註310〕參見林佳怡：《明末清初女性亂離詩研究》（臺中：國立中興大學中國文學系碩士論文，2008 年），第二章〈敘述：亂離書寫的歷史敘述〉，頁 34～37。

寄託鬼神是很正常的心理慰藉。由「這個人比那死作屬鬼殺賊，更爽快許多」可知，能夠直接將兇殘的賊寇就地正法，是多麼大快人心的一件事。本篇回末的批語說：「奸淫、忠義，到底自有果報。」（《豆棚閒話》頁 132）就是冀望亂世中仍有人挺身而出為大家伸張正義，無惡不作的壞人終究會有報應的。

不論是驚世奴變或是鼎革亂離的敘事話語，在在呈現出人們面對社會秩序崩解亂象所產生的失序感。驚世奴變針對仕紳集團為主的統治階層而發聲，鼎革亂離的暴力敘事，為置身其中所有世人的創傷話語。綜言之，這種末世之音已然改變晚明話本小說自《三言》、《二拍》以來「寓教於樂」的敘事風格，那種「適俗導愚」、「教忠教孝」的民間趣味性，早已被「噍殺」、「殺氣」與「戾氣」等話語所取代，大多是苛刻嚴峻的敘事話語。我們可從此時期的話本小說中言詞的嚴肅急迫，句子節奏的緊湊，語氣和語速的變化上〔註311〕，知道此時期整體時代氛圍所塑造出的時代語境，那種末世降臨致使生活失序的話語感受特別強烈。

三、父權延異下的女子貞／淫二元論述

從古至今，中國易代史就是一部屠戮史。不論朝代更迭抑或末世混戰，「殺人盈野」、「流血漂櫓」、「哀鴻遍野」等話語史不絕書，但鮮少有像此時期之話本小說對「殺人」行徑作如此鉅細靡遺的描寫，而婦女永遠是動亂時代首當其衝無辜的受害者。此時期有不少作家注意到婦女乖舛不堪的命途，以文字書寫她們殘破受辱的軀體與哀戚痛苦的心靈，見證歷史殘暴嗜血的一面。弔詭的是，亦有人將世變中女子媚敵的行為等同於亡國的恥辱，這些落難女子若不能在受辱前自殺，便會遭到失節的譏諷。女子貞節「宗教化」的現象，在明清之際又增添一條「政治化」的奇特現象。本節擬專以明清易代之際話本小說中書寫女子遭辱的篇章作為討論對象，深究血腥暴力亂離悲歌幽微的話語性，是否可能具有其他的意涵？作者或藉由書寫暴力反映時事、療傷止痛，或將極悲苦的亂離情節遊戲化，轉悲為喜，或視女子身體為國族節操的延續。不論如何，「小說的基本傾向就是展示百姓流離失所、家破人亡的悲慘遭遇，譴責流賊奸淫殺戮的罪惡行徑」〔註312〕，成為此時期的敘事話

〔註311〕參見朱海燕：《明清易代與話本小說的變遷》，頁 7。
〔註312〕參見傅承洲：《明清文人話本研究》（北京：人民文學出版社，2009 年），頁 241。

語基本策略。但在這些敘事話語的背後，其實隱含著父權延異下女子貞／淫的二元論述。這種論述的基調，歸根究底，仍是以男性視角爲出發點的世界觀，充分顯露出男性對於女性特質的未知與恐懼，無法擺脫中國傳統固著的父權意識。

　　亂世中受害最烈的莫過於婦女，不論是流寇爲亂或是清兵掠奪，她們都成爲兵丁刀口下任憑宰割凌辱的犧牲品。許多婦女爲保貞節選擇以死明志，也有不少人在兵荒馬亂之際被軍隊劫掠而去或是驚散逃難、流落異鄉，孤苦飄零以終。《淮城紀事》一書採「以日繫事」的手法，詳錄甲申以來淮城一帶的變亂：「十一日，亂兵至西門者愈多，大肆劫奪，行居馬驢無得免者，或掠妻女，勒重價取贖」〔註313〕、「二十九日，民間喧傳李賊一路要占閨女，不要婦人，見有高監紀出示，使閨女速速出嫁，無貽後悔」〔註314〕。順治三年，清兵在征南大將軍（貝勒博洛）的率領下佔領福州，《風流悟》第二回〈以妻易妻暗中交易　矢節失節死後重逢〉的故事情節便是以此爲背景。當大軍進入福州城後，「男男女女紛紛奔竄，也有挑了行李的，也有抱了兒女的，各有驚惶之狀」，陰氏「剛剛走到前廳來，忽見四、五個兵丁，提著雪亮的刀，趕進來。見了陰氏，一個劈頭一刀砍來」，見陰氏貌美，「兩個兵丁不由分說，將陰氏抱上馬，一鞭竟到營裏。」（《風流悟》頁 11）這些清兵隨意闖入民宅殺人，若見容貌姣好的女子便強行將其擄走。陰氏謊稱有「沙淋症」才幸未遭姦汙，後隨軍北上不久就被棄於崑山的寺廟中。《雲仙笑》第三冊〈平子芳〉篇，也有「聽得說吳平西要替先帝報仇，……把各處擄掠的婦女盡行棄下」等文句（《雲仙笑》頁 52）。《珍珠舶》卷四的女主角杜仙佩躲過「闖賊」的屠掠後，「不料闖賊既去，妾即爲嚴將軍所獲。含羞忍辱，每不欲生」（《珍珠舶》頁 107）。李漁在《無聲戲》第五回〈女陳平計生七出〉入話中就說道：「明朝自流寇倡亂，闖賊乘機，以至滄桑鼎革，將近二十年，被擄的婦人，車載斗量，不計其數。」（《無聲戲》頁 85〜86）可見婦女被掠而造成的悲慘故事在當時是常見的。查繼佐（1601〜1676）《罪惟錄・閨懿列傳》卷之廿八記錄一則廣陵女子被流寇所掠，逃歸後家園已毀的淒涼辛酸：

〔註313〕佚名：《淮城紀事》，收於〔明〕馮夢龍輯：《甲申紀事》（合肥：黃山書社據明弘光元年刻本影印），卷6，頁76。

〔註314〕佚名：《淮城紀事》，收於〔明〕馮夢龍輯：《甲申紀事》（合肥：黃山書社據明弘光元年刻本影印），卷6，頁78。

> 廣陵女子歸于莒父宦氏，崇禎壬午，爲寇所掠。明年夏五，逃歸，
> 而已無家。〔註315〕

　　明清之際知名的女詩人如王端淑（生卒年不詳）、黃媛介（生卒年不詳，
1650 年左右尚在世）、畢著（1622～？）等人，從女性的視角，書寫戰亂時代
的亂離詩，展示才女們特有的國族意識與歷史情懷，讓我們得以窺見婦女在
戰亂中流離失所以及漂泊異地的時空感。戰亂所造成的時空斷裂現象，亦使
得她們必須承受家國與個人生活的改變，而這些改變往往就是面對與親人的
生離死別，個人身體與心靈的雙重創傷。〔註316〕例如清初因亂被掠至清風店，
題詩於壁的名妓宋娟（生卒年不詳），其〈題清風店〉一詩堪稱末代難女自述
悲苦的代表作：

> 妾命如朔風，飄然振落葉。不入郎羅幃，乃逐塵沙陌。妾本良家兒，
> 流落平康劫。十三工秦箏，十五好筆墨。尊前柔聲歌，淚濕江州褶。
> 人謂妾顏好，妾謂前生孽。武林遇公子，知心不徒悅。忽爾天地崩，
> 遂令山川別。一爲俗子羈，再爲干戈緤。哼哼破車中，塵土滿鬢髻。
> 塞馬嘶寒風，玄水眞慘裂。披擲一羊裘，皴肌冷如鐵。晝則強懽笑，
> 夜則潛哽咽。誰謂文姬哀？文姬猶返闕。誰謂明妃怨，猶能封馬鬣。
> 而我薄命妾，終當染鋒血。胡不即就死，心爲公子結。公子爾多情，
> 豈忘西湖月。公子爾多智，豈不諒我節。公子爾任俠，忍妾委虎穴。
> 公子爾多交，交豈無豪傑。媒妁扇上詩，顛沛不忍撤。忍死一相待，
> 悲酸難再說。又聞洞山方，風流當世傑。爾旣善顧郎，何不一救妾。

〔註317〕

〔註315〕〔清〕查繼佐之《罪惟錄》原名《明書》，以紀傳體形式書寫而成，然此書與
　　　　莊廷鑨的「明史」案有所牽連，因此以「獲罪惟錄書」更名爲《罪惟錄》，是
　　　　書記錄明朝至南明時期的相關事蹟。參見氏著：《罪惟錄》（合肥：黃山書社
　　　　據四部叢刊三編景手稿本影印，2009 年），〈閨懿列傳〉卷之 28，頁 1800。
〔註316〕參見孫康宜：〈末代才女的亂離詩〉，《文學的聲音》（臺北：三民書局，2001
　　　　年），頁 41～71。例如清初被擄掠的名妓宋娟，曾把自己的遭遇寫成長詩，
　　　　題壁清風店。宋娟將己身與情郎曹爾堪的離合歸結到天崩地坼的時代巨變，
　　　　並切切責望曹郎營救她。參見李惠儀：〈明末清初流離道路的難女形象〉，收
　　　　錄於王璦玲主編：《空間與文化場域：空間移動之文化詮釋》（臺北：漢學研
　　　　究中心，2009 年），頁 143～186。
〔註317〕此詩收錄在清初王端淑的《名媛詩緯》，在「宋娟」條目下記載：「杭州人，以
　　　　亂被掠至清風店，題詩於壁。後歸嘉善曹太史。」參見氏著：《名媛詩緯初編》
　　　　（臺北：國立中央圖書館縮影資料，據清康熙間清音堂刊本），卷21，頁 7。

　　詩中以「忽爾天地崩，遂令山川別」表達易代世變使得她的生命際遇產生變化；「塵土」、「寒風」、「皴肌」等字詞描繪身處異域空間產生的不適；繼之「晝則強懽笑，夜則潛哽咽」兩句，表現出日夜處境的情感落差，以及被擄女性苟且偷生的落難心境。全詩語氣哀怨，或辯白自清、或乞憐求援，聲聲呼喚、情真意摯，將亂世被掠女子的悲涼身影刻畫入微、絲絲入扣。

　　被掠女子如砧上肉，處境危殆，在孤子無助的情況下，許多女子不願受辱，便直接遭到殺害。《明季南略》曾記載明末烈婦許氏，義不受辱慘遭凌虐、肢解的事蹟，異常慘烈，其文云：

> 烈婦許氏，常熟諸生蕭某妻，諸生許重光女。為兵所掠，至蠡口，
> 見同掠有受污者，許氏大罵曰：「人何得狗彘偶！」兵怒，縛之桅，
> 支解之，食其心。群視曰：「此烈婦也！」潛瘞其一股。初亂時，女
> 子義不受辱者不能詳記，此其最也。〔註318〕

　　婦女為兵寇所掠，若非抱定死志殉節，也只能任賊蹂躪。然《清夜鐘》第二回的入話，就對被掠婦女不能死節頗有非難。文中寫這些被掠從賊的女子，在任丘失陷時，「共坐一大炕上，嬉笑自若」，後來敵兵起營，「婦人或五或十成群，皆灑線衣服，乘馬而去」（《清夜鐘》頁 15～16）。作者謂：「何女子善柔，不知羞恥，一至於此！」（《清夜鐘》頁 16）嚴詞批判那些失節女子恬不知恥的行徑，並以濟南失陷時，張方伯夫人方孟式墜井相殉為例，盛讚她「一死不愧知書女子」（《清夜鐘》頁16）。亂世中女子的自處之道，有時並非想像中的容易。前文所述之士大夫，驟臨死節尚且有所罣礙遲疑，遑論一柔弱無助的女子，值生死交關時刻豈能不「臨事而懼」？但綜觀《清夜鐘》所述「嬉笑自若」的女子，徐志平認為其行徑確實「可議」〔註319〕，惜未能將「可議」之處交代清楚。然焉知不是易代背景下的女子苦中作樂，以圖在亂世中苟活片刻的卑微心理？李漁《十二樓》中〈生我樓〉的入話，便有一闋被掠婦人所寫的〈望江南〉詞，將女子受辱後，面臨「進退兩難，存亡交阻」的痛苦與矛盾完全表現出來，其詞云：

> 千年劫，偏自我生逢。國破家亡身又辱，不教一事不成空，極恨是
> 天公！差一念，悔殺也無功。青塚魂多難覓取，黃泉路窄易相逢，

〔註318〕〔清〕計六奇：《明季南略》（合肥：黃山書社據清鈔本影印，2009 年），卷9，頁 139。

〔註319〕參見徐志平：《清初前期話本小說之研究》，頁 202～203。

難禁面皮紅。(《十二樓》頁 228)

李漁說此詞,「乃闖賊南來之際,有人在大路之旁拾得漳煙少許,此詞錄於片紙,即闖賊包煙之物也。……始知爲才婦被擄,自悔失身,欲求一死,又慮有靦面目,難見地下之人。進退兩難,存亡交阻,故有此悲憤流連之作。」(《十二樓》頁 228)李漁認爲,「論人於喪亂之世,要與尋常的論法不同」,最好能「略其迹而原其心」(《十二樓》頁 229),也就是說應該要撇開表面的現象,去探求背後的用心。李漁深知亂世背景下女子的命運是悲慘而不能自主的,因此對被掠婦女抱持較爲同情與寬恕的態度,才說〈望江南〉之婦不得與尋常失節之婦混爲一談。但令人驚訝的是,當時的時代語境鮮少有人如李漁般的豁達識體、就事論事,反而大多以嚴峻激切的標準訾議失節女子,尤其是將忠臣與貞女的寓意聯繫起來(此部分可參看第二章第一節《警寤鐘》卷之四〈海烈婦米椿流芳〉),失節即被視爲「罪無可逭」的國恥。或許是深受「儒家身體觀」〔註 320〕的影響所致,也或許是「臣死忠,婦死節,分也」〔註 321〕的殉國論普遍深植人心。「烈女殉死」所代表的符指意涵,在國家易鼎之際,就是「忠君愛國」的極端化展現,在亂世中甚至可以激勵人心,作爲人們的表率;反之,獻媚事敵、失節偷生的女子,不僅無恥,更代表亡國的先兆,有時並給其家族帶來威脅與危險。

明清易代之際掠奪婦女的除流賊外,尚有隨後入關的清軍。相較之下,清兵南下江南的慘劇如「揚州十日」、「嘉定三屠」與「江陰屠城」等,帶給

〔註 320〕根據楊儒賓在《儒家身體觀》書中所說,儒家身體觀的三派中,其中「禮義的身體觀」便是一種社會化的身體,它強調人的本質、身體與社會的建構是分不開的。參見氏著:《儒家身體觀》(臺北:中央研究院中國文哲研究所,1996 年),頁 82。女性的身體成爲實現制度與規範的重要形式,因此守貞、殉節、毀體,都是以身體來實現與成就自身節操的方式。而孔孟所謂的「成仁取義」說,自然也成爲女子殉節傚做的類化對象,是故明清之際女性的殉死,有些便是由國族與貞節觀交織而成。這種身體的殉死,亦成爲一種權力的形式,在儒家信仰的規訓之下,她們也藉此獲得了崇高的地位與權力。關於女性殉節的部分,可參見伊瓦・戴維斯:〈性別和民族的理論〉,收錄於陳順馨、戴錦華選編:《婦女、民族與女性主義》(北京:中央編譯出版社,2004年),頁 31。

〔註 321〕《明史》載知府饒可久丁艱於應城,崇禎九年,流寇入城,語妻程氏曰:「臣死忠,婦死節,分也。」於是妻女相對自經。可久被執,不屈而死。參見〔清〕張廷玉等撰;楊家駱主編:《新校本明史并附編六種》,卷 292,〈列傳〉180,〈忠義〉,頁 7494。

人民的荼毒和摧殘，比流寇甚至有過之而無不及。王秀楚的《揚州十日記》以親臨親見的「在場」筆法，如實呈現揚州城被屠戮的慘況。綜觀全文，王秀楚對揚州女子的責難亦頗深，與《清夜鐘》的作者詆毀失節女子的觀點如出一轍。字裡行間透露出他視揚州女子爲「禍敗根由」與「亡國劫難」表徵的信息：

> 一中年婦人製衣。婦奉郡人，濃抹麗妝，鮮衣華飾，指揮言笑，欣然有得色。每遇好物，即向卒乞取，曲盡媚態，不以爲恥。卒嘗謂人曰：「我輩征高麗，擄婦女數萬人，無一失節者。何堂堂中國，無恥至此？」〔註322〕

　　李惠儀在〈性別與清初歷史記憶──從揚州女子談起〉一文中指出，王秀楚的《揚州十日記》誅伐揚州女子的貪婪和無恥，與屠城慘禍有所關聯，其中隱然和「罪與罰」的邏輯暗合；易言之，揚州人民遭致屠城悲劇竟與他們的享樂暴殄有關。更進一步來說，不難讓人聯想到整個晚明，其實就是徹底狂放縱欲的「墮落時代」〔註323〕，世人必須爲此付出慘痛的代價。在王秀楚的描述下，「纍纍如貫珠」的婦女是被緊密監管的戰利品，其命運與死傷枕籍的幼孺、男子有別，更由被害者變爲可能助桀爲虐的失節者。女子可藉妥協甚或獻媚征服者偷生，而男子則難逃一死。〔註324〕在末世的亂象中，將女子媚敵靦顏苟活視爲亡國的預兆，王秀楚的觀察可謂細膩：「俄見有擁婦女雜行其間，服飾皆揚俗。予始大駭，還語婦曰：『兵入城，倘有不測，爾當自裁。』婦曰：『諾。……』」〔註325〕當維繫中國傳統社會秩序於不墜的廉恥觀一旦「崩壞」時，無疑代表禮教倫常失序，君道紕僻，朝綱日陵，國家豈無不亡之理？

〔註322〕參見〔清〕王秀楚：《揚州十日記》（合肥：黃山書社據清鈔本影印，2009 年），頁 3。

〔註323〕參見費振鐘：《墮落時代》（臺北：立緒文化事業有限公司，2002 年），「末世之痛」，頁 69～154。費氏指出，「對於縱慾主義的認同，反映出來並不是一個道德問題，從所謂的『士風之敝』及『士習大壞』中，我們更能體會到縱慾主義怎樣成爲明代文人精神異化的最好溫床。」

〔註324〕李惠儀：〈性別與清初歷史記憶──從揚州女子談起〉，《臺灣東亞文明研究學刊》第 7 卷第 2 期（2010 年 12 月），頁 292～295。王秀楚的〈揚州十日記〉以衛道垂戒作結：「後之人幸生太平之世，享無事之樂，不自修省，一味暴殄者，閱此當驚惕焉耳。」李惠儀指出，警惕云云，暗示劫難背後隱含教訓。李氏據此衍生出所謂的「罪與罰」邏輯。

〔註325〕參見〔清〕王秀楚：《揚州十日記》（合肥：黃山書社據清鈔本影印，2009 年），頁 1。

這就是王秀楚的引文中，清兵為何發出「何堂堂中國，無恥至此」的疑惑，而王秀楚將此現象視為亡國的徵兆。

即使面對明清之際哀鴻遍野的慘酷殺戮、婦女凌辱，李漁的小說卻往往能夠透過巧妙的情節設計，化悲為喜，轉禍為福，遠離現實悲情，顛覆了暴力敘事的血腥意象。在他的小說中，既無戰爭的殘暴，也感受不到亂離的悲涼氛圍，只覺得趣味鮮明，喜感十足，也因此遭致「淺薄」的批評，在所有末世話語中特顯突兀。〔註 326〕李漁《無聲戲》第五回〈女陳平計生七出〉以及《十二樓》中的〈奉仙樓〉、〈生我樓〉就是最明顯的例子。前則故事寫一聰明機智的婦人耿二娘，在遭逢流寇掠奪時，不但運用智慧使自己免於失身之辱，還戲耍流寇頭目致使他狼狽不堪，並從其手中騙取大筆錢財。第二則寫舒秀才與妻孥遭流寇、鼎革之亂拆散，經清軍將領的幫助，最後重逢團圓。最後一則是寫布袋綑裝女人販售的故事，實乃改寫自王士禎（1634～1711）《香祖筆記》〔註 327〕卷四所記載的清兵將所掠婦女裝袋出售的故事。這三則故事的背景，皆有賊寇清軍的劫掠、霸佔人妻、販售女子與強拉人伕等慘絕人寰的惡行。故事情節本應悲慘至極，呈現一幅末世亂象，李漁卻能運用各種「巧合」的手段，達成「大團圓收場」的喜劇效果。倘若略去喜劇情節，讀者仍能從中感受到生靈塗炭的時代悲涼。婦女受辱就是亡國的直接寫照，任何形式的戲謔粉飾，也只徒增感傷罷了。深究之，李漁「嘗以歡喜心，幻為遊戲筆」〔註 328〕的創作手法，實與清初嚴峻的政治氛圍與作者個人獨特的處世哲學以及創作觀有密切的關連。這部分將在第三章的「諧謔話語」有專章完整的討論，此暫從略。

走筆至此，明清易代之際話本小說中書寫女子遭辱的篇章，似乎可歸結

〔註 326〕李漁小說向來有「失之纖巧」（孫楷第語）、「質實深厚不足」（楊義語）的批評，崔子恩更直言李漁的小說「不敢也無法觸碰社會現實或社會歷史的本質性問題；躲避嚴酷的人生現象，從根本上排除悲劇情緒、悲劇形象、悲劇情節」。分別參見孫楷第：〈李笠翁與十二樓〉，載於氏著：《滄州後集》（北京：中華書局，1985 年），頁 188。楊義：《中國古典白話小說史論》（臺北：幼獅文化公司，1995 年），頁 238。崔子恩：《李漁小說論稿》（北京：中國社會科學出版社，1989 年），頁 16。關於李漁話本小說中的「諧謔話語」部分，在本論文第三章中將有詳述。

〔註 327〕〔清〕王士禎：《香祖筆記》（臺北：廣文書局，1968 年），頁 67。

〔註 328〕見〔清〕李漁：〈偶興〉，《笠翁一家言詩詞集》，載於《李漁全集》（杭州：浙江古籍出版社，出版年不詳），卷 2，頁 25。

為兩條脈絡：其一是專以描寫婦女遭遇流寇與清兵的劫掠為主；其二則是寫女子的義不受辱與慷慨殉節，但這部分有些在李漁的筆下，竟被塑造出女子可運用智慧使自己免於失身的喜劇結局。不論如何，這兩條敘事主線，皆可稱為父權延異下的女子貞／淫二元論述。現代女性主義文學批評中，桑德里·吉爾伯特（Sandra M. Gilbert）與蘇珊·古巴（Susan Gubar）所合著的《閣樓上的瘋婦——女作家與十九世紀的文學想像》（*The Madwoman in the Attic——The Woman writer and the Nineteenth-Century Literary Imagination*）一書中，歸納出「天使」以及「瘋婦」的二元形象。所謂的「天使」，乃依循男性想像中的女性特質，具有天使般的美麗與恬靜的形象；而以「瘋婦」的黑暗形象指涉「拒絕父權為女性設定為從屬角色的女性形象」，開始拒絕放棄自我，拒絕去填滿、坐實父權為女性預備的從屬位置，而成為有故事可說之女性。根據書中所述，十九世紀女性作家的創作便是以此「瘋婦」的負面形象示人，並展現其正面的意義，以對抗父權的壓抑。而對於「瘋婦」形象的所指，一般等同於「妖女」、「巫女」、「淫婦」與「禍水」等負面的形象。在傳統文學中，它們往往被父權體制拿來二分女性的形象，也就是說，如果不是天使即是妖女、非賢妻即為淫婦，充斥對女性形象的醜化與貶抑。〔註329〕誠如吉爾伯特與古巴在〈鏡與妖女：對女性主義批評的反思〉一文中，便以「妖女」指稱具有顛覆力的女性批評家，她們指出：

> 妖女是迷人的，她就像一種流動劇團的女演員，演出一部具有這種誘惑性和叛逆性的戲劇，以反抗父權制結構對她的摧殘，於是她成

〔註329〕參見〔美〕桑德里·吉爾伯特（Sandra M.Gilbert）＆蘇珊·古巴（Susan Gubar）：*"The Madwoman in the Attic-The Woman writer and the Nineteenth-Century Literary Imagination"*（《閣樓上的瘋婦——女作家與十九世紀的文學想像》）（New Haven & London: Yale University Press, 1979），pp.13,25,34,46,59,76。吉爾伯特與古巴明白表示，在十九世紀「永恆女性化」是如何被認為是天使般的漂亮與甜美的景象。但這些完美的女性都被視為被動、溫馴而沒有自我的生物。然而天使背後隱藏了怪物，男性表面理想化女性乃男性恐懼女性特質的反應。怪物女性指的是那些拒絕放棄自我，跟隨自己意旨行動之女性，也就是拒絕父權為她們預備之從屬角色的女性。由於《閣樓上的瘋婦》臺灣尚未有中譯本發行，相關論述可參看桑德里·吉爾伯特（Sandra M.Gilbert）＆蘇珊·古巴（Susan Gubar）著，〈鏡與妖女：對女性主義批評的反思〉，收錄於張京媛主編：《當代女性主義文學批評》（北京：北京大學出版社，1992年）。托里·莫以（Toril Moi）著；陳潔詩譯：《性別／文本政治：女性主義文學理論》（臺北：駱駝出版出版社，1995年），頁51～63。黃益珠：《周芬伶論：從「閨秀」到「越界」書寫》（秀威資訊科技股份有限公司，2008年），頁240。

爲對女人有誘惑力的叛逆，如同她對男人一樣。〔註330〕

中國歷史書寫從來就是父權話語霸權的展現，歷朝各代的《列女傳》即爲明顯的例證。根據吉爾伯特與古巴對於父權二分女性形象的論述，面對理性歷史的男性主宰，這種「女子的誘惑力」，使過去被壓抑的形象得以復活，「據說這些形象是巫婆和歇思底里（hysteria）患者；這些不縛繩索的女性所帶來的災難，在於她們將成爲父權文化語境中的不祥之物。」〔註331〕由此論述觀之，明清之際話本小說中書寫女子受辱的篇章，充分展現了父權文化語境下女子貞／淫二元論的話語特性。值此明清之際的國族危難，激起士大夫的憂患意識，進而苛求君子殉節之難能，期身逢亂世之女子以必能也。女子成爲世變中難以掌控的不祥之物，話本小說中的女子符碼，亦成爲作者面對末世普遍的書寫焦慮。是故面對賊寇與清兵的劫掠，女子若義不受辱，貞烈殉節，不僅可保自己的節操，也被視爲對國家盡忠的延伸表現，甚至可被塑造爲《警寤鐘》裡的貞娘，死後成神，受人立祠膜拜；反之，則被視爲淫婦，終生背負亡國的罪愆。

〔註330〕 參見桑德里・吉爾伯特（Sandra M.Gilbert）＆蘇珊・古巴（Susan Gubar）著，〈鏡與妖女：對女性主義批評的反思〉，收錄於張京媛主編：《當代女性主義文學批評》，頁283。

〔註331〕 參見桑德里・吉爾伯特（Sandra M.Gilbert）＆蘇珊・古巴（Susan Gubar）著，〈鏡與妖女：對女性主義批評的反思〉，收錄於張京媛主編：《當代女性主義文學批評》，頁281。